風神館の殺人

石持浅海

PHP
文芸文庫

○本表紙デザイン＋ロゴ＝川上成夫

風神館の殺人　目次

風神館の殺人　登場人物一覧

高原絵麻《たかはらえま》　復讐者。フウジンＷＰ１の被害者
雨森勇大《あめもりゆうた》　復讐者。フウジンＷＰ１の被害者
江角孝人《えすみたかひと》　復讐者。フウジンＷＰ１の被害者
諏訪沙月《すわさつき》　復讐者。フウジンＷＰ１の被害者
花田千里《はなだちさと》　復讐者。フウジンブレード社員の弟が自殺
菊野時夫《きくのときお》　復讐者。父親の会社がフウジンブレードにより倒産
奥本瞳《おくもとひとみ》　復讐者。夫がフウジンブレードにより壊される

吉崎《よしざき》 修平《しゅうへい》　復讐者。消費者団体主宰

福王《ふくおう》亜佳音《あかね》　復讐者。消費者団体メンバー

一橋《いちはし》創太《そうた》　復讐者。フウジンブレード元社員

笛木《ふえき》雅也《まさや》　株式会社フウジンブレード開発部長

中道《なかみち》武史《たけし》　株式会社フウジンブレード代表取締役社長

西山《にしやま》和則《かずのり》　株式会社フウジンブレード取締役専務

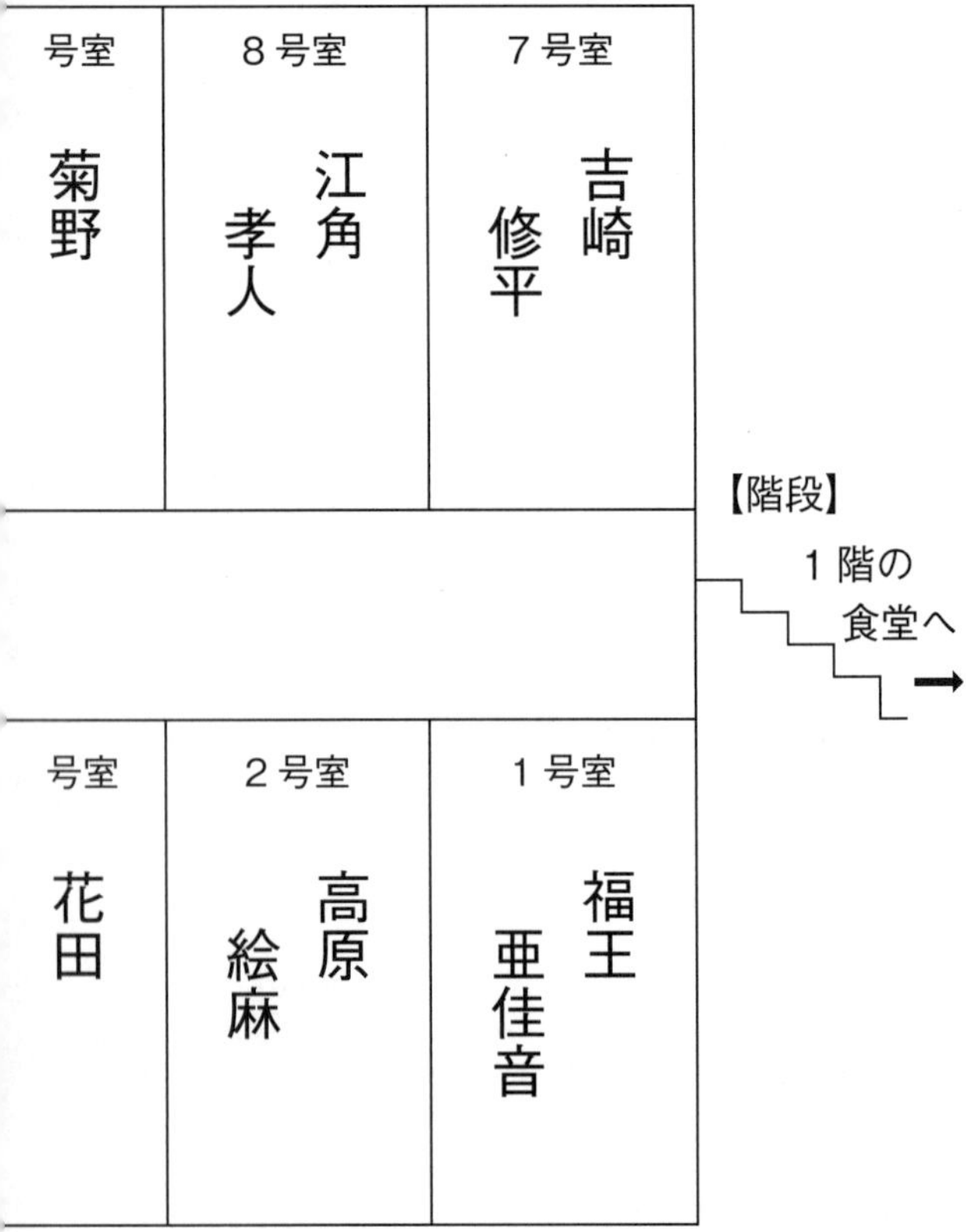
号室
菊野
8号室
江角
孝人
7号室
吉崎
修平
【階段】
1階の食堂へ
号室
花田
2号室
高原
絵麻
1号室
福王
亜佳音

風神館　宿泊者

12号室	11号室	10号室	9
笛木雅也（死亡）	空室	一橋創太	時夫
廊下			
6号室	5号室	4号室	3
雨森勇大	奥本瞳	諏訪沙月	千里

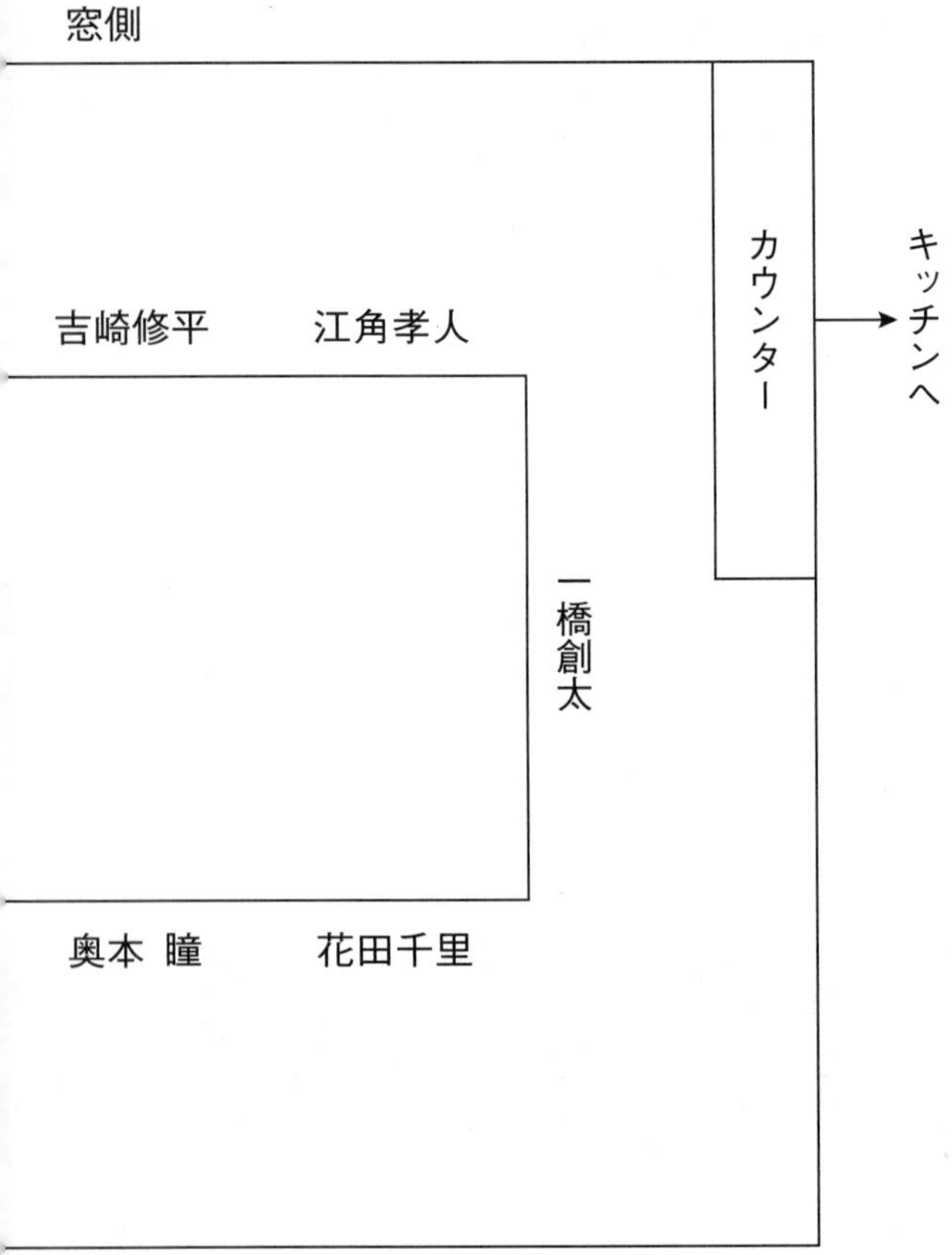

窓側
カウンター
キッチンへ
吉崎修平
江角孝人
一橋創太
奥本 瞳
花田千里

風神館　1階　食堂の座席　見取り図

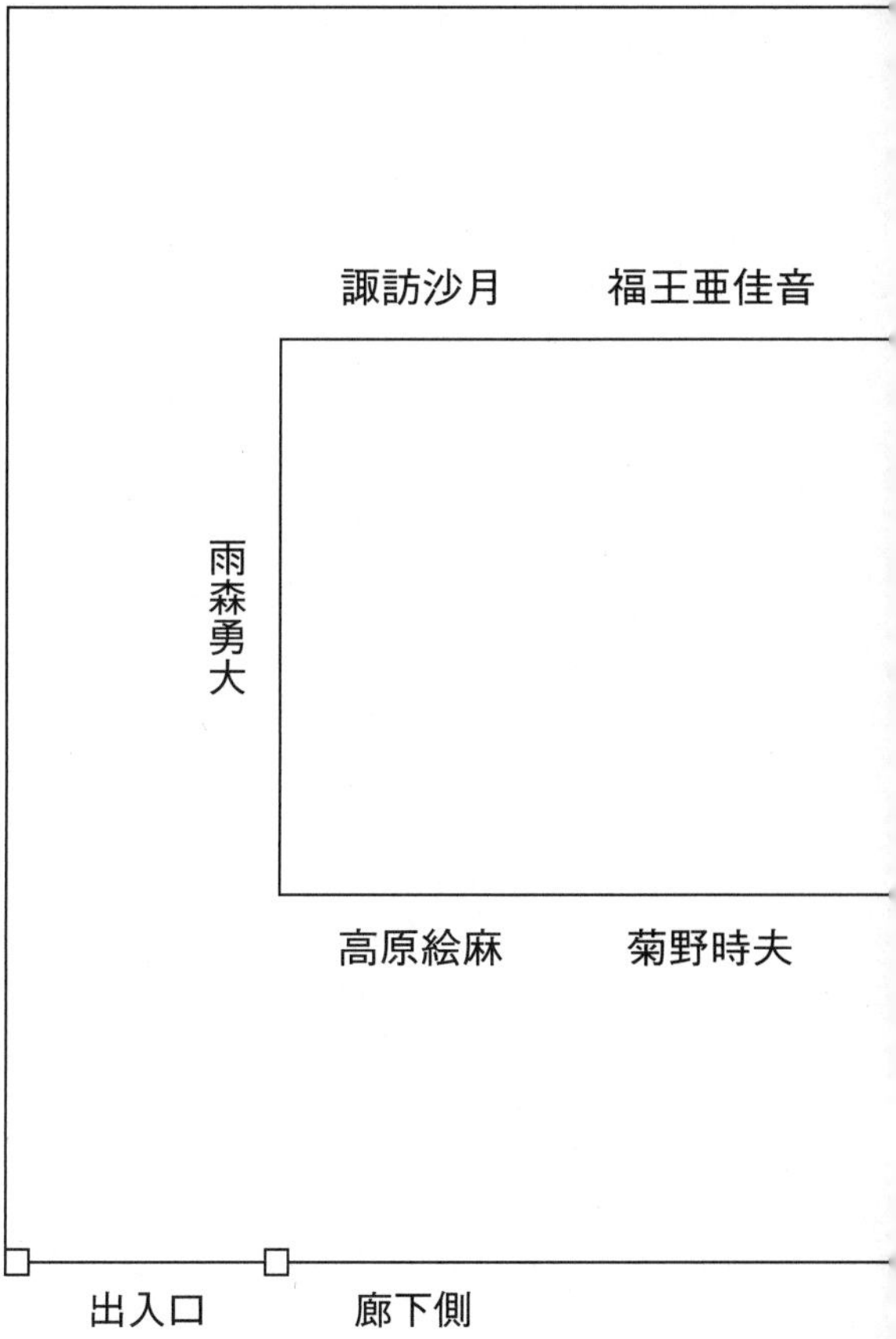

序章　復讐者

奴らは敵だ。
だって、復讐の対象なのだから。
じゃあ、ここにいるみんなはどうなのか。
味方なのか。それとも――。

第一章　風神館

笛木雅也《ふえきまさや》の死体は、浴槽に放置した。

湯に浸《つ》かっていながら肌は青白く、対照的に溜められた湯は真っ赤に染まっている。血液が体内から湯に移動したことがはっきりわかる光景だった。

高原絵麻《たかはらえま》は、宙に浮いたような感覚に陥っていた。

殺人を目の当たりにした恐怖も、それに自分が関わっているという罪悪感も感じていない。かといって、目的のひとつを達成したという高揚感もない。すべてが現実感を失っている。ただひとついえることは、あれほど自分を悩ませてきた偏頭痛を、今はまったく感じていないということだ。

「食堂に戻ろう」

吉崎修平《よしざきしゅうへい》が言い、自ら率先して部屋を出た。全員が倣《なら》う。客室のある二階から一階に下り、廊下を歩いて奥の食堂に入った。

食堂は、廊下沿いに横長になっている。出入口から入って正面の壁が一面窓になっていて、右奥にキッチンに通じるカウンターがある。テーブルは、四人が使える正方形のものが四つずつ、三列並んでいる。合計十二卓。客室も十二室あるから、つまりこの保養所は、十二組が同時に宿泊できるようになっているわけだ。株式会社フウジンブレードは、新興のベンチャー企業だ。急成長しているとはいえ、会社の規模と比べると保養所の大きさは過剰に思える。創業者であり現役の社長でもある中道武史《なかみちたけし》の性格が出ているのかもしれない。中道は、なんでも大きく見せるのが好きなのだ。会社も、事業も、自分自身も。

現在ここにいる――生きてここにいる――のは十人だから、テーブルを四卓つなげて使っている。三列の中央だ。その出入口から見て最奥、カウンターを背にする形で一橋創太《いちはしそうた》が座っていた。一橋は戻ってきた絵麻たちを見て、片手を振った。

「どうだった？」

「うまくいったよ」

吉崎が椅子に座りながら答える。人間は無意識のうちに、最初に座った席を定位置にしたがるものだ。吉崎もまた、この保養所に来て最初に選んだ席に座った。窓を背にした中央に。

「もう、笛木が呼吸することはない。一橋さんは自分で手を下したかっただろうけど、こういったことは、個人的な恨みを持っていない人間の方がいい」

だから自分がやったんだ――口に出しては言わなかったけれど、顔にそう書いてある。

一橋は素っ気なくうなずいた。

「どうでもいいよ。あいつが死んでくれさえすれば」

「一橋さんは」花田《はなだ》千里《ちさと》が青年の隣にかけながら言った。「目的を達したら、会社に戻るの？」

一橋は、同じ仕草で正反対の動きをした。首を振ったのだ。

「戻らないよ。あの会社に未練はないし、今の仕事が気に入っているんだ」

あの会社に未練はない――一橋はそう言った。しかしニュアンスは少し違うのかもしれない。自分がフウジンブレードの社員だったことを、思い出したくないのではないか。それくらい強い思いがないと、かつての上司殺害に手を貸したりしないだろう。

一橋が口を閉ざすと、食堂に沈黙が落ちた。しばらくの間、誰もが無言だった。祝杯をあげようとビールを取り出す者もおらず、気を落ち着かせるためにコーヒーを淹れようとする者もいない。ただ、黙って虚空を見つめていた。ブラインドを下ろしているから、昼間なのに薄暗い。それでも照明を点《つ》けようとする者すらいなかった。

　窓を背にした中央に、吉崎が座っている。右隣には福王亜佳音《ふくおうあかね》。吉崎は大柄だし、亜佳音も女性としては背が高い。二人揃って声も大きいから、自然と二人がリーダー格となっている。いや、自然とではないか。二人が意識的にリーダーシップを取ろうとしているのは明らかだ。なぜ部外者が、と思わないではない。それでも彼らの行動力がなければ、自分たちの思いは形にならなかった。その意味では、感謝すべきなのだろう。

　三分ほど経ったところで、吉崎が口を開いた。

「笛木は、死をもって自らの罪を償った」

　宣言するような口調だった。しかし左隣に座る江角孝人《えすみたかひと》が口を挟んだ。

「いや」江角はテーブルに両肘をつき、顔の前で両手を組んでいる。思い詰めたような表情。やせた、しわの目立つ両手が、わずかに震えた。「死んでも、奴の罪は消えない。俺の息子を殺した罪は」

　ぐつぐつと泥が煮えるような声だった。殺しても飽き足らない、という表現がある。今の江角は、まさしくそんな心情なのだろう。傍らの、息子の遺影に手をかける。額縁が手の震えを伝えて、カタカタと音を立てた。

「まあまあ」吉崎が苦笑交じりに応えた。「江角さんの言うとおり、奴のやったことは、決して許されることじゃない。でも今は、彼の冥福を祈ろうじゃないか」

「そうそう」

諏訪沙月《すわさつき》が妙に明るい声で言った。「死んだらチャラ。そうでしょう?」

唇の両端がつり上がっている。酷薄な笑み。沙月はかなり整った顔だちをしている。そんな彼女が薄笑いを浮かべると、ぞっとするような凄みを感じさせる。冷えとした笑顔は、笛木の人権とか尊厳を丸ごと否定していた。

沙月は、別れた夫には、もう愛情を感じていないはずだ。むしろ本性がわかって、離婚してよかったと言っていた。かといってフウジンブレードより夫の方を憎んでいるわけではない。自分の人生をめちゃくちゃにした責任は、あくまで企業にある。その点はぶれていないようだ。

「それに、笛木は大切な情報を提供してくれました」

亜佳音が後を引き取る。計画を始める際、お互いに敬語を使うのはやめようと決めた。同志である以上、全員が同格だからだ。しかし亜佳音だけは、ずっと丁寧語を使っている。メンバー最年少だからか、それとも自分だけがまだ学生だからか。それはわからないけれど、丁寧なのは語尾だけだ。口調や声の大きさは、他を圧倒しようという意図が透けて見えるものだった。虚勢ではない。自分に本当に自信がないと、このような声は出せない。

自信。亜佳音自身は、正義と言い換えるだろう。自分は正義を行っているのだと。正義による殺人は、正しいのだと。背の高い女子大学生は、そう信じて疑っていない口調で続けた。

「笛木は、中道と西山《にしやま》の行動予定を調べてくれましたから」

うつむいていた菊野時夫《きくのときお》が顔を上げた。銀縁眼鏡の奥から、亜佳音を見つめる。まるで正面に座る女子大生が、中道本人であるかのように。

「中道……」

絞り出すような声だった。絵麻たちと違って、菊野の憎悪は社長である中道武史一人に向けられている。開発部長である笛木雅也も、専務の西山和則《かずのり》も、眼中にない。他のメンバーの手を借りて中道を殺すことができるのであれば、代わりに笛木と西山を殺害する手助けをする。当初から彼はそう公言していた。

「残念だけど、今日は殺せないよ」

奥本瞳《おくもとひとみ》が手綱を引くように言った。「聞いてたでしょ。中道が帰国するのは明日。決行は明後日だよ。五月五日」

「わかってるよ」

まるで母親に拗《す》ねてみせるように、菊野が答える。菊野は確か、絵麻と同じ二十五歳だ。一方の瞳は四十代初め。親子というには歳が近すぎる。それでも菊野には、立派な体格に似合わず子供っぽいところがある。逆に瞳は実年齢よりも老けて見えるから、見た目には親子と言われても信じてしまいそうになる。

小太りの体型。荒れた肌。それらが瞳を老けて見せているのだ。瞳は自身の変化について「苦労が多いから」と説明している。苦労の原因は、もちろん中道が経営している会社だ。標的すべてを殺害した暁には、自らも若さを取り戻せる。そう信じているのかもしれない。

「そういえば、世間は三連休なんだよね」

のんびりした声で雨森勇大《あめもりゆうた》が言った。「二日に有休を取って七連休にしている人もいるだろうし、中には六日も休んで十連休にしている人もいると思う。そんないい並びなのに、メインの五月三、四、五日に保養所を利用する社員がいない。那須高原といえば、休日を楽しむには絶好の場所なのにね。社員たちの、会社に対する気持ちが透けて見えるようだ」

瞳が苦々しい顔で雨森を見た。話を逸《そ》らすなと言いたげだ。もっとも、雨森ははじめからこんな調子だ。会に参加したときから、本当にフウジンブレードを恨んでいるのかすら、よくわからない雰囲気だった。それは、標的の一人である笛木を殺害した後も同じだ。よくいえば飄々《ひょうひょう》と、悪くいえばぼんやりとした顔のままだ。

絵麻とたいして違わない若さなのに、青年らしい覇気が感じられない。これも、フウジンブレードがもたらした結果なのだろうか。

もっとも、傍観者を決め込んでいるとか、自ら手を汚したくないと考えているわけではなさそうだ。主に吉崎が中心になって考えた計画について、的確な改善案を提示し続けてきたのは雨森だったのだから。

「そう思うよ」

花田千里が大きくうなずいた。「弟が言ってた。休みの日にまで、会社のことを考えたくないって。社員はみんな同じだとも言ってたよ」

千里の眉間にしわが寄った。死んでしまった弟のことを思い出したのだろうか。それでも、ずいぶんマシになった。会に参加した当初は、弟の話題が出ただけで呼吸困難を起こしかけていた。自分から口に出せるだけ、回復してきたといえる。恨みの対象を殺害すると決心したことで、支えができたのかもしれない。

「その点では」亜佳音が強引に話を戻した。「一橋さんがメンバーにいてくれて、本当に助かりました。もし一橋さんがいなかったなら、今回の計画は最初から成り立ちませんでしたから」

全員の視線が、一橋創太を捉える。功労者は、とろんとした目をしていた。一橋は小太りな体型のうえ髪も長めにしている。そんな外見の男性が表情を弛緩させていると、だらしない印象を与えてしまう。しかし絵麻たちは、一橋が頭が切れる人間だと知っているし、現在そのような目をしている理由も理解している。

「眠い？」

隣に座る千里が尋ねた。一橋は面倒くさそうにうなずいた。

「かなり。笛木がちゃんと死んでくれたから、気が抜けたのかな」

「寝てていいよ。必要があったら起こすから」

千里はメンバーを見回した。誰もが賛同の表情を浮かべている。というか、眠るしかない。だって、一橋は笛木と同じ眠剤を飲んだのだから。

「そうさせてもらうよ」

一橋がテーブルに突っ伏して目を閉じた。一分も経たないうちに寝息が聞こえてきた。

ふうっと雨森が息を吐いた。

「亜佳音さんの言うとおりだ。僕たちの計画は、一橋さんがいることが前提になっていた。事実、計画どおりに笛木を退治することができたわけだし。一橋さんに感謝すべきだろうな」

「本当にね」絵麻も眠る技術者に感謝の意を示した。「でも、これで日頃から上司の弱みは握っておくべきだと思い知ったよ」

笑いが起きた。

とっくにフウジンブレードを辞めた一橋の要求を笛木が呑んだのは、一橋が笛木の弱みを握っていたからだ。

笛木は女性社員と不倫関係にあった。それだけならば、単なる個人の問題だ。しかし相手の女性社員が、秘書室勤務で中道社長のお気に入りだったなら、話が違ってくる。中道にばれたら、激怒されるのは必至だ。新興ベンチャー企業で社長の逆鱗に触れることは、会社にいられなくなることを意味する。口止めのためにも、笛木は一橋の言うとおりに行動せざるを得なかった。

一橋は笛木に、中道と西山のゴールデンウィークの予定を、会社のスケジュール管理ソフトウェアから引き出させた。その上で、自身は那須高原の保養所に来るよう指示した。かつての上司に。

そして今日、絵麻たちは笛木と共に、彼のＩＤカードで無人の保養所に入った。そして備え付けのパソコンで情報をあらためてプリントアウトさせた後、客室のひとつに移動させた。そこで一橋が告げたのだ。

「飲んでください」

一橋は笛木に錠剤の入った包装を見せた。

「毒なんかじゃありません。その証拠に、僕も一緒に飲みます。どちらでも、選んでください。飲むための水も。選んでいただいた方を、僕が先に飲みます。笛木部長と心中するなんてまっぴらですから、安心していいですよ」

錠剤の包装はふたつ。ミネラルウォーターの入ったペットボトルもふたつ。

笛木は自分が追い出したかつての部下を、怯えた目で見つめた。そして三十秒ほど逡巡した後に、震える指先で片方の錠剤を指し示した。左の方。ペットボトルの水は、右の方を。一橋が素っ気なくうなずいた。

「こちらですね。わかりました。僕が飲みますから、笛木部長も続いて飲んでください」

一橋は指定された方の包材を取った。中の錠剤を取り出し、ためらいなく口に入れる。これまた指定されたペットボトルを開栓し、中の水で錠剤を飲み下した。

一連の動作を見ていた笛木は、それでも怖々《こわごわ》と錠剤を口に入れた。ペットボトルの水で飲み込む。その姿勢のまま、胸を押さえてじっとしていたが、自らの身体《からだ》に変化が起こらないことに安堵《あんど》の息をついた。

笛木は、肉体的な拘束を受けていない。しかし十人もの人間に取り囲まれていては、身動きひとつできない。動けずにいるうちに、客室のベッドに座った身体が揺れた。目からも光が失われていく。飲んだ眠剤が効いてきたのだ。

笛木に飲ませ、一橋も飲んだ錠剤は、一橋が説明したように決して毒薬などではない。不眠の症状を訴える絵麻に、医師が処方した眠剤だ。やがて笛木はがっくりと頭《こうべ》を垂れ、崩れるようにベッドに倒れ込んだ。

　笛木が意識を失ったことを確かめて、一橋は一人だけ食堂に戻った。残った絵麻たちは笛木の服を脱がせ、浴室に運んだ。湯を張った浴槽に笛木を寝かせ、右手に握らせたカッターで、左手首を切った。

　そう。笛木を眠らせた眠剤は、絵麻が提供した。実際に笛木の手首を切ったのは吉崎だ。だからといって、絵麻は自分の手が白いとは思っていない。単に計画に参加した、一緒に殺害計画を練った以上の貢献を、絵麻はしている。今さら自分だけ罪を逃れようとは思っていない。

　いや、それは正確ではないか。殺人が犯罪だということはわかっている。でも、だからといって自分たちが逮捕されるべきとは、まったく考えていない。悪いのは、フウジンブレードの方だ。自分たちは、正当な権利を行使しただけ。自分たちにとっては、逮捕されることこそが理不尽なのだ。こんなふうに考える犯罪者を、何て言うんだっけ。そうだ。確信犯だ。

「フウジンブレードの社員たちに愛社精神がないのはわかった」

　吉崎が会社と社員たちを馬鹿にするような笑みを浮かべた。「おかげで私たちは、保養所を使い放題だ」

「こんなにいい保養所なのにね」雨森が食堂を見回して言った。「快適な保養所を作った点だけは、奴らを評価してもいい」

「名前はひどいけどね」沙月が顔をしかめた。「何よ。『風神館』って」

穢《けが》れを祓《はら》うように頭を振る。

「まあ、名前がスピーカーで流れるわけじゃないから」吉崎が笑う。「今日と明日、ここに潜伏しよう。利用者が来ないときは管理スタッフもいない。でもインフラは生きている。しかも利用予定表から、誰も来ないことがはっきりしている。隠れるには最適な場所だな」

「そのつもりで、食料もお酒も買い込んだんでしょ？　隠れるっていうより、合宿気分だね」

瞳の指摘に、吉崎は真面目な顔でうなずいた。「うん」

「心配なのは、笛木と連絡が取れないって、誰かが騒ぎだすことだけど」

絵麻が指摘すると、千里が首を振った。先ほどの一橋と同じ仕草だ。

「大丈夫だよ。笛木は、奥さんには出張だと嘘をついて、愛人と旅行に行く予定だったんだから」

「そしてその愛人には『急に仕事が入ったから旅行に行けなくなった』って、笛木に電話させたものね」

沙月が言い添える。

「うん。かなりうわずった声だったから、愛人は浮気がばれたと思ったかもしれないな。だったらなおのこと、笛木とは連絡を取りづらいだろう。心配ない。二、三日はばれないよ」

周到な連中だ。しかも、見事なまでに息が合っている。お互いに接点がまるでなくて、年齢も性格もバラバラな十人がここまで協力し合えるのは、フウジンブレードとその幹部に対する復讐心が全員を結びつけているからに他ならない。

「それにしても」

冷え冷えとした笑みを顔に貼り付けたまま、沙月が言った。「復讐って、こんなにスッキリするものだったんだね。もっと早くやればよかった」

本音だということは、表情からも声の響きからもわかる。被害者の会ではじめて会ったとき、沙月はボロボロだった。髪はボサボサで、肌は荒れていた。そして何よりも表情が暗かった。そして絵麻と同様、偏頭痛に顔をしかめていた。

偏頭痛。被害者の会に集まった人たちの、共通した症状だ。

沙月が絵麻を見た。

「わたしは、今ものすごく調子いいよ。絵麻さんは？」

言いたいことはわかる。彼女もまた、偏頭痛から解放されているのだろう。おそらくは、笛木の死を目の当たりにすることによって。

「スッキリは、してるね」絵麻は正直に答えた。「頭が痛くないなんて、久しぶりだよ」

「やっぱり」

沙月がにんまりと笑った。「あと二人殺せば、完全に解放されるのかな」

「じゃあ、沙月さんの健康のためにも、確実に殺さなきゃな」

吉崎が話を進めた。テーブルの上には、中道と西山のスケジュール表が載っている。笛木が本社のサーバーにアクセスして印刷したものだ。一人につき一枚ある。実際はそんなに印刷する必要はないのだけれど――そもそも二人のスケジュールは頭に入っている――どうせフウジンブレードの財産だ。用紙代もインク代も自分たちの負担ではない。

「これからの計画を、おさらいしよう」

吉崎の言葉に、雨森がコピー用紙を手に取った。

「西山は明日でも殺せるけど、中道は明後日しかないね」

雨森の口調は、まるでピクニックの予定を決めるようだ。

「みんな、一日でも早く殺したいだろうけど、西山を先に殺してしまうと、中道に勘づかれて警戒されてしまう危険がある。やっぱり、二人とも明後日、五日に殺した方がいい。ここまでは決定でいい？」

瞳が不満そうに眉間にしわを寄せたけれど、口に出しては何も言わなかった。雨森の意見が正しいことを知っているからだ。

雨森がコピー用紙をテーブルに戻した。指先でスケジュールを示す。

「中道は明日、五月四日の夜に帰国する。成田空港から自宅まですぐ帰るかどうかわからないけれど、ここで殺すチャンスはない。狙いは五日だ。中道は出社することになっている。ゴールデンウィークを海外出張に充てて、次の日にも休日出勤とはご苦労なことだけど、それは奴の勝手だ」

「その休日出勤が、人生最後の仕事になるとも知らずにな」

江角が昏《くら》い笑みを浮かべた。荒《すさ》んだ顔が、これまでの苦労を想像させる。そしてフウジンブレードに対する憎しみも。

「これだね」

菊野がネックストラップを取り上げた。カードホルダーには、笛木のＩＤカードが入っている。「こいつがあれば、フウジンブレードの本社に入れる。本社には、営業車の鍵もある」

「会社の駐車場は、ビルの裏手」千里が自らの掌を指すように言った。「営業車も駐《と》めてあるし、社長専用の駐車スペースもある」

千里は丸顔に黒縁眼鏡をかけている。レンズの奥の瞳はくりくりとしていて、愛嬌のある顔だちだ。しかし今は、人殺しの算段をしている最中だ。持ち前の愛嬌は、不気味さに取って代わられていた。

「そこが、あいつの墓場か」

中道の殺害方法は、最も熱心に検討されたことだった。何しろ、敵の本丸なのだ。笛木からスケジュールを得た直後、外に音が漏れない地下の貸会議室で議論された。

「本社オフィスに隠れて中道を待って、現れたところを襲おう」

当初吉崎が考えた案は、そのようなものだった。しかし、雨森が異を唱えた。

「中道が武道の達人かどうかは知らないけど、こちらも素人だ。そんなに簡単に殺せるかな」

吉崎が眉間にしわを寄せた。この男は、反論されるのを嫌う。「こっちは十人だぜ。多勢に無勢だ」

「誰だって殺されたくない」

雨森はのんびりした口調を崩さない。

「大暴れする相手を、力尽くで押さえつけるのにも手間がかかる。走って逃げられたり、大声を出されたらまずい。できるだけ失敗のリスクを下げて、確実に殺せる方法を考えよう」

「どうやって、ですか？」

　亜佳音が仏頂面で訊いた。吉崎への反論を、まるで自分に対する侮辱のように感じているのかもしれない。雨森は若い仲間に向かって微笑んでみせた。

「もっと楽をしよう」

　そんなことを言った。

「さっきも言ったとおり、僕たちは暴力の素人だ。しかも半分は女性。腕っぷしでなんとかしようと思わない方がいい。文明人なんだから、文明の利器を利用しよう」

　吉崎が表情を険しくした。「拳銃でも使うのか？」

「僕は持ってないよ」雨森は真面目な顔で答えた。「吉崎さんは持ってるの？」

「持ってない」

「うん」雨森はうなずいた。「でも、運転免許証は持ってる」

「運転免許証？」思わず絵麻は繰り返した。「車を使うの？」

　江角が目を丸くする。「轢《ひ》き殺す？」

「違う違う」雨森は手を振った。「中道は自分で車を運転して、会社の駐車場に車を駐める。会社の通用口までの距離は数メートル。車で轢き殺すのは難しい」

「じゃあ――」

「中道の車は、オープンカーじゃない」

雨森は鞄から写真を一枚取り出した。フウジンブレードの駐車場で隠し撮りした、中道の愛車。ドイツ製のツードアクーペだ。

「中道の愛車はドアが二枚しかないし、屋根もある。ドアを開かないようにしたら、脱出できない」

「でも」千里が写真を見つめながら反論する。「窓があるじゃない」

「あるね」雨森は写真のサイドウィンドウを指さした。「でも、窓を開けても外に出られないようにしたら、どうだろう。人間が通れる隙間を作らないという意味だ。そのための道具も、会社の駐車場になら、ある」

「あっ！」

元社員だった一橋が、察したように声を上げた。「そうか、営業車」

「正解」雨森が人差し指を立てた。その人差し指を、また写真に向ける。

「会社の駐車場には、営業車が駐まっている。もちろん普通は、ドアが開けられるよう間隔を空けて駐める。でも、わざと間隔を詰めればどうだろう。ドアとドアが擦《こす》れるくらいに。中道が車を乗り入れた途端、営業車を幅寄せして駐めれば、ドアは開かなくなるし、窓を開けても出られない。奴がエンジンを切ったタイミングでやれば、車を再発進させて前に逃げることもできない」

「営業車の鍵は、オフィスにある」

一橋が後を引き取った。「僕たちは、まず笛木を殺して奴のＩＤカードを奪う計画を立てている。オフィスに身を潜めて中道を待つんじゃなく、営業車に身を潜めていればいいのか」

「わかったぞ」

吉崎が大声を出した。先ほどまで険しい顔をしていたのに、今度は目を大きく見開いている。

「そうやって中道を閉じ込めれば、こっちのものだ。脱出用のハンマーで外から小さな穴を開けて灯油でも流し込めばいい。あいつは狭い車内で生きたまま火葬される」

「わあ」雨森が無邪気な声を上げた。「吉崎さんって、怖いなあ」

もちろん雨森は、はじめからそう考えていたのだろう。目が笑っている。

「いいんじゃない？　それ」

瞳がぶっきらぼうに言った。そしてフリーターの若者に顔を向ける。「火のついたマッチを投げ込むのは、菊野くんにやらせてあげるよ」

こうやって、中道の殺害方法は決まった。次は西山だ。

「西山の五日の予定はゴルフだ」

江角が言った。「しかも、場所は那須高原。この近所だ」

「でも、会社の保養所なんて、一般社員が使うものだと思ってるんだよ」

吉崎が解説した。「自分たち経営陣は、もっといいホテルに泊まる。経営陣の思考回路は、そんなふうにできている」

「たかだかベンチャー企業の専務ふぜいが？」

瞳が鼻で嗤《わら》った。「おこがましい」

「まあまあ」沙月が冷ややかな声でなだめる。「最後の夢くらい、見させてあげましょうよ」

雨森が腕組みした。

「厄介なのは、ゴルフってのは一人でやるわけじゃないことだな。必ず誰かと一緒だし、ゴールデンウィークだから他の客も多い。なかなか一人にならない。中道と同じ手段を使おうにも、休日のゴルフ場なら駐車場にも誰かしらいるだろう。殺し損なうか、殺せても僕たちが逃げられないかもしれない」

「捕まるのはごめんだよ」

菊野が放り出すように言った。「なんで、あいつらを殺して捕まらなきゃならないんだ。表彰されるのならともかく」

「表彰はともかく」絵麻は苦笑した。ここにも、確信犯がいる。「実際、どうしようか。中道殺しと時間はあんまり空けない方がいいよね。片方が生きていると、事件の一報が入る危険性があるわけだし。せっかく同じ日を選んでも警戒されちゃう」

「中道は朝だな」吉崎がスケジュール表を取った。「予定では午前九時出社となってるけど、それは目安だろう。出張から戻ったばかりだし、休日だから、もう少しゆっくり来るかもしれない。それでも午前中なのは間違いないと思う」

「他に休日出勤する社員がいるかもよ」

沙月が口を挟む。「一橋さんや千里さんの話からも、フウジンブレードが超ブラック企業なのは間違いない。ゴールデンウィーク無視で働かせてもおかしくない」

「だったら、本社に潜入するのも、朝早い方がいいな」

「ということは、西山も午前中、早いうちだ」

「ふむ」雨森が鼻を鳴らした。「ゴルフ場である必要はないな。いっそのこと、出発前、自宅でやっちゃうか。一橋さんは、中道と西山の自宅も調べてくれたし」

「やめた方がいいよ」瞳がすぐさま答えた。「住宅地の真ん中だから、知らない人間が変な動きをしたら、一発で通報されちゃう」

「なるほど」吉崎が唇をへの字に曲げた。「自宅もダメ、ゴルフ場もダメ。もたもたしていると、中道の情報を西山が受け取って、殺す機会がなくなってしまう。まいったな」

吉崎は緊張感のない顔に視線を向けた。「雨森さんは、どう思う？」

「そうだね」雨森は周囲をぐるりと見回した。「どっちもダメなら、別の場所でやろう」

「別の場所？」亜佳音が疑り深そうな顔をした。亜佳音は背が高いうえ、目も口も大きい。おかっぱ頭の前髪の下から睨まれたら、けっこう怖い。「家からまっすぐにゴルフ場に行くんでしょう？　寄り道なんてしないと思いますが」

「させるんだよ」亜佳音の圧力を柳に風と受け流した雨森が答えた。「笛木の携帯を使って」

貸会議室に、短い沈黙が落ちた。雨森の言いたいことがわからなかったからだ。十五秒ほどの間を置いて、吉崎がため息をついた。

「そうか。メールで保養所に呼び出せばいいのか」

「そう」雨森がにっこりと笑う。「パスワードは、一橋さんが押さえてある。ゴルフ場は保養所の近くだ。スケジュール表では、集合時刻が午前九時となっている。その直前に笛木のアドレスからメールを送ろう。内容は、そうだな、原告の情報が入ったとか、一橋さんが妙な動きをしているとか、西山が飛びつきそうなネタで。そうしたら、ゴルフどころじゃなくなる。笛木が保養所で待っていると言えば、やってくる」

「電話で確認してきたら？」

なおも突っ込んでくる女子大生に、雨森は年長者の顔で答えた。「メールした後は、電源は切っておく。那須高原は観光地だけれど、東京在住の西山からすれば田舎だ。電波状態の悪いところにいると思うんじゃないかな。西山は保養所を利用しないんだろう？　保養所の電波状態を知らないはずだ」

また沈黙が落ちた。今度は納得の静けさ。

千里がふうっと息をついた。

「雨森さんが正しいと思う。それで、ここに来た西山をどうやって殺すの？　雨森さんの言葉を借りれば、わたしたちは暴力の素人。西山が暴れたり逃げたりする心配は、同じようにある」

「それは心配ない」

雨森が即答した。「僕たちは、西山の理性を吹き飛ばす武器を持っている」

一瞬の間を置いて、千里が目を見開いた。

「そっか。笛木の死体」

「そう」雨森がうなずいた。「僕たちは笛木を保養所で殺すつもりだ。それを利用する。西山は、一橋さんに出迎えてもらおう。自分も笛木に呼ばれたと説明して。そして、西山を笛木が死んでいる客室に連れていく。笛木の死体を見た西山はパニックに陥るだろう。抵抗できない状態になる。あとは、煮るなり焼くなり好きにすればいい」

「雨森さんって、すごいのね」

瞳が興奮した顔でコメントした。「それ、乗るわ」

「賛成だね」

「いいと思う」

江角と菊野が同時に賛意を示した。吉崎もうなずく。

「よし、それでいこう。五日は、中道班と西山班に分かれて行動することになる。みんな、どちらがいい？」

「少なくとも、一橋さんは西山班だよね」千里が言った。「さっきの雨森さんの意見に従うなら」

「中道班は、朝が早いよ。八時くらいには東京の本社に着いていなきゃいけないんだから」

雨森の指摘に、菊野が唇を富士山の形にした。早起きが苦手なのだろう。

「でも、俺は行くよ。中道はこの手で焼き殺してやりたい」

「そうなら」眼鏡の向こうで千里の目が三日月になった。「瞳さんも行った方がいいんじゃないの？」

　菊野と瞳が同時に仏頂面になった。二人は、まるで親子のように仲がよい。というか、頼りないところのある菊野に対して、瞳が母親のように世話を焼く光景が、よく見られる。二人とも、自覚があるのだろう。からかわれたように感じたのだ。

　しかし瞳はうなずいた。

「仕方ないね」瞳がまさしく母親の顔で言った。「菊野くんは、危なっかしいから」

「私も行くから大丈夫だけどね」吉崎が苦笑する。「私は言いだしっぺみたいなものだから、最も罪の重い中道の始末は、責任を持ってやるよ」

「わたしも行きます」

　亜佳音が手を挙げた。これで四人。江角が遅れて口を開いた。

「俺も行こう。雨森さんの計画では、中道班は車の運転ができなきゃいけない。確か菊野くんは運転免許証を持っていないだろう。吉崎さんと俺が営業車を運転するよ」

　瞳と亜佳音が運転免許証を持っているかどうかは、まったく気にしていない口ぶりだった。女性を軽視しているのか、それとも嫌な役割は自分が引き受けるというつもりなのか。普段の言動から察するかぎりでは、たぶん後者だ。それでも、ときどき配慮を欠く、迂闊《うかつ》な発言をするのが江角という人間だ。

「じゃあ、西山班は一橋さん、雨森さん、千里さん、絵麻さん、それからわたしね」

低血圧だから、早起きしなくていいのは助かるわ――沙月は独り言のように続けた。あんたは、低血圧というより冷血だろう。絵麻はそう思ったけれど、仲間に対してさすがに失礼だ。すぐさま頭の中で取り消した。

こうして、メインターゲットである二人の殺害方法は決定した。

そして五月三日現在、計画どおりに進んでいる。笛木を殺害し、中道と西山を殺害するためのツールである、IDカードとスマートフォンを手に入れた。もちろんそれは、計画の成功を保証しない。けれど、うまくいっているという実感は必要なのだ。

吉崎が壁の掛け時計を眺めた。時計の針は、午後五時を指していた。

「五時か。少し休憩しようか」

「とりあえず、明後日の早朝までは、やることはありませんし」

亜佳音がすぐさま賛成した。反対する者はいなかった。

「六時半から夕食の準備を始めるとして、それまで、自分の部屋で休むとしよう」

「オッケー」

雨森が立ち上がる。「疲れたから、少し寝よう。六時半になっても起きてこなかったら、誰か起こしに来て」

「いいよ」

絵麻が答え、一橋を除く全員が立ち上がった。

「一橋さんはどうする？」千里が誰にともなく尋ねた。「部屋に連れていってあげる？」

「そのままで、いいんじゃないかな」吉崎が面倒くさそうに答えた。「気持ちよさそうに眠っているから、起こすのも気の毒だ。担いで階段を上るのも大変だし」

「それもそうか」

これまた反対意見が出ず、眠る一橋を残して食堂を出る。客室のある二階に上がった。屋内はもう薄暗くなりつつある。階段と廊下の照明を点けた。窓にはブラインドを下ろしてあるから、外から見られる心配もない。

客室は十二室ある。最奥の十二号室には、笛木の死体がある。その部屋と隣の十一号室は空けて、一号室から十号室までをメンバーで使うことにした。階段を背にした廊下の左側、一号室から五号室までを女性が使い、左側最奥の六号室と右側の七号室から十号室までを男性が使うことにしていた。各自の荷物は、もう自分の部屋に運んである。

階段に近いのが一号室だ。特に意味はなかったけれど、女性は番号の若い順に若い人間が入ることになった。亜佳音、絵麻、千里、沙月、瞳の順だ。ちなみに男性は六号室に雨森、右側の並びの七号室から吉崎、江角、菊野、一橋が割り当てられている。

メンバーたちがそれぞれの部屋に入っていった。ルームキーをバッグから取り出すのに手間取った絵麻と千里が廊下に残された。

「それにしても」三号室のドアノブを握りながら、千里がつぶやいた。

「何?」

「考えてみたら、ここには死体があるんだよね。しかも、自分たちが殺した」

笛木のことだ。笛木は十二号室で死んでいる。

千里は自嘲気味に笑った。

「本当なら、もっと気味悪がってもいいんだと思う。特に、わたしたち女は。でも、みんな平気な顔をしてる」

「……………」

絵麻が答えられないうちに、千里は一人で言葉をつないだ。

「わたしたちの憎しみって、それだけ強いんだ。変な言い方だけど、安心したよ。

これなら、残る二人も殺せる。そう思う」

「そうだったら、いいね」

絵麻が当たり障りのないコメントをすると、千里は黒縁眼鏡の奥で目を細めた。

「じゃあ、六時半に」

「うん」

そう言い合って、それぞれの部屋に入った。

第二章　フウジンブレード

フウジンＷＰ１。

家庭用の高効率風力発電機。株式会社フウジンブレードのヒット作だ。マンションのベランダにも簡単に取り付けられ、電気代の負担を減らす。構造が簡単だから安価で、初期投資を簡単に回収できる。太陽電池のように広い面積も必要としない。集合住宅でも使えるから、一気にユーザーを増やした。

高効率の秘密は、実はフウジンブレードの独自技術ではない。菊野《きくの》の父親が経営する製造所の技術力が、大いに貢献したということだ。開発部隊にいた一橋《いちはし》が明言したのだから、間違いないだろう。

しかし社長の中道《なかみち》は、いかにも自社だけの手柄のようにアピールした。中道は、その手の情報操作に長《た》けていた。おかげで新興企業向けの株式市場で、フウジンブレードの株価は上がり続けている。

絵麻《えま》がフウジンWP1を購入したわけではなかった。アパートに一人暮らしだから、わざわざ風力発電機を買ってまで電気代を節約したいとは考えていなかった。というか、そもそも家庭用風力発電機という存在自体を知らなかった。

風力発電機を導入したのは、隣家だ。隣の一軒家が、二階のベランダにフウジンWP1を据え付けたのだ。絵麻の部屋のすぐ傍《そば》に。

偏頭痛に悩まされるようになったのは、それからだ。

それまで頭痛などと無縁な生活を送ってきた絵麻は、突然の異変に戸惑うばかりだった。いくつもの病院に行ったが、原因はわからないと言われるだけ。

偏頭痛は、絵麻に深刻な影響をもたらした。

絵麻は、香水を調合する調香師だった。子供の頃から匂いに対する感覚が鋭敏で、大学で化学を学んで香料会社に入社した。そして大手化粧品会社と共同で新しい香水の開発に没頭していた。

それなのに、偏頭痛は絵麻から嗅覚を奪った。香りを嗅《か》いでも集中できない。頭の中にストックしているはずの何千もの香りが思い出せない。当然、香水の開発など、できるわけがない。会社は辛抱強く待ってくれたけれど、回復の見込みがないと判断したのだろう。絵麻に、人事異動が発令された。調香とはまったく関係のない、総務部門に異動になったのだ。

仕事ができなくなったのだから、会社の判断は、完全に正しい。しかし絵麻にとっては、地獄に落とされたに等しかった。調香師として頭角を現し、調香の本場であるフランスのグラース研究所に派遣される。グラースでさらに経験を積んで、鼻ひとつで世界に認められる調香師になる。それが絵麻の夢だった。夢は絶たれ、絵麻は会社を辞めた。上司は形ばかり慰留したものの、絵麻の心情を慮《おもんぱか》って、退職を認めた。以来、絵麻は集中力を必要としない代わりに給金の安い仕事をこなしながら、なんとか生活していた。

原因に思い至ったのは、偶然だった。きっかけは電車の中吊り広告だ。週刊誌の広告に、人気俳優の不倫を報じる記事の見出しが載っていた。好きな俳優だったから、会社帰りに書店に立ち寄って、件《くだん》の週刊誌をぱらぱらとめくってみた。そうしたら目的の記事の次ページが目に入ったのだ。そこには『エコの落とし穴。風力発電が危ない』という見出しが躍っていた。

記事によると、自然エネルギー活用のお題目の下に、全国に大型の風力発電機が設置されているらしい。風の力で発電するのだから、石炭も石油も原子力も要らない。これ以上ないくらい都合のいい発電方法だけれど、実はトラブルが起きているのだという。野鳥がプロペラの羽根に当たって死んでしまうといった問題の他に、最近注目されてきた問題として、羽根に風が当たるときや発電するときに発生する低周波音が、周辺住民に被害を与えていると記事には書かれてあった。

どきりとした。記事にあるような大型ではないけれど、自分の身近にも風力発電機がある。帰ってアパートの窓を開けて、目の前の風力発電機に書いてある型番をメモした。そして型番をインターネットで検索したら、フウジンＷＰ１の低周波音に悩まされている人たちの声がヒットした。

足元が崩れていくような感覚があった。

まさか、自分は小さな風車ひとつに、夢を絶たれたのか？

偏頭痛のため、思考力が鈍っている。なんとかして、状況を把握したい。同じ悩みを持っている人たちなら、有益な情報をくれるのではないか。

悩み多き人が新興宗教にはまるのはこんなパターンかなと思いつつ、絵麻は被害者の会の門を叩いた。はたしてそこには、絵麻と同じ症状に苦しむ人たちが集っていた。

諏訪《すわ》沙月《さつき》。

雨森《あめもり》勇大《ゆうた》。

同じ症状を抱えたために、息子が自殺してしまった江角《えすみ》孝人《たかひと》もいた。

彼らを含む多くの被害者は弁護士と協議して、フウジンＷＰ１の製造元であるフウジンブレード社を相手取って訴訟を起こした。内容は、フウジンWP1の販売停止と損害賠償の請求だ。

しかし裁判で、フウジンブレードは非を認めなかった。フウジンWP1は日本全国に取り付けられているヒット商品だ。もしあなたがたの主張が正しいのなら、被害者はもっと多いはずだ。購入者のほとんどが何の異常も感じていないのだから、あなたがたの悩みは、決してフウジンWP1が原因ではないと。

公害問題の難しさが、ここにある。低周波音は、特にそうだ。なんといっても、個人差が大きい。フウジンWP1のすぐ傍で暮らしていても、何も感じない人がいるのだ。おまけにアレルギーのように、原因から離れれば症状がなくなるものでもない。事実、絵麻は職場や外出先でも偏頭痛に悩まされ続けている。医学的な立証が非常に難しい。

フウジンブレードはそこにつけ込んだ。そもそも、原告たちの症状は、医学的に疾病と呼べるものなのか。ただの気のせいではないのか。万が一、本当に疾病であったとしても、フウジンWP1が原因だというのなら、それを証明してみろと。一審はまだ結審していないが、弁護士の口ぶりと表情を見るかぎり、あまりいい方向には進んでいないようだった。

「バカな」

被害者の会の会合で、江角が吐き捨てた。

「俺たちはこんなに苦しんでいるのに、フウジンブレードの経営陣は温々《ぬくぬく》と暮らしている。裁判所は、それを認めるというのか？」

江角は、会合の際にはいつも一人息子の遺影をテーブルに載せていた。

江角の息子は、高校受験を控えていた。学費のかかる私立高校が第一志望だったから、江角と妻は学費を工面するために色々と工夫した。

そのひとつが、家庭用風力発電機の設置だった。カタログによると、初期投資はすぐに回収できる。そこから先は電気代が節約できる一方だ。江角はフウジンＷＰ1を購入した。そして三階のベランダに取り付けた。息子の部屋の真ん前に。狭い土地に無理やり立てた三階の一戸建てだったから、風が通るのがその場所しかなかったのだ。

息子の成績が落ち始めたのは、それからだった。頭痛がすると言いだし、学校や学習塾を休みがちになった。原因がわからない両親は、息子の異変を受験ノイローゼだと考えた。一過性のもので、すぐに元に戻るだろうと高を括《くく》っていた。むしろ、成績が上がらない息子にハッパをかけた。息子が校舎の屋上から飛び降りたのは、三カ月後だった。

「あいつらの顔を見るかぎり」沙月が低い声で応えた。「身に覚えがないって感じじゃないね。訴えられることを予想して、前もって準備してきたのが見え見えだわ」

　沙月の場合、フウジンＷＰ１を取り付けたのは、夫だった。もちろん妻である沙月の了解を取ったうえでだ。

　家庭用風力発電機を取り付ける目的は、どの家庭も決まっている。家計を楽にするためだ。沙月たち夫婦も同様で、それは子供ができたからだ。年上の夫は四十前で、そろそろ子供を作らないと、定年退職までに子供が大学を卒業できない。そんなぎりぎりのタイミングだったから、喜びもひとしおだった。まだ見ぬ子供のために、少しでも金を持っておきたい。夫の提案に、沙月はむしろ積極的に賛成した。

　それが間違いの元だった。身重の沙月を、偏頭痛が襲ったのだ。産婦人科に行っても、原因はわからないと言われるばかり。まさか、フウジンＷＰ１が原因だとは思わなかった。だって、同居している夫には、何の症状も現れなかったから。

　夫は、親身になってケアしてくれた。しかし症状は一向に好転しない。そうこうしているうちに、決定的な事件が起こった。

　沙月が、流産したのだ。

　直接の原因がフウジンＷＰ１かどうかは、本当のところはわからない。しかし問題は、この時点ではそこではなかった。夫が、流産の原因を沙月に求めたことだ。

直接責められたわけではない。しかし言葉や態度の端々に、沙月への非難が見て取れるようになった。そして、流産後も偏頭痛がおさまらない妻に、夫は結論を出した。この女といても、子供は期待できないと。

沙月は、その頃にはもう、偏頭痛の原因がフウジンＷＰ１と見当をつけていた。流産の原因は自分ではない。そう信じてほしくて、口にしてしまった。しかし返ってきたのは、冷ややかな科白《せりふ》だった。

「俺のせいだっていうのか」

夫の言葉に、沙月の心は粉々に砕け散った。あれほど愛し、愛されていたと信じていた。にもかかわらず夫は、流産の責任を沙月に押しつけて、被害者面している。夫の言葉を聞いた瞬間、沙月にとって夫婦生活は終わった。

どちらが切りだしたのかは、はっきりとしない。事実として二人は離婚の道を選び、どちらも慰謝料を請求しなかった。沙月は実家に身を寄せた。そして偏頭痛持ちでも務まるアルバイトを掛け持ちして、実家に生活費を入れていた。三十五年ローンで購入したマイホームは売りに出した。おかげで沙月はフウジンＷＰ１から逃れられた。しかし夫に傷つけられた精神は、そう簡単に回復しない。そのためか、フウジンＷＰ１が近くになくても、沙月は偏頭痛に悩まされ続けていた。優しかった夫と、産まれるはずだった子供。それらを同時に失った沙月の心に殺意が芽生えるのは、当然のことだった。

絵麻はそっと雨森の様子を窺《うかが》った。被害者の会では、フウジンブレードに対する罵詈雑言《ばりぞうごん》が飛び交うのが常だった。そんな中、雨森だけは汚い言葉を吐かず、実務に徹した発言を心がけているようだ。そんな彼が裁判に負けそうだと知ったときに、態度を変えるだろうか。

「うまくないね」

抑制された口調で雨森は言った。

「僕たちを診てくれた医者は、診断書を出してくれた。でもフウジンブレードの奴らは、それ以上の健康サンプルを出してくる。やりにくいのは、奴らは僕たちを仲間割れさせることができるということだ」

「仲間割れ？」

絵麻と沙月が同時に反応した。会のメンバーを見回す。フウジンブレードという共通の敵を持って、被害者の会は結束している。仲間割れなど、起こしそうもない。絵麻は視線で説明を求めたが、雨森はすぐには答えなかった。数秒の逡巡の後、やはり変わらぬ口調で続けた。

「今言ったように、奴らの武器は、フウジンＷＰ１の傍にいても体調を崩さない人間が数多くいることだ。それは、この中にもいる。たとえば江角さん」

雨森は猫背の中年男を見た。

「江角さんのお子さんは、フウジンＷＰ１によって命を奪われた。しかし江角さんと奥さんには、何の変調も見られなかった。奴らは言うだろう。被害者の会といったって、被害を受けていない人間もいるじゃないかと」

「……っ！」

江角が口を開いたが、言葉が出てこない。怒りが強すぎて、声帯を震わせることができないのだ。いや、それ以前に呼吸ができていない。江角は青黒い顔をして口をぱくぱくさせるだけだった。ひゅっと高い音を出して呼吸できたときには、気管に唾液が入ったのか、ひどく咳き込んだ。

「雨森さん」江角はようやく言葉を発することができた。「あんた、俺があいつらの攻撃材料になるっていうのか？」

「江角さんだけじゃない」

雨森は続いて黒髪の美女に視線を移した。

「沙月さんの元ご主人も、影響を受けなかった一人だ。今は離婚しているから、沙月さんの味方をしてくれるとは思えない。いや、ご主人に言及するまでもない。沙月さん自身が、フウジンＷＰ１から離れても症状が続いている。奴らはその点を突っ込んでくるだろう。フウジンＷＰ１から離れても続く症状なのだから、フウジン

ＷＰ１が原因ではあり得ないと。健康被害は、個々の事情が大きく影響する。でも裁判官がそこまで考えてくれるかは、わからない」

沙月が両手で頭を押さえた。今まさに、偏頭痛が起きたかのように。雨森はため息をついた。

「こんなふうに、奴らは被害者の会をバラバラにすることを考えるかもしれない。僕たちには、今のところ有効な対抗策を打つ手立てがない」

雨森が口を閉ざすと、会議室は静けさに包まれた。罵詈雑言が飛び交うから、会合には防音性能が整った会議室を使っている。そのため、外からの音も聞こえない。会議室は、怒りと絶望が入り交じった固形物のような空気が支配していた。

沈黙を破ったのは、沙月だった。下を向いたまま、かすれ声で言った。

「……どうしようもないって、いうの？」

魂がすり切れるようなつぶやきを、絵麻は記者会見の映像を思い出しながら聞いていた。

――弊社製品には、何の問題もありません。

記者会見で、社長の中道はそう言った。大学教授の測定結果で、フウジンＷＰ１は問題になるような低周波音は発していないという結果が出たと、自慢げに発表したのだ。後に雨森が調べたところ、測定に関わった大学教授は、金をもらった相手の望む実験結果を出すことで有名な人物だった。

社長の中道もさることながら、被害者の会の感情を逆なでしたのが、専務の西山だった。

――いくらなら、納得するんですか？

嫌な笑みを浮かべながら、西山はそう言い切ったのだ。被害者の会は、金目当てで訴訟を起こした、たかりのような連中だ。マスコミにそうアピールする発言。最初はフウジンブレードを叩いていたマスコミも、次第に論調を変えてきた。科学的な立証が、何よりも大切だと。

被害者の会の立場が苦しくなるにつれ、会のメンバーはふたつのグループに分かれていった。ひとつは、あきらめて泣き寝入りを選ぶグループ。もうひとつは、あきらめきれないグループ。後者は、フウジンブレードに対する憎しみをより深くしたグループといい換えてもいい。絵麻はあきらめきれなかった。より先鋭的なメンバーたちと話をしていくうちに、自然と固まってきた意志があった。たとえ裁判に勝てなくても、いや、勝てないのならなおのこと、自分たちがフウジンブレードに鉄槌《てっつい》を下さなければならないと。

最もいいのは、フウジンブレードという会社そのものがなくなってしまうことだ。しかしそう簡単にはいかない。絵麻たちは、復讐の対象を、より責任の重い三人に絞った。中道《なかみち》社長。被害者の会との折衝を担当した、西山専務。そしてフウジンＷＰ１の開発責任者、笛木《ふえき》開発部長。少なくともこの三人は、悪意を持って自分たちに被害をもたらした。ごく少数の先鋭化したメンバーたちは、私設法廷で判決を下した。死刑、と。

しかし、どうやって刑を執行すればいいのか。思い悩む絵麻たちの前に現れたのが、吉崎《よしざき》だった。

「フウジンブレードなどという悪徳企業は、この世から消えてなくなるべきです」

消費者団体を主宰する男は、先鋭化した被害者の会に向かって、そう言った。自分たちは企業の横暴から消費者を守るために戦っているのだと。

最初のうちは、信用できなかった。彼らこそが、企業に因縁をつけて小金を巻き上げているのではないかと。あるいは、見境なく牙《きば》を剝《む》いて歩く、迷惑な集団なのではないかと。

しかし違った。吉崎も、団体メンバーの亜佳音《あかね》も、純粋な気持ちで消費者を守ろうとしていた。それだけに質《たち》が悪いともいえる。過激な活動をする環境保護団体が、世界的に問題になっている。吉崎たちはそんな連中に似ていた。

「消費者に被害を与える企業は罰せられるべきであり、そのためには手段を選ぶ必要はありません」

吉崎はそう言い切った。私設法廷を設置した絵麻たちが、彼らと手を組まない理由はなかった。

それだけではない。吉崎はソーシャル《S》・ネットワーク《N》・サービス《S》を駆使して、フウジンブレードを恨む人間を探した。すると、フウジンＷＰＩから被害を受けたわけではなくても、フウジンブレードに強い憎しみを抱いている人間が集まってきた。

花田千里《ちさと》は、フウジンブレードの社員だった弟が、連日の深夜残業のために心身を病んで、自殺した。しかしフウジンブレードが勤務記録を巧妙に偽装したために、労働災害扱いされなかった。

菊野時夫《ときお》は、父親の経営する製造所が倒産した。フウジンＷＰ１の開発に協力したにもかかわらず、成果をすべて奪われた挙げ句に開発費も払ってもらえなかったからだ。菊野自身は大学を中退して、フリーターとして家計を支えなければならなくなった。

奥本瞳《ひとみ》は、夫が素材メーカーの営業マンだった。彼の担当は、フウジンブレード。フウジンブレードは早朝だろうが深夜だろうがかまわず夫を呼びつけ、無茶な要求を押しつけ続けた。しかも価格は徹底的に下げさせた。夫は鬱状態に陥って、会社を辞めざるを得なくなった。

彼らはそんな身の上話をしたうえで、フウジンブレードに仕返しできるのなら、ぜひ参加したいと申し出た。元々はフウジンWP1被害者の会から始まった復讐劇のはずなのに、会社そのものを恨んでいる人間がほぼ同数集まるところに、フウジンブレードの病根の深さが表れている。メンバーは、お互いの憎しみに共鳴し合うことによって、遵法《じゅんぽう》意識を軽々と飛び越える殺意を心中に宿していった。

しかしこのメンバーだけでは、復讐は為《な》し得ない。最後のピースとして現れたのが、一橋創太だった。

彼は、かつてフウジンブレードの社員だった。そして途中まで、フウジンWP1の開発に携わっていた。しかし低周波音の可能性に気づいて、社内で問題提起したのだ。発売時期を遅らせてでも、検証を行うべきだと。

「バカ野郎っ！」

提案した一橋に、上司の笛木は怒声を浴びせた。「今さら、発売を延期できるわけないだろうが！」

発売が延期になると、開発責任者の笛木が責任を追及される。保身のためにも、一橋の提案は却下せざるを得ない。そんな本音は見え透いていたが、一橋はさらにその奥も見抜いていた。検証を行うと、低周波音が検出されてしまうことを、笛木は知っていたのだ。

これはまずい。笛木の暴走を止めないと、会社は重大な問題を抱え込むことになる。

危機感を募らせた一橋は、なんとか翻意してもらおうと、懸命に説得を行った。しかし彼を待っていたのは、転属の辞令だった。

総務部総務課。それが一橋の新しい職場だ。聞こえはいいが、実際には電話もパソコンも与えられず、窓もない狭い部屋で、ひたすら膨大な計算結果を検算する作業を押しつけられた。パソコンがないから、電卓を叩くしかない。そして計算ミスをチェックできなかった場合、一橋の責任にされる仕組みができあがっていた。仕組み作りには西山専務も荷担していたし、承認したのは中道社長だった。

つまり、みんなわかっていたのだ。フウジンＷＰ１が、消費者に被害を与える危険を抱えていることを。それでも危険性を隠蔽《いんぺい》して発売することを決断した。

まだ若い一橋が転職を決意するのに、時間はかからなかった。一橋はフウジンブレードよりもさらに小さなベンチャー企業に転職した。新しい環境で働きながらも、一橋の心から、フウジンブレードと笛木に対する憎しみが消えることはなかった。そんなとき、吉崎から声がかかったのだ。一緒に復讐しないかと。一橋は、誘いに乗った。

「みなさんは、思い思いの復讐を遂げてください」

吉崎は作ったような笑顔で言った。「私たちも、この社会を悪くした悪徳企業に対して復讐します。善良な市民の代理として」

そして十人による復讐計画がスタートした。一橋が社内情報を提供し、それを基《もと》に吉崎が素案を練り、雨森が磨き上げる。ごく短期間にそのような作業を行い、メンバーは行動を起こした。

時間をかけた水も漏らさぬ計画よりも、迅速さが必要だった。相手がこちらの計画に気づく前に、一気に決着をつける。裁判という公明正大なフィールドで行われている勝負。勝つに決まっている。そう相手が思っている今こそが、決行のチャンスだった。

そして今日、絵麻たちは目的の三分の一を達成した。明日一日は無為に過ごすことになるけれど、その間に笛木の死が露見する心配はない。明後日、五月五日こそが、今まで絵麻たちを悩ませ続けてきた偏頭痛から完全に解放される記念日となるのだ――。

電子音で目が覚めた。

手を伸ばしてスマートフォンを取る。液晶画面をタッチしてアラームを止めた。

午後六時十五分。うたた寝してしまったときのことを考えて、念のため集合時刻の十五分前にアラームをセットしておいたのが、役に立った。はじめて見る殺人に神経が興奮して眠れないだろうと思っていたのに、簡単に眠りに落ちていた。自分で思っていたよりも、神経が太いのだろうか。いや、違う。与えられた刺激が強すぎて、脳と神経が休息を欲していたのだ。

各自、自室で休息を取ることにしたのが、午後五時だった。一時間と少しの睡眠ということになる。足りない気もしたけれど、二度寝するほどは眠くない。やや頭が重いものの、ずっとつきまとわれていた、起き抜けの偏頭痛もない。少し安心して、身を起こした。ユニットバスに移動して、備え付けのコップで水を飲んだ。鏡に向かって髪を直す。

ふと思いついて、室内を見回した。風神館の客室は、ホテルのツインルームと同じような造りだ。居室とユニットバスでできている。居室にはシングルベッドがふたつと、小さなテーブルと椅子が二脚ある。それとは別に、ちょっとした仕事ができるライティングスペースがあるのは、研修にも利用される保養所ゆえか。別に大浴場もあるけれど、子供がまだ小さい場合を考えて、家族だけで利用できるユニットバスがあるのかもしれない。

そういえば、ここしばらく旅行なんて行ってないな。

出張があるような職種じゃない。はるか昔、恋人がいた頃には一緒に旅行も行ったけれど、別れてもう何年も経つ。新しい相手を見つける前にフウジンWP1の被害に遭ったから、旅行どころではなかった。

　今回は人生をかけた大勝負だから、旅行という雰囲気ではない。しかし成功した暁には、祝勝会を兼ねた旅行を企画してもいいのではないか。メンバーはそれぞれに憎しみを抱えているから、どうしても暗くなりがちだ。でも復讐を果たしたのなら、みんな明るさを取り戻すはずだ。先ほど沙月が吐露した本音。復讐はスッキリする。全員が同じ気持ちになれれば、さぞかし明るい旅行になるだろう。

　あるいは、祝勝旅行は実現しないかもしれない。自分たちは、フウジンブレードへの恨みでつながっている。復讐を遂げてしまえば、自分たちを結びつけるものは何もなくなってしまう。ごく自然に解散して、二度と会うことはないかもしれない。

　それでも、今回の作戦を完遂できたら旅行に行くというアイデアは、捨てがたいものに思えた。なに、全員で行く必要はない。たとえば、千里とはウマが合う。彼女との旅行は楽しいだろう。雨森や一橋も、被害者である自分に酔っていない。男性と二人きりというのは抵抗があるけれど、小グループでなら可能性はある。

　いけない。

　絵麻は頭を振った。まだ一人を殺しただけだ。残る二人を殺さないうちは、何も成し遂げていないのと同じだ。旅行なんて、三人殺してから考えればいい。自分が企画しなくても、吉崎と亜佳音が勝手に旅行会社のパンフレットを持ってくるかもしれないし。

八分前だ。そろそろ食堂に戻ろう。

ドアを開けたら、奥の方に人の気配がした。反射的に視線を向けると、雨森が六号室から出て来るところだった。雨森もまた、ドアが開く音に反応したのか、こちらを見た。小さく笑って近づいてくる。

「お疲れさま。眠れた？」

「うん。すっきりしたよ」

「偏頭痛は？」

「ない」

「うん。そうだね」

妙に納得したような雨森のコメントに、絵麻は違和感を抱いた。笛木を殺害したときに、偏頭痛がしなくなったと言ったではないか。

疑念が顔に出ていたのか、雨森が絵麻を見て小さくうなずいた。

「笛木のこともそうだけど――」雨森が周囲を見回した。「ここには、フウジンＷＰ１がない」

「あ……」

まったく予想していなかった言葉に、絵麻は思わず口を開けた。雨森はまたうなずく。

「この保養所は、フウジンブレードが成功の証として建てたものだ。それなのに、どうして最大のヒット作であるフウジンＷＰ1を付けなかったんだろうね。フウジンＷＰ1は欠陥品だけど、発電はできる。奴らの説明どおり、短期間で初期投資を回収できるのに」

ようやく雨森の言いたいことがわかった。「フウジンＷＰ1で体調を崩す社員が出るとまずいからか」

「そういうこと」雨森は口元だけで笑った。「奴らは、フウジンＷＰ1が欠陥品だということを、自らの行動で証明してるんだ」

「………」

脳を灼《や》かれるような感覚があった。偏頭痛ではない。怒りと憎しみだ。奴らは絵麻の夢を奪っておきながら、自分たちは平穏に暮らそうとしているのか。

ダメだ。落ち着け。

わずかに残った理性が、なんとか絵麻をなだめた。復讐は完遂しなければならない。けれど、それは明後日の話だ。今は大人しく潜伏しなければならない局面だぞ。怒りに無駄なエネルギーを使うな。

——そうだね。

絵麻は心の中で理性に返事して、一度深呼吸した。よし、冷静さを取り戻した。

「雨森さんこそ、眠れたの？」

雨森は、食堂を出るときに眠ると言っていた。起きてこなかったら起こしてとまで言っていた。

「いや」雨森は小さく首を振った。「明日の過ごし方を考えていたら、いつの間にか時間が過ぎてた」

「過ごし方って？」

絵麻の質問に、雨森は苦笑で答えた。

「だって、明日一日は何もやることがないんだよ。明後日の朝には中道と西山を退治するというのに、のんびりテレビを見たりゲームをしたりできるとは思えない。でも、ただじっとしているには、一日は長い」

なるほど。そこまでは考えなかった。

「考えなくても、いいんじゃないの？　まずは、目の前の晩ごはんを準備しようよ」

雨森は瞬きした。「それもそうだ」

笛木に調べさせた予定表から、五月五日の早朝まで風神館に潜伏する可能性があった。そこで車で三十分ほど走ったところにある業務用スーパーマーケットで、食料を買い込んだ。十人の四食分、あるいは五食分だからけっこうな量になったけれど、業務用スーパーマーケットだから、それほど印象に残っていないはずだ。ゴールデンウィークの最中だからか、バーベキュー用の肉や野菜を大量に買い込む集団は、他に何組もいたし。

「とりあえず今晩は、中華だね」

雨森が記憶を辿りながら言った。

献立は、主婦経験のある瞳と沙月が中心になって考えた。今日の夕食は勢いをつける意味で、ニンニクと唐辛子、それから花椒《ホワジャオ》が効いた麻婆豆腐だ。他には、ワカメを中心にした中華風サラダと、卵スープ。米は備蓄を失敬することにした。男性陣は酒と肴《さかな》選びに夢中だったから、当てにはしていない。女性はいつも現実的だ。腹が減っては戦《いくさ》ができない。

「しまった」

声に出てしまった。雨森が目を丸くする。

「何？」

「ごはん。炊飯器の準備をしてない。休憩の前に、米を洗って吸水させておけばよかった」

「ああ、そうか」

　自分も自炊しているのか、すぐに思い至ったようだ。頭を掻《か》く。

「メンバーには主婦や自炊している独身者があれだけいたのに、誰も気づかなかったとはね。やっぱり、殺人計画遂行中という異常事態が、生活感覚を鈍らせてたんだろうな」

「まあ、いいよ。無理に吸水させなくても、ざざっと洗ってすぐに炊飯しても、それほど変な味にはならないから。ごはんもそうだけど、麻婆豆腐に使う挽肉を冷蔵庫から出そうよ」

　雨森が軽く首を傾《かし》げた。本当に意味がわからなかったときの仕草。

「肉料理の基本は、肉を室温に戻してから調理することだよ。こっちも、休憩の前に冷蔵庫から出しておくんだった」

「そうなんだ」いつも淡々と話す青年が、妙に感心した声を出した。たいした話ではないから、あまり感心されると、こちらが恥ずかしくなる。

「まあ、日々の生活に追われてると、わかっていてもなかなかできないんだけどね。料理のコツの中で、最も実践しにくいことかもしれない」

「そうだね。朝、出勤前に冷蔵庫から出したりしたら、夏場なんか帰ってくる頃には傷《いた》んでいるかもしれない」

「そういうこと。今日なんて挽肉を一キロも使うんだから、なかなか戻らない」

本来なら、潜伏先での料理に、それほどこだわる必要もない。だけど雨森が指摘したように、他にやることがない。だったらせめて食事くらいはいいものを食べたいではないか。

階段を下りて、食堂に向かう。食堂は真っ暗だった。出入口付近を探したら、照明のスイッチが三つあった。三つともオンにすると、広い食堂はすぐに明るくなった。十二卓あるテーブルのうち、四卓をつなげたそのままの状態だ。

その最奥で、一橋がテーブルに突っ伏した恰好のままでいる。

「よく眠ってるね」

雨森が小声で言い、絵麻が首肯した。

「眠剤がよく効いているみたい。普段服用してないと、劇的に効くからね。ひょっとしたら、明日の朝まで起きないかもしれない」

「本人も言ってたけど、気が抜けたのもあるだろう」

雨森が共感を滲ませながらコメントした。

「一橋さんの憎悪は、主に笛木に向けられていた。一橋さんを追い出したことに関しては、社長の中道と専務の西山も関与していたそうだけれど、やはり普段接点のない取締役と、直属の上司とは違う。フウジンWP1の件がなくても、普段からパワーハラスメントの常習者だったそうだから、一橋さんにとっては笛木こそが真のターゲットだ。殺したら気が抜けるのも無理はない」

「そうね。行動を起こすのは明後日の朝だし、一橋さんはこの保養所で西山を待つ役目なんだから。極端な話、三十六時間眠っていても、問題ないでしょ」

「それは、本当に極端だな」

二人で笑った。しかし絵麻は、すぐに気持ちを切り替えた。

「ともかく、キッチンに行こう。確か、炊飯器は大きいのと小さいのがあった。利用者の人数で調整できるようにしてるんでしょう。今日は十人もいるから、大きい方を使わなきゃ」

「一升炊きなんて、大学の合宿以来だよ」

雨森が遠くを見ながらコメントした。

大学の合宿。雨森は学生時代、どんなサークルに入っていたんだろうか。

現在の体格を見ているかぎり、体育会系というわけでもなさそうなんだけど。とはいえ別に運動部でなくても、合宿で自炊するサークルは珍しくない。

飄々《ひょうひょう》とした物腰からは、大学時代に打ち込んでいたものを想像するのは難しい。ただひとついえるのは、当時はまさか自分が将来殺人に手を染めるとは、夢にも思っていなかったということだ。

料理の段取りを話しながら、食堂の奥に向かう。ふと思いついたことがあって、一橋の手前で足を止めた。一瞬遅れて、雨森も立ち止まる。

「どうしたの？」

「一橋さん」

絵麻は答えた。「考えてみたら、部屋に運ばないまでも、毛布くらい掛けてあげた方がよかったかもしれないと思って」

「――ああ」またしても一瞬遅れて、雨森が反応した。

「空調が効いているから大丈夫と思うけど、言われてみれば設定温度は起きている人間向けだ。仲間としては、薄情すぎたかもしれないな」

「今からでも毛布を取ってこようか」

二人は突っ伏した一橋に目をやった。どうだろう。寝苦しそうだろうか。

一橋はぴくりとも動かなかった。熟睡できているのなら、毛布は必要ないか。そう思いかけた脳を、強烈な違和感が襲った。

なんだ？

これは、なんの違和感だ。必ずしもはっきりしているとはいえない頭で、懸命に正体を探した。わからない。

先に見つけたのは、雨森だった。

「あれ……」

彼らしくない、緊張を含んだ声。

「一橋さんの、首」

首？

自然と一橋の首に視線が向く。テーブルに突っ伏した体勢だから、首は見えづらい。いや、雨森の言葉は正確ではない。

首じゃない。後頭部と首の付け根の中間点だ。いわゆる盆の窪《くぼ》と呼ばれる場所。

そこが、先ほどまでの一橋と違っていた。

一橋の盆の窪から、木製の柄《え》が生えていた。

第三章　キーパーソンの死

絵麻《えま》と雨森《あめもり》は、動けなかった。

身体だけではない。視線もまた、一点から動かすことができない。彼らの目は、ただひたすら一橋《いちはし》に向けられていた。

株式会社フウジンブレードへの復讐のため、絵麻たちは同社の保養所「風神館」に潜入して、拠点とした。ターゲットの一人である笛木《ふえき》の殺害に成功し、これ以上ないスタートダッシュに成功したはずだった。それなのに、目の前の光景は、なんだ？

復讐メンバーの一人、笛木殺害の功労者である一橋がテーブルに突っ伏している。それはいい。彼は計画に従って眠剤を飲み、食堂のテーブルで眠った。絵麻たちの目の前でのことであり、メンバー全員が納得ずくだった。気持ちよさそうに眠る一橋をそっとしておいて、自分たちは自室で休憩した。

しかし、再集合時刻直前になって、変化が生じた。いったん解散を決めたときには、なかったもの。一橋の首から生えている、木製の柄。

いきなり空気が動いて、絵麻の身体が震えた。隣に立っていた雨森が動いたのだ。慌てるでもなく、おそるおそるでもなく。意志の力で制御された歩みだった。震えたおかげで筋肉が動き、金縛りが解けた絵麻も、ついていく。二十歩程度の距離を移動して、一橋の背後に立った。

「一橋さん」

雨森が呼びかけた。反応はない。手を伸ばし、肩を叩こうとする手が、止まる。

一橋は動かなかった。違和感を覚えるほどの、完全なる静止。生者には決してできないことだ。その一点だけで、絵麻は一橋がすでに死亡していることを確信した。

ふうっ、と雨森が息を吐いた。絵麻に顔を向ける。

「アイスピック、かな」

肩を叩こうとしていた手が、一橋の首の後ろを指し示している。

「そうみたいね」

ようやく声を出すことができた。中央部が少し膨らんだ円筒形。確かにアイスピックの柄に見える。見覚えはないけれど、ここは保養所の食堂だ。隣には、キッチンがある。キッチンにアイスピックがあっても不思議はない。

「よく知らないけど」雨森が手を引っ込めた。「首の後ろ、後頭部の付け根辺りには、急所があるって聞いたことがある。尖《とが》ったもので刺すと、即死すると」

「そうなんだ」

返事をしたけれど、意味があるものではないと、自分でもわかっている。しかし他に答えようがない。頭が回っていない。

一橋が死んでいる。それはわかる。死因が首に刺さったアイスピックなのも。しかしわかっているのは現象だけだ。一橋の死が何を意味するのか、自分がどんな行動を取ればいいのか、まったくわからない。

肩を叩かれ、また身体が震える。雨森は至近距離から絵麻の目を見つめた。「みんなを呼ぼう」

「あ……」

ぱん、と頭をはたかれた気がした。同時に思考力が戻ってきた。そうだ。仲間に異変が起こった以上、みんなを呼ばなければ。

一橋から離れ、食堂の出入口まで移動する。すると廊下から人の声が聞こえた。反射的に視線を巡らせて時計を探す。食堂の奥に掛け時計があった。午後六時二十七分。部屋を出るときに、集合時刻の午後六時半まであと八分と思ったから、二十二分だ。あれから五分しか経っていないのか。もう、ずいぶん前のことに思える。

廊下に出ると、吉崎《よしざき》と亜佳音《あかね》、それに沙月《さつき》がこちらに向かっていた。雨森が彼らに手を振った。

「来てくれっ！」

吉崎が怪訝《けげん》な顔をした。しかし真剣な表情から、感じるものがあったのだろう。小走りにこちらまでやってきた。二人の女性も続く。

「どうした？」

吉崎の問いかけに、雨森は食堂の中を指し示すことで答えた。吉崎が出入口から食堂の中を覗き込む。中には、テーブルに突っ伏した一橋ただ一人。

異状を感じ取れなかったのか、吉崎が雨森に顔を向けた。「どうかしたか？」

雨森は答えず、食堂の中に入った。一橋に向かって歩いていく。吉崎も続く。数歩歩いたところで、息を呑む音が聞こえた。吉崎の足が止まる。

「あれ、は……？」

一瞬の自失の後、吉崎がダッシュした。一気に一橋の元に辿り着く。亜佳音と沙月も同様だ。先ほどの絵麻たちと同様、背後から一橋を見下ろす。

たっぷり五秒間は静止していただろうか。一橋と違って、生者にしかできない揺らぎや震えを伴った静止の後、吉崎は顔を上げた。再び雨森に顔を向けた。

「なんだ？　これは」

「わからない」雨森は首を振る。「僕たちが食堂に下りてきたときには、もうこうなってた」

ぬうと唸《うな》って、吉崎が黙り込んだ。

傍らの亜佳音は表情を変えていないが、強張《こわば》っているのがわかる。元々大きな目がまん丸になっている。大きな口はしっかりと結ばれ、ややエラの張った顎《あご》が震えるのがわかった。

沙月は両手で顔を覆っていた。しかし目までは隠しておらず、一橋の後ろ姿に注がれている。見ないよう目を両手で隠したのではなく、叫びだそうとするのを抑える仕草に見えた。

沈黙は長く続かなかった。廊下から、また話し声が聞こえてきたからだ。一人だけ出入口に残っていた絵麻が、廊下を確認する。瞳《ひとみ》と千里《ちさと》が並んでこちらに向かっていた。聞こえたのは、瞳の甲高い声だ。その背後には江角《えすみ》と菊野《きくの》の姿も見えた。

瞳が絵麻に気づいて顔を上げた。

「あら。みんな、もう揃ってる？」

確かに、この四人が加われば全員揃ったことになる。絵麻は曖昧《あいまい》にうなずいて、食堂の中を指さした。それでも意味がわからなかったようだ。のほほんとした顔で出入口に到着し、中を覗き込む。そこでようやく、尋常ならざる雰囲気に気づいたようだ。

真っ先に駆けだしたのは、千里だった。この四人の中だと、千里のフットワークが最も軽い。つられるように、残る三人も走りだす。吉崎の重苦しい表情が迎えた。新たに加わった仲間のために、吉崎たちが場所を空けてやる。入れ替わる形で一橋の背後に立った千里たちは、同様の反応をした。一見すると静かな、それでも深刻な驚愕。

千里が目を見開いて、一橋を凝視した。「創太……」

返事があるわけもない。千里が救いを求めるように、周囲を見回した。雨森が首を振る。

「ムダだ。一橋さんは、もう死んでる」

ひゅっ、と高い音が聞こえた。瞳が息を吸い込んだ音だ。

「死んでる……」

機械的に瞳が復唱する。「どういうこと？」

「わからない」雨森は吉崎のときと同じ答え方をした。

「死んでるって」江角が唾を飲み込もうとした。しかし口の中がからからに乾いているのか、うまくいかずに苦しげな顔をした。「どうして?」

吉崎が頭を振った。「こっちが聞きたい」

菊野の顔面が蒼白になった。

「けっ、警察っ!」

おそらくは、この世で最も真っ当な反応なのだろう。しかし返ってきたのは、冷たい沈黙だった。数瞬の目配せ。

——誰が説明してあげる?

無言のやりとりがなされ、リーダー格の吉崎が代表して口を開いた。

「警察は、呼べないよ」そして天井を指さす。「菊野さん。私たちは今、何をしているんだ? 二階には、何がある?」

「二階?」菊野は吉崎の指先につられるように天井を見た。二階にあるものは——。

菊野はうつむいた。「そうか……」

「そう」吉崎は嚙んで含めるように続ける。「私たちは、復讐の真っ最中だ。二階には、笛木の死体がある。私たちの、犯罪の証拠が。捕まりたくないのなら、警察を呼ぶことは、絶対にできない」

「捕まってたまるもんか」江角が吐き捨てるように言った。「どうして、あいつらを殺したことで、逮捕されなきゃいけないんだ」

「そうだね」雨森が静かな声で言った。「僕たちは冷静になる必要がある。コーヒーでも淹れよう――いや、缶コーヒーでも買ってこよう。みんなは、どうする？」

「そうだな」吉崎もうなずいた。「賛成だ。確か、玄関ロビーに自動販売機があったな」

　スラックスの尻ポケットに手を当てる。財布の存在を確認する仕草だ。「財布を持ってきてない人は、貸すよ」

　異議を唱える者がおらず、全員が玄関ロビーに移動することになった。

「硬貨に、指紋を残さないでくれよ。我々がここに潜入した痕跡は、すべて消しておかなければならないんだから」

　言いながら、吉崎は硬貨をいちいちハンカチで拭いて投入した。全員が同じことを繰り返して、飲み物を手に食堂に戻った。

「手伝ってくれないか」

　食堂に入るなり、雨森が言った。缶コーヒーを脇の下に挟み、テーブルの縁に手をかける。またテーブルを複数つなげて、全員が囲める場所を作りたいのだろう。先ほどまでは、中央の列にあるテーブルを四卓つなげて、全員が座れるようにしていた。しかしその場所は、今は一人の死者が占領している。察した仲間たちが協力し合って、今度は出入口側の列のテーブルを四卓つなげた。

当然のように、窓を背にした中央に吉崎が座った。隣には亜佳音。自然と同じ席順になる。絵麻は廊下側の左端。出入口を背にする場所だ。

吉崎が缶コーヒーを開栓した。小容量のブラックコーヒーだ。全員が倣《なら》う。絵麻が買ったのは、ペットボトルに入ったミルクティー。ホットでないのが残念だけれど、ないよりずっといい。キャップを開けて中身を飲む。ほのかな甘さに、精神が少し安堵する。

ペットボトルの飲み口に鼻を近づける。ほんの少し紅茶とミルクの香りが感じられた。偏頭痛に悩まされるようになってからは、香りなどまったくわからなくなっていたのに。

しかし現役の調香師だったときの感覚には、及ぶべくもない。もし復讐を完遂したら、あの頃の嗅覚が戻ってくるだろうか。

絵麻は心の中で首を振った。仮定の話をしても仕方がない。今は復讐のことを考えよう。そして、突然起こった仲間の死のことを。

しばらくの間、誰もが無言だった。ただ飲むことに集中しているように見える。まるで、他の仲間がいないかのように。やがてブラックコーヒーを飲み終わったらしい吉崎が、缶をテーブルに置いた。軽い音を立てて、空き缶がテーブル面に接地する。

　吉崎はテーブルを囲んだメンバーをゆっくりと見回した。それから首をねじって、動かなくなったもう一人のメンバーに視線をやる。しかしすぐに首を戻した。

「一橋さんが、死んだ」

　重い声で切りだした。痙攣《けいれん》したように、菊野の顔が引きつる。吉崎は若い仲間の反応を無視して続けた。

「まず、根本的なところから始めよう。一橋さんは、どうして死んだんだろう」

「首のアレじゃないの？」

　瞳が答える。アレとは、アイスピックのことだろう。吉崎はうなずいた。

「そうだろうな。柄の形からして、アイスピックだと思う。問題は、どうやって刺さったか、だ」

「あの場所に、自分で刺せるかということだね」

　雨森が補足する。アイスピックを握る形にした右手を、首の後ろに持っていく。小指の付け根を、後頭部に当てた。

「角度的には、できないことはないな。でも、アイスピックの先は、それほど鋭くない。あくまで氷を砕くものであって、刺す目的で開発されたものじゃないから。針ならともかく、アイスピックだと、深く刺すにはけっこうな力が要ると思う」

全員が雨森と同じ動作をした。思い思いにうなずく。うなずいたということは、雨森の意見に同意したということだ。言外に匂わせた、口に出したくない結論に。

それでも、誰かが口にしなければならない。絵麻は、自ら口にした。偏頭痛がおさまっている今なら、その勇気が持てる。

「誰かが、一橋さんを刺したってことね」

雨森が大きく息を吐いた。

「そういうこと。つまり、一橋さんは、殺された」

食堂の空気が固まった。

誰もがわかっているのだ。この場で殺人が起こることの意味を。駆け引きのような視線のやりとりの後、あきらめたように吉崎が口を開いた。

「私たちが来たとき、風神館は施錠されていた。笛木のＩＤカードで鍵を開けて入ったんだから。そして笛木は、もう死んでいる。建物にいるのは、私たちだけだ」

「ちょっと待った」

間髪を容《い》れずに雨森が言った。

「確認すべきだと思う。今現在、この保養所は本当に施錠されているのかということと、本当に他に誰もいないのかということを」

「えっ？」江角が戸惑った声を上げた。「どういうこと？」

「結論づけるのは早いってことね」代わって沙月が答えた。「この保養所に、本当にわたしたちしかいないのか。それを確認しないことには、話ができない。わたしも、そう思う」

「そうだな」吉崎がぽんと手を打った。「手分けして、中を確認しよう。二人一組で、いや、三人一組で三組作って」

「三人組」瞳が繰り返す。「どう分ける?」

「じゃんけんでも、くじ引きでも」吉崎は答えた。「とにかく、誰の意図も入らないようにしよう」

雨森が立ち上がり、食堂とキッチンをつなぐカウンターに向かった。カウンターに置いてある物を手に取って戻ってくる。爪楊枝のパックだ。

「これを使おう」

パックから九本の爪楊枝を取り出し、胸ポケットのボールペンで印をつけた。一本線を三本に、二本線を三本に、三本線を三本に。印をつけた方を手に持ち、わからないように混ぜた。

「引いて」

仲間たちに差し出す。最初に吉崎、続いて亜佳音が引いた。あとは席順に左回りに引いていった。

一本線が、江角、雨森、千里。

二本線が、吉崎、瞳、沙月。

三本線が、菊野、亜佳音、そして絵麻。

「私たちは、二階の空き部屋を調べよう」

吉崎が言った。空き部屋とは、笛木の死体がある十二号室と、その隣の十一号室だ。いや、今は一橋が入っていた十号室も空いているから、そこも調べる必要がある。

「じゃあ、僕たちは共有スペースを調べるよ。大浴場とか、倉庫とか」

雨森が江角と千里を見た。勝手に決めたけれど、いいかという確認の視線。二人はそれぞれにうなずいた。

「では、わたしたちは玄関や勝手口、窓の施錠を調べます」

亜佳音が言い、役割分担は決まった。

「玄関から確認しましょう」

亜佳音がつっけんどんに言って、出入口に向かう。そこに、雨森から声がかかった。

「亜佳音さん、玄関ドアを確認したら、戻ってきて勝手口を見てくれないか」

亜佳音が足を止めて振り返る。わずかに眉間にしわが寄っていた。発言の意図がわからない、といった顔。雨森が補足した。

「君たちが玄関を確認している間に、誰かが勝手口から出入りするかもしれない。人の出入りは、やっぱり窓よりドアの可能性が高いからね。だから僕たちが、キッチンで勝手口を見張ってるよ。玄関ドアの施錠を確認できたら、戻ってきてほしい。僕たちは、それから共有スペースを調べる」

なるほど。慎重の上にも慎重を期するわけだ。そう納得しかけたけれど、違和感を覚えた。それが何か考えたら、すぐに見つかった。

「雨森さん。それなら雨森さんたちが勝手口の鍵を調べたらいいいんじゃないの？」

自分でも真っ当な意見だと思う。しかし雨森は薄く笑った。

「僕自身が、勝手口からの出入りについて、口に出しちゃったからね。確認は別のグループがやった方がいい」

そういうものか。判断がつきかねた。それでも亜佳音は「わかりました」と返事をして、廊下に出た。慌ててついていく。廊下の窓の鍵を確認しながら玄関に向かう。

玄関ドアは、外からは社員証を兼ねたＩＤカードでないと開けられない。けれど内側からは、つまみをひねることで解錠可能だ。玄関ドアは、しっかりと施錠されていた。あらためて食堂に戻り、キッチンに移動する。一橋の姿は見ないようにした。

「玄関の鍵は、かかっていました」

亜佳音が簡単に報告し、勝手口に向かう。勝手口のドアはサムターン錠式だった。ここもまた、施錠されていた。

「オッケー」雨森が言った。「じゃあ、僕たちも行動に移ろう」

雨森は江角と千里を伴って、キッチンを出ていった。絵麻たちはキッチンの窓の施錠も確認して、食堂に戻った。食堂の窓も調べる。やはり、すべての窓に鍵がかかっていた。

次は二階だ。二階の廊下は左右に部屋があるから、窓は廊下の階段に近い方にあるだけだ。奥側の端には、非常階段に続くドアがある。普段はドアノブにプラスチックのケースがはまっていて、緊急時のみ使用するドアだ。つまり、廊下の両端を調べれば、自分たちの役割は終わる。事実、あっという間に終わった。階段を下りようとしたら、奥の十二号室から吉崎たちが出てきた。あちらの仕事も終わったらしい。

六人で食堂に戻って数分待っていたら、雨森たちも戻ってきた。あらためて、生者全員でテーブルを囲む。

「共有スペースには、誰もいなかった。倉庫も大浴場も、人が出入りできる大きさの窓はなかった」

　雨森が口火を切った。吉崎が続く。

「一橋さんの十号室、誰も入っていない十一号室、それから笛木の十二号室。どの部屋にも、生きている人間は誰もいなかった。死んでいる笛木は、浴槽に浸かったままだった。少なくとも、笛木が生き返って一橋さんに仕返ししたわけじゃなさそうだ」

　悪趣味な科白だ。しかし当人はいたって真面目な顔をしていた。

「外に通じるドアと窓は、すべて施錠されていました」

　亜佳音が宣言するように言って、すぐに口を閉ざした。

　空気が重くなった。それぞれの報告が正しいのなら、やはりこの保養所には、自分たちしかいないことになる。

　仲間たちの顔をそっと見る。一様に重苦しい顔をしているけれど、驚愕の表情はひとつもなかった。

　みんな、わかっていたのだ。そんなことは、調べるまでもないと。それでも雨森は検証の必要を訴えたのだし、全員がそれに賛同した。当然だ。お互いがお互いを疑い合って険悪になった後で、実は勝手口が開いていて出入りし放題だったなんてわかったら、間抜け以外の何物でもない。

「確実じゃない」雨森がテーブルに視線を落としたまま言った。「窓と勝手口はともかく、玄関ドアの鍵は社員のＩＤカードで開けられる。事実、僕たちは笛木のカードで入ったわけだし。フウジンブレードの社員が、こっそり出入りしている可能性は否定できない」

自分でも信じていない口調なのは、明らかだった。だから誰も反応しなかった。

やや間を置いて、吉崎が口を開いた。

「そうだな。でも、今のところは無視していいだろう。雨森さん。認めよう。風神館には、私たち以外、誰もいない。一橋さんをあんな姿にしたのは、ここにいる誰かだと」

「ちょっと待ってくれ」

菊野が遮った。「吉崎さんたちが調べたのは、空いている部屋だけだろう。みんなが泊まっている部屋は確認していない。そこに誰かが隠れているかもしれないじゃないか」

「客室はオートロックだよ」

瞳が低い声で言った。「わたしたちは部屋に入るために、管理人室から合鍵を取っていったんだ。つまり合鍵はそこにあったってこと。誰かさんが持っていったわけじゃない」

「そ――」一瞬たじろいだ菊野は、それでも反論するだけの元気があったようだ。

「それじゃあ、誰かが自分から部屋に入れたのかもしれない」

「この中の誰かが、かくまってるって？」

今度は江角が答えた。「じゃあ、そいつは共犯だな。この中の誰かがやったのと、意味は同じだ」

「………」

菊野はまだ反論しようとしたけれど、ネタが尽きたようだ。口をぱくぱくさせるだけだった。

菊野の気持ちは、わからないではない。頭ではわかっていても、認めたくないのだ。こうやって顔をつきあわせている誰かが、一橋を殺したということを。

しかし事実だ。フウジンブレードの社員が玄関ドアから侵入した可能性を指摘した雨森だって、それはわかっている。その理由を、絵麻は口にした。

「雨森さん、さっき缶コーヒーを買いに行く前に、コーヒーを淹れようって言いかけたでしょ。それをやめて、缶コーヒーと言い直した」

雨森は動揺しなかった。「ああ、そうだね」

「あれって、この中の誰かが一橋さんをあんなふうにしたって考えてたからでしょ？　コーヒーを淹れるのが犯人だったら、毒でも入れられるかもしれない。だから、安全な缶コーヒーを選んだ」

雨森は指先で頰を搔いた。「そのとおりだよ」

絵麻は、今度は吉崎の方を向いた。

「吉崎さんが二人一組じゃなく三人一組を提案したのも、同じ理由だよね。二人一組だと、誰かが犯人と二人きりになる危険性があった。だから三人一組にした」

「正解」答える吉崎の表情は、少し楽しげだった。「もちろん、犯人が一人とは限らない。それでも三人一組の方がリスクは下がる。そう考えたのは事実だよ。絵麻さん、冴えてるね」

「偏頭痛がなければ、この程度のことはわかるよ」

そう。頭は回る。けれどそれは精神状態が平常のときに限るはずだ。いきなり仲間の死体を見せられたといった状況で、パニックも起こさずに冷静にものを考えられている自分が不思議だった。

やはり笛木殺害が、精神に影響を及ぼしているのだろうか。自ら手にかけたわけではなくても、共犯としてその場に立ち会った。死体製造に手を貸した経験が、別の死体を発見したときに活かされたのかもしれない。

「そういうことだよ」

吉崎があらためて言った。「一橋さんが食堂でぐっすり眠っていることは、みんなわかっていた。休憩時間には、みんな自分の部屋にこもっていることも。抵抗されず、誰にも邪魔されずに一橋さんを殺すことは、十分に可能だ。抵抗されないんだから、誰にだってできる。腕力は必要ない。アイスピックの先端を首筋に当てて、そのまま体重をかければ刺せる」

「でも、そんな」千里が顔を上げた。必死な表情で訴える。「一橋さんは、仲間だよ。一橋さんの力がなければ、わたしたちの計画は成立しなかった。それくらい大切な仲間。それなのに、殺したっていうの？」

「でも、事実だ」切り捨てるように、吉崎が答える。「この保養所には我々しかいないし、一橋さんは殺された。よって、我々のうちの誰かが、一橋さんを殺した。そんな結論になる。仲間云々の問題じゃない」

「………」

千里は黙り込んだ。彼女も菊野と同じだ。一橋殺しの犯人がこの場にいると、認めたくないのだ。菊野は外部犯人説に逃げ場を求め、千里は仲間という絆にすがろうとした。おそらくは、無意味であるとわかっていながら。

それでも千里は視線を落とさなかった。顔を上げたまま、他のメンバーを一人一人見た。みんなは、仲間が仲間を殺したという考えを認めるのかと。

最初に目が合ったのは、絵麻だった。絵麻は目を逸《そ》らして言った。

「認めるしか、ないと思う」

千里の目が見開かれた。絵麻の隣、雨森にコメントを求める。雨森は小さく首を振った。「他に犯人がいたら、いいんだけど」

メンバーは、次々に千里の期待を裏切ってみせた。同じように身内犯人説を支持しないはずの菊野でさえ。千里は、ここではっきりと肩を落とした。「そんな……」

「千里さん」吉崎が静かに語りかけた。「入口で立ち止まっちゃいけない。我々は、その先を考えなけりゃならないんだから」

千里がゆっくりとした動作で顔を上げる。「その、先……?」

「そう」吉崎は周囲をぐるりと見回した。

「一橋さんが、ここにいる仲間の誰かに殺された。それは、認めないといけない。どうやったかもわかっている。だったら次に考えるべきなのは、『誰が』『なぜ』殺したかだ」

ぎゅっと空気が締まった気がした。

もちろん、絵麻もそれがテーマになると考えていた。ただし、答えは見つかっていない。仮説すらも。唯一確実なのは、自分じゃないということだけだ。

そっと視線を巡らせる。絵麻は、四卓つなげて長くしたテーブルの、廊下側左端にいる。自分の左側、短い辺の席には雨森がいる。自分の対面、窓側の左端には沙月が座っていて、そこから亜佳音、吉崎、江角という順序だ。雨森の対面になる短い辺は空席。本来なら、一橋が座るべき場所だからだ。また廊下側に戻って、千里、瞳が座り、絵麻の右隣に菊野がいる。彼ら一人一人を順に視線で捉えながら、絵麻は妙な実感の欠如を感じていた。

このメンバーの誰かが、一橋を殺した。それは理解できる。菊野のような反射的な否定も、千里のような情に溺れた否定も、自分には湧き起こらなかった。

犯行の情景だって、思い浮かべることができる。たとえば、吉崎。眠る笛木の手首を切ったこの男なら、眠る一橋の首筋にアイスピックを突き立てる光景は、容易に想像できる。他のメンバーもそうだ。吉崎で想像した光景の、人物部分だけを入れ替えればいい。それで犯行現場の完成だ。

そこまでわかっていながら、この中の誰かが犯人だという実感が湧かない。なぜだろう。考えようとした瞬間、菊野の声が思考を破った。

「俺じゃない」菊野の声は甲高かった。「俺は休憩時間中、ずっと部屋にいたんだ」

「わたしもだよ」菊野の右隣に座る瞳が言った。しかしその顔は菊野の方を向いていない。瞳は場の全員を等分に見て、続けた。

「休憩時間に、部屋を出た人、手を挙げてーっ」

どこからも、手は挙がらなかった。瞳は息子のような菊野を見た。「こういうことだよ」

菊野の顔が、また引きつった。吉崎が苦笑する。

「一応、訊いておこうか。誰か、自分が一橋さんを殺したと、名乗り出る人はいないかな？　事情によっては、悪いようにはしないよ」

返事はなかった。元々期待していなかっただろう吉崎は、自分に向かってするようにに、ひとつうなずいた。

「とりあえず犯人は、自分がやったということを、隠しておきたいらしい」

至極真っ当な科白だ。積極的に自らの犯行を喋りたがる犯人など、いるはずがない──そう考えかけた絵麻の脳に、触れるものがあった。なんだ？

──ああ、そうか。

絵麻は、先ほどから抱いていた実感の欠如の正体に、気づいていた。

自分たちは、みな共犯なのだ。

保養所の十二号室で、自分たちは笛木を殺害した。その場にいなかった一橋を含めて、全員が共犯だ。それもそのはず、笛木をはじめとするターゲットを殺害することを目的として集まったメンバーなのだから。

そう。自分たちは笛木殺しの共犯だ。同じ罪を共有している。それなのに、メンバーの誰かが共犯仲間に内緒で、もうひとつの殺人を犯してしまった。しかも犯人は、そのことを申告していない。共有と秘匿。まったく相反するふたつの概念が並立しているからこそ、自分は実感を抱けずにいるのだ。

しかし、絵麻と同じ考えでないメンバーも存在する。少なくとも、亜佳音はその一人だ。吉崎の発言を受けて、双眸《そうぼう》に異様な光をみなぎらせた。

「犯人が犯行を隠すのは当然だと思います」まずは絵麻が考えたことと同じ内容で切りだした。

「では、どうやって暴けばいいのでしょうか」

また空気が締まる。亜佳音が犯人に向けた刃《やいば》は、犯人でない他のメンバーをも緊張させる。いくら犯人以外は斬るつもりはないと言われても、刃の鋭利さに、無実の人間も尻込みしてしまうからだ。

「ちょっと待って」

雨森が掌を正面に向けて、発言した。話を止められた亜佳音が、怒りの表情を雨森に向ける。自分の発言を邪魔することは、すなわち吉崎の発言を否定することと考えたのだろうか。

残念ながら、亜佳音の想像どおりだった。雨森は穏やかな表情を崩さぬまま、言葉をつないだ。

「亜佳音さんは、暴くと言った」そう言う雨森の顔は、穏やかで真剣だった。「吉崎さんは、次に考えるべきなのは、一橋さんを『誰が』『なぜ』殺したかだと言った。でも、真っ先に考えるべきなのは、そんなことなんだろうか」

亜佳音は、今度ははっきりと両眼に怒りの炎を燃え上がらせた。「違うとでも？」

「違う」

雨森は明確に否定した。彼には珍しいくらい、断定口調の否定。気圧《けお》されたように、亜佳音が頭を後ろに下げる。

「誰が一橋さんを殺したか。なぜ一橋さんを殺したか。仲間が死んだんだから、考えなければならないのは確かだ。でも、今すぐじゃない。今この瞬間に考えなければならないのは、一橋さんの死が、僕たちの計画に与える影響だ」

「あ……」

珍しく、吉崎が口をぽかんと開けた。完全に虚を衝《つ》かれた表情だ。

もっとも、絵麻に吉崎を嗤う資格はない。なぜなら絵麻もまた、口をぽかんと開けているからだ。テーブルの周りに、同じ顔をしていない人間は、一人しかいなかった。

仲間にこんな顔をさせた人物。

雨森は仲間たちの表情に頓着《とんちゃく》することなく、話を進めた。

「僕たちは、何のために集まっているのか。中道《なかみち》と西山、そして笛木を殺すためだろう。笛木殺しには成功した。計画では明後日の朝には、中道と西山を殺すことになっている。そんな中で、一橋さんが殺されてしまった。僕たちのうちの、誰かに」

雨森は缶コーヒーを取り、残っていたコーヒーを飲み干した。

「みんな、どうする？　非常事態発生のため、計画を延期するのか。それとも計画どおりに中道と西山を殺すのか。どちらを選ぶ？」

雨森が口を閉ざすと、沈黙が訪れた。ただし、先ほどまでの重苦しい沈黙ではない。メンバーたちの表情がそれを物語っている。おそらくは、誰もが絵麻が感じたような実感の欠如を感じていたのだろう。どこかふわふわとした、地に足がついていない感覚。それが雨森の言葉によって、現実に引き戻された。自分たちがここに集まった理由を思い出し、頭が実務家に戻った。みんな、そんな顔をしていた。

「続けるに、決まっている」

真っ先に答えたのは、江角だった。「息子の仇は、絶対に取る」

「そうね」瞳が続いた。「この機会を逃すわけにはいかない」

「そうだよ」菊野が唇を尖らせた。「笛木を殺したのに、中道が生きているなんて、あり得ない」

「フウジンブレードに恨みを持っているのは、みんなだ」吉崎はそんなことを言った。「みんなが作戦を続行すると決めるのなら、私は今までどおり手伝うよ」

「はい」亜佳音の回答はシンプルだった。先ほどまで雨森に向けていた怒りを自覚しているのか、いつも自信満々の女子大生にしては気恥ずかしそうにしている。

「わたしはフウジンブレードに、人生をめちゃくちゃにされたんだよ」沙月が昏い目をして言った。「復讐しなくて、どうするの」

雨森が絵麻を見た。その目が「どうする?」と訊いている。絵麻の答えは決まっていた。

「続けるべきだと思う。わたしたちは、最初の一歩を踏みだしてしまった。ゴールデンウィークが明けたら、笛木が死んでいることが、ばれてしまう。警察だって乗り出してくるでしょうし、中道と西山も警戒するようになる。瞳さんが言ったように、この機会を逃すと、たぶん永遠に殺せなくなる」

雨森はひとつうなずくと、千里に視線を投げた。千里はゆるゆると頭を振った。

「ごめん。今は考えられない。でも、一橋さんが死んだことで、フウジンブレードへの憎しみが消えたわけじゃないのは確か」

要は、作戦続行に賛成するということだ。

「よし」雨森がぽんと手を打った。「じゃあ、僕たちは計画どおり、フウジンブレードへの復讐を決行する。それでいいね」

進むべき道は、決まった。

第四章　暫定的結論

「明後日だ」

吉崎《よしざき》が宣言するように言った。

「五月五日の朝、我々は中道《なかみち》と西山を殺害する。計画どおりに」

「その計画では」瞳《ひとみ》が後を引き取る。「西山殺しにも一橋《いちはし》さんが活躍する予定だったけど、練り直さなきゃね」

瞳は仲間たちをゆっくりと見回した。雨森《あめもり》、千里《ちさと》、沙月《さつき》、絵麻《えま》が西山班だ。

「基本路線は、変えなくていいと思う」

代表して雨森が答える。「笛木《ふえき》の携帯で西山を呼び出して、ここで殺すことは」

瞳が小さく首を傾げる。

「顔見知りの一橋さんが出迎えてこそ、警戒心を解けるんじゃなかったの？」

雨森が同じくらい小さな動作でうなずいた。

「それが最も楽なやり方だと思う。でも、そうしなければ殺せないというものでもない。たとえばだけど、西山を呼び出すメールに『食堂で待っている』と書いておけば、西山は玄関からまっすぐこちらに来るだろう。食堂で一橋さんの死体を発見したら、やっぱりパニックに陥る。そのうえで襲いかかればいい」

「なるほど」吉崎が腕組みした。「二階まで連れていって、笛木の死体を見せる手間すら省けるわけだ」

「ちょっと待って」

千里が顔を上げていた。「それまで、一橋さんはこのまま?」

雨森は優しげな顔を千里に向けた。大丈夫、わかっているからと。

「そうだね。そこで提案だ。僕は今、仲間の死体を利用するという非人道的な提案をしたわけだけど、必ずしも一橋さんをこのまま放置する必要はないと思っている。ひとまず部屋のベッドに寝かせておいて、決行直前にまた食堂に戻すというのはどうだろう」

少しの沈黙。誰もが、どう返事をするか考えている。いや、それは正確ではないか。返事は賛成しかない。すぐに返事をしないのは、死んでしまった一橋のことを考えてあげられなかった自分が恥ずかしいからだ。少なくとも、絵麻はそうだ。自覚してしまった以上、返事をしなければならない。絵麻は率先して口を開いた。

「そうしようよ。このままにしておくんじゃ、一橋さんに申し訳ない」

「そうだな」吉崎がため息交じりに言った。「我々は、五日の朝まで、ここにいなければならない。どうしても食堂を使うことになるから、ずっと一橋さんにいられても、困る」

ひどいことを言っているようだけれど、誰も責めなかった。吉崎の口調と表情が、一橋を悼《いた》むものだったからだ。

「わたしも賛成します」亜佳音《あかね》が追随《ついずい》した。「現在の気温でどれだけ腐敗が進むかわかりませんが、少なくとも個室に安置してエアコンで冷やした方が、影響が少ないと思います」

「で、でも」菊野《きくの》が戸惑ったような声を出した。「現場保存は……」

「ちょっと、菊野くん」瞳が大げさに天を仰いだ。「まだ警察を呼ぶつもりなの？笛木と同じ場所で亡くなっている以上、一橋さんも現場保存はあり得ないよ。むしろ、徹底的に証拠隠滅しなきゃならない。それとも菊野くんは、警察に捕まりたいの？」

菊野の身体がぶるりと震えた。「そんなわけ、ない」

「瞳さんの言うとおりだ」雨森が補足した。「笛木の現場はもちろん、僕たちがこの保養所にいた形跡は、完全に消さなければならない。といっても、ベッドで寝たりシャワーを浴びたりしたら、どうしても髪の毛が落ちたりする。証拠隠滅のためには、風神館ごと燃やすしかないだろうね」

「殺人の次は放火か」吉崎がため息をついた。「逮捕されたら、人生終了だな。それほどの重罪だ」

「俺たちにとっては、正義だ」

江角《えすみ》が鼻息を荒くした。「話を戻そう。俺も、一橋さんに休んでもらうのに賛成だ。亜佳音さんは腐敗のことを気にしてたけど、俺は一橋さんを見えないようにした方が、計画に集中できると思うからだ」

「わたしも賛成だけど」沙月が宙を睨んだ。「死後硬直の問題があるね。今は亡くなったばかりだから、動かせると思う。でもベッドに一日半寝かしておいたら、身体が伸びた状態で硬直する。そうしたら、もう今の姿勢に戻せない」

「それはいいんじゃないかな」すぐさま雨森が答える。「西山が来る前に、食堂の床に、うつぶせの状態で寝かせておけばいい。アイスピックはそのままにしておきたいからね。部屋のベッドに寝かせるときもうつぶせだし、食堂の床でも同じ姿勢になる」

「あっ、そうか」

沙月が納得顔になった。

納得したのは絵麻も同様だけれど、同時に感心もしていた。よくもまあ、次々とアイデアが出てくるものだ。

アイデアだけではない。その前段階で、提起すべき問題を見つけ出し、解決策を考える。雨森の頭脳は、自然とそういうことができるのだろう。彼もまた、フウジンＷＰ１の被害者だ。つまり偏頭痛に悩まされている一人。それでも頭は、絵麻や沙月より、ずっと回転している。元々の能力差なのだろうか。

絵麻は頭を振った。いけない。一人で自虐的になっている場合ではない。

「反対意見もないことだし、さっさと実行に移そうよ。死後硬直が始まる前に」

「そうだな」吉崎が立ち上がる。「男が四人もいるんだから、一橋さん一人くらい運べる」

沙月も席を立った。「じゃあ、管理人室から合鍵を取ってくるよ」

歩きだそうとする沙月を、雨森が止めた。「待って。一人で動かない方がいい。誰かと一緒に行って。そうだな、さっきと違うグループの誰かと」

雨森はテーブルの周囲を見回した。

「千里さんと亜佳音さん。一緒に行ってくれるかな」

千里がのろのろと立ち上がる。「いいよ」

「わかりました」亜佳音が、こちらは機敏な動作で席を立つ。すぐに椅子を元の位置に戻した。

沙月が苦笑する。「慎重ね」

それでも雨森の意見に反対するつもりはないようだ。女性三人が連れ立って食堂を出た。

「じゃあ、我々も動こう」

吉崎が一橋に歩み寄る。テーブルに突っ伏した頭部と左肩に手を当てて、ゆっくりと起こした。今まで隠れていた顔が晒《さら》された。

一橋は、苦悶の表情を浮かべていなかった。目を閉じて、眠ったままの顔。自分が死んだことにすら気づいていない顔。

吉崎と菊野が両脇を抱えて、椅子ごと後ろに下げた。雨森と江角が片脚ずつ抱える。

「絵麻さん。頭を支えてくれ」

「わかった」

絵麻は言われたとおりにした。必然的に一橋の死に顔を間近で見ることになるわけだけれど、恐怖や嫌悪は感じない。これもまた、笛木殺害の影響だろうか。

「いくぞ。せえのっ」

掛け声と共に一橋を抱え上げる。一橋は少し太っている。体重はどのくらいだろうか。七十キログラム、下手をすると八十キログラムはあるかもしれない。男四人で均等に負担するとして、一人二十キログラム。持てない重さではなくても、十分でない体勢だと、それなりの負荷はかかるだろう。

それでも男性四人は、淡々と一橋の身体を運んでいく。脚が先だ。頭を支えている絵麻は最後尾からついていく。階段を上がり、十号室に向かって進む。十号室では、沙月たちが合鍵を使ってドアを開けたところだった。狭い出入口をなんとか通って、ベッドの脇に立つ。

「うつぶせに寝かせよう。そっとだ」

今まで仰向けに運んでいたから、身体を半回転させるのは、けっこう大変だった。無事に一橋をベッドに寝かせ終えたときには、男性陣の顔は一様に赤くなっていた。

千里がエアコンのスイッチを入れた。設定できる最低温度の十八度に設定して、風量も強風にする。少しでも一橋の腐敗を抑えるための処置だ。

「よし、戻ろう」

やや息を乱しながら、吉崎が号令をかけた。きびすを返しかけた動きが止まる。その視線は、ベッド脇に立つ雨森に注がれていた。

雨森は、一橋に向かって両手を合わせていた。

慌てて絵麻も両手を合わせた。全員が倣う。しばらく、そのまま動かなかった。

――一橋さん。

絵麻は目を閉じて、心の中で死者に語りかけた。

一橋さん。あなたが誰になぜ殺されたのか、それはわからない。でも、あなたの遺志は継ぐよ。あなたを会社から追い出した中道と西山は、必ず地獄に送ってみせるから。

目を開けて、そっと仲間の様子を見る。誰もが目を閉じていた。みんな、心の中で一橋と話をしているのだろうか――犯人も。

吉崎が手を下ろした。「行こう」

九人がぞろぞろと階段を下りる。沙月、千里、亜佳音の三人が管理人室に合鍵を返しに行って、少し遅れて食堂に戻ってきた。

また全員が同じ席に座る。誰も口を開かなかった。ひとつの行動を終えて次の行動に移るまでの、わずかな隙間。

絵麻も黙っていた。どうせ口火を切るのは、吉崎だ。そう思っていたら、案の定、吉崎の低音が響いた。

「我々は決めなければならない」

「決める？」江角が聞きとがめた。「何を？」

「今から取るべき行動だよ」吉崎は江角にというより全員に対して答えた。

「二択だ。一橋さんの死について考えるか、夕食にするかだ。もう七時半を過ぎている。晩飯には、決して早くないと思うんだけど」

言われてみれば、そのとおりだ。そもそも夕食の支度をするために、午後六時半に集合することにしていたわけだし。

「みんな、食べられるの？」

瞳が尋ねた。仲間の死を目の当たりにして、食欲はあるかという質問だ。

「食べられるよ」雨森が答えた。「味はわからないかもしれないけど、空腹は感じてる」

絵麻も自分の胃に手を当てる。午後は笛木殺害のため、間食どころではなかった。確かに空腹感があった。

「そんなところね」

瞳が納得したようにうなずく。自分も同じ意見なのだろう。他のメンバーの意見を聞かずに立ち上がった。「簡単に作れるものは買ってあったっけ」

腰を浮かせかけた男性陣を制して、女性五人がキッチンに向かう。メンバーは完全に同格だし、今どき料理が女性の仕事などと言うつもりもない。あえて理由をつけるならば、男性陣は大変な思いをして一橋の死体を運んでくれたからだろう。絵麻も頭を支える形で運ぶのに協力したけれど、負荷は男性陣と比べるべくもない。

カウンター脇からキッチンに入る。

「今からごはんを炊くのは、時間がかかる」

独り言のように言いながら、千里が大量に購入した食材に向かった。レジ袋から台の上に広げる。一キログラム入りのパスタが目に入った。

「アスパラとベーコンも買ってあるね。パスタにしようか」

「レタスもサラダにしちゃおう」

棚のあちこちを漁《あさ》ったら、乾燥ニンニクと鷹の爪が出てきた。オリーブオイルも。これなら、パスタはペペロンチーノに仕立てられる。

沙月と亜佳音が調理器具を探して出していく。包丁。まな板。パスタを茹でる大鍋。フライパン。ボウル。

大鍋に水を張ってガスコンロにかける。お湯が沸くまでの間にレタスを切って出来合のドレッシングをかける。ベーコンとアスパラガスをカットする。

「アスパラって、下茹でするんだっけ」

「パスタの鍋に放り込んじゃえばいいよ。二、三分で十分。パスタは何ミリ?」

「えっと」袋の表示を確認する。「一・七ミリ」

「じゃあ、茹で時間は八分くらいかな。アスパラは、時間を見つくろって入れよう」

大学生の亜佳音は料理に慣れていないようだったが、瞳と沙月は主婦経験者だ。絵麻と千里は一人暮らしをしているから、料理は毎日やっている。これだけのメンバーがいてメニューが簡単だから、あっという間に九人分の料理が仕上がった。絵麻は手を動かしながらそれとなく女性陣の行動を監視していたけれど、不自然な行動を取ったメンバーはいなかった。雨森が心配していたように、料理に一服盛られたりもしていない。

「サンキュ」

テーブルに出された料理を見て、雨森が礼を言った。

「なんの。後片付けをしてくれればいいよ」

「それは、任せてくれ」

意外にも、江角が即答した。そういえば江角は、一人息子を亡くした後、奥さんとうまくいかなくなって離婚したのだ。現在は一人暮らしのはずだから、毎日食事を作ったり後片付けしたりしているのだろう。

ペットボトルの緑茶をグラスに注いで、一人少ない夕食が始まった。

食事中は、誰も言葉を発しなかった。黙々とパスタをフォークに巻きつけ、レタスを口に運んでいた。絵麻もだ。雨森は味がわからないかもしれないと言っていたけれど、意外とおいしく食べられた。殺人の後で仲間の死に遭遇したわりには、精神が正常を保っているのが、我ながら不思議だった。いや、正常ではないからこそ、おいしく食べられたのかもしれない。

味はわかる。しかし食事に集中していたとは、とてもいえなかった。頭の中では、一橋の死がぐるぐると回っていた。

なぜ、一橋が殺されたのか。

それも、仲間の手によって。

状況から考えて、一橋を殺したのは、ここにいる九人以外にはいない。単独なのか複数なのかはともかくとして、間違いなくここにいるのだ。

でも、動機がわからない。動機以前に、事件の全体像が見えない。見えないからこそ、犯人候補者たちを疑えない。疑心暗鬼にすらなれない。つまり、事件について考えられていないということだ。偏頭痛がおさまっている現在でも、他人が起こした殺人事件は、自分には荷が重いようだ。

元々が、サラリーマンが十分間で食べ終える、ランチセットのようなメニューだ。簡単に作った食事は、簡単に食べ終えられた。

今度は男性陣がキッチンに入って、調理器具と食器を洗ってくれた。お湯を沸かして、一杯立てのドリップコーヒーまで淹れてくれた。これまた四人が相互監視しているから、変なことはされていないだろう。

「さて」

やはり吉崎が口火を切った。

「一橋さんの話に戻ろう。我々は、一橋さんを失っても計画を続けることを決めた。夕食も摂った。事件について考えることに、もはや障害はない」

「そうかな」

またしても雨森が異議を唱えた。亜佳音が険しい顔で雨森を見る。雨森は亜佳音を見ずに、吉崎をじっと見つめた。

「吉崎さんの意見には、矛盾があるかもしれない。僕たちは、中道と西山を殺すことを決めた。一人でできることじゃない。チームプレイが必要だ。今までの僕たちには、それができたはずだ。でも、一橋さんが殺されてしまった。ここにいる誰かに」

雨森は吉崎から視線を外した。メンバー一人一人に視線を送る。

「吉崎さんは、『誰が』『なぜ』一橋さんを殺したか考えるべきだと言った。それは、お互いに疑い合うことを意味する。そんな精神状態のまま、チームプレイができるのかな」

「…………」

「一橋さんのことはいったん忘れて、本来の目的に集中するのも、一案だと思うんだけど」

亜佳音が険しい顔をした。「ずいぶん、犯人をかばうんですね」

「別にかばってないよ」雨森は軽く片手を振った。「優先順位を考えているだけだ。僕にとっての最優先事項は、中道と西山を殺すことだ。だからさっきも、一橋さんの死が計画に与える影響について心配した。今もそうだ。一橋さんの事件について考えることが作戦遂行に必要なら、全力で取り組まなければならない。でも悪影響をもたらすのなら、止めなければならない」

雨森は再び吉崎に視線を固定した。「吉崎さんは、どう思う？」

二秒ほどの間を置いて、吉崎が口を開いた。

「私は、考えるべきだと思う」

これ以上ないくらい、真剣な表情。吉崎は、雨森が真剣に考えたうえで異議を唱えていることを、理解している。だから自分も真摯《しんし》に対応しなければならない。それがわかっている。

「なぜなら、一橋さんを殺した奴が、計画の妨害を目的としている可能性があるからだ。犯人は、明後日の作戦内容を知っている。西山殺しに、一橋さんが重要な役割を果たすことも。最も効果的な妨害は、一橋さんを殺すこと。そう考えて実行したとしても、おかしくない」

吉崎が口を閉ざしても、雨森はすぐに返事をしなかった。他のメンバーに考える時間を与えているようにも見えた。

「吉崎さんに、賛成」

千里が小さな声で言った。「一橋さんは、仲間だよ。それなのに殺した人がいる。仲間を裏切った人がいるのに、それを無視してチームプレイも何もないと思う」

「もし犯人がわかったら」江角が続く。「そいつさえ排除してしまえば、残るメンバーはみんな無実だ。元のようにチームプレイができる」

正論だ。とはいえ犯人をどんなふうに排除するか具体的に考えると、心が重くなる。江角は深く考えずに発言したようだ。目はぎらぎらしていたが、妖しい光は放っていなかった。

「で、でも」菊野が瞬きを繰り返した。「どうやって犯人を突き止めるんだ？」

主体性のない反論に、瞳が仏頂面になった。「それを、今から考えるんじゃないの」

亜佳音がうなずく。

「吉崎さんは、『誰が』『なぜ』一橋さんを殺したか考えようとおっしゃいました。最終目的は『誰が』の方ですが、わたしたちは警察じゃありません。現場検証で犯人の手がかりを見つけるのは、難しいと思います」

「肝心の一橋さんを、運び出しちゃったしね。今さら現場検証なんて、やりようがない」

これは沙月。亜佳音が眉を動かすことで同意を示した。

「そのとおりです。ですからわたしたちが考えるべきは『なぜ』の方だと思います。犯人は、なぜ、仲間である一橋さんを殺したのか。しかも、このタイミングで。そこが手がかりにならないでしょうか」

全員の合意を取る前に、強引に話を進めた。おそらくは、雨森に話の腰を折られるのを警戒しているのだろう。

江角が宙を睨んだ。「吉崎さんは、犯人の目的は計画の妨害だと言ったな」

「断定はしてないよ」吉崎が苦笑する。「可能性があると言っただけだ」

「ということは、この中に裏切り者がいるわけだ」

吉崎の訂正を聞き流して、江角は続ける。「裏切り者、つまりフウジンブレード側の人間が犯人ってことにならないか？　フウジンブレード側の人間。誰だ？」

「何言ってんの」瞳が冷たく答える。「フウジンブレードの社員は、殺された一橋さんだけだよ。それも、元社員。あえて付け加えるなら千里さんの弟さんも元社員だったけど、フウジンブレードに使い捨てられた。下手をすれば、二人とも、わたしたちより憎しみは強い」

瞳は、メンバーにフウジンブレードの味方などいないと言いたいのだ。

雨森も首肯した。

「それに計画の妨害をするなら、笛木殺しも妨害するだろうな。でも、ここにいる全員が、一致団結して笛木殺しを実行した」

しかし江角は動揺しなかった。

「笛木だけは殺したかったのかもしれない」

「笛木個人を恨んでいたのは、一橋さんだよ」

瞳がぴしゃりと言って、さすがに江角がのけぞった。瞳がたたみかける。

「江角さん、雨森さん、沙月さん、絵麻さんはフウジンＷＰ１の被害者だから、会社そのものを恨んでいる。弟さんを亡くした千里さんも、お父さんの会社が倒産した菊野くんも同じ。夫をダメにされたわたしも、その一員ね。吉崎さんと亜佳音さんは社会正義のために参加しているから、笛木一人だけを殺す意味がない」

「あら」沙月が冷笑した。「犯人がいなくなっちゃったね」

「笛木だけ殺したい人間に限定すればね」

雨森が補足した。「裏切り者という観点からいえば、決してフウジンブレード側の人間である必要はない。たとえば、原告団のうちの一人が、みんなに内緒でフウジンブレードと和解している可能性もある。もしそうなら、そいつは殺害に反対する立場になる。だって、経営幹部が殺されてしまえば、和解金をもらえなくなる心配があるからね」

雨森が口を閉ざすと、メンバーたちの視線が動いた。原告団とは、江角、雨森、沙月、そして絵麻の四人だ。

「俺は、和解なんてしてないぞ！」

江角が大声を出した。侮辱されたと感じているのか、こめかみに青筋が浮いている。

「わたしもだよ」

沙月が言い、絵麻も追随した。雨森が満足そうにうなずく。

「僕もだ。そもそも殺す必要がなくなれば、ここに来ないだろう。計画を妨害しに来たのなら、笛木殺害も防がなければならない。この場にいる以上、笛木を殺してしまえば、共犯になってしまうからね。和解金どころじゃなくなる。つまり、原告団が裏切ったわけではなさそうだ」

「ちょっと待ってよ！」

瞳がこれまた大声を出した。「そんなこと言ったら、わたしか千里さんか菊野くんになっちゃうじゃない」

とうてい納得できないというふうに、頬を膨らませる。そんな瞳に、雨森は掌を下にして小さく上下させた。まあまあと抑える仕草だ。

「今のはひとつの例に過ぎない。原告団の一人が和解したという、わずかな可能性を言ってみただけだ。それが否定されたら、自動的に犯人じゃなくなるわけじゃないよ」

「じゃあ、なんなのよ」

「たとえば」雨森はちらりとリーダー格の二人を見た。「吉崎さんと亜佳音さんは義俠心から手伝ってくれたけど、面倒くさくなったとか」

疑われた吉崎は、怒らなかった。それどころか、笑みさえ浮かべていた。

「たった今雨森さんが指摘したことを、そのまま返させてもらおう。それだったら、ここには来ないだろうね。笛木を殺しもしない。私は、実行犯だよ。他の誰よりも逃げ場がない」

隣で亜佳音が大きくうなずいた。反論された雨森もまた、目を細めて同意を示した。

「そう思う。もちろんこの反論は、瞳さんたちにも当てはまる。裏切りだと、笛木を殺した後に妨害するという行動に説明がつかないんだ。だったら、ちょっと見方を変えてみようか。一橋さん殺しは、裏切りによるものではないと」

「裏切りじゃない？」千里が訝《いぶか》しげに眉をひそめた。「仲間を殺したのに？」

雨森は答えず、仲間全員を見た。少しの間の後、吉崎が答えた。

「怨恨ってことがあるな。フウジンブレードと関係なく、犯人が一橋さん個人を憎んでいた可能性。一橋さんが眠剤を飲んで熟睡した今こそ最高のチャンスだと思って、殺害に及んだ」

「うん」的確な答えに、雨森が満足そうな顔をした。「この中に裏切り者が交じっていると考えるより、よっぽど自然だと思う」

「怨恨……」

絵麻は繰り返した。思いつきもしなかった可能性だった。

なぜなら、自分たちは同じ目的を共有した仲間だったからだ。計画を立案するときも、準備するときも、そして決行の瞬間にも、自分たちは共に行動していた。もちろん意見を戦わせることはあったけれど、険悪になったことは一度もなかった。そんなメンバーなのに、誰かが誰かを殺したいほど恨んでいたと聞かされても、納得できない。

「あり得るね」絵麻の心情をよそに、沙月がコメントした。「なんだかんだ言っても、ニュースに出てくる殺人事件は、ほとんどが怨恨かお金がらみだから。一橋さんの事件がそうであってもおかしくない。ただ――」

沙月はコーヒーをひと口飲んだ。

「それが動機なら、誰かを特定するのは無理だね。心の内の問題だから」

吉崎が肩をすくめた。反論できない、といったふうに。

その様子を見て、思いつくことがあった。絵麻たちは、フウジンブレードに強い恨みを持って行動に移した。一方、吉崎と亜佳音は、社会正義を実現するために合流している。恨みが行動原理でない以上、一橋に対しても恨む理由がない。つまり自分たちは犯人ではない。そう言いたかったのではないだろうか。

しかし沙月は、心の内の問題だと、ひとまとめにしてしまった。これでは、いくら口先で怨恨など抱いていないと主張しても、説得力を持たない。当てが外れた失望が、吉崎にあのような仕草を取らせた。

「沙月さんの言うとおりだな」雨森がちらりと吉崎を見て言った。「僕たちは打ち合わせの度に集まっていたわけだけれど、犯人と一橋さんが、二人きりで会っていなかったとは言い切れない。というか、そんなことはしょっちゅうだったじゃないか。絵麻さんと沙月さんが二人で飲んだって話も聞いたことがあるし、瞳さんと菊野さんが飯を食いに行った話も聞いた。そもそも僕自身が、一橋さんと飲みに行ったことがあるし、吉崎さんだって千里さんだって一橋さんと飲んだだろう。フウジンブレードへの復讐だけが絆じゃないし、怨恨が生まれる素地もある」

雨森が言葉を切ると、食堂に沈黙が落ちた。

犯行は裏切り、あるいは変節によるものではない。怨恨が動機なら、見つけようがない。それでは、犯人を特定するなど絶望的ではないか。

絵麻はこっそりメンバーの様子を窺《うかが》った。誰もが、困った顔をしている。議論が行き詰まったことに対する困惑か、あるいは絵麻のように、犯人特定など不可能と理解した失望なのか。

けれど犯人は、間違いなくこの中にいる。犯人は、この膠着《こうちゃく》状態を喜んでいることだろう。困った顔を装って、内心を隠している。

「まいったな」雨森が沈黙を破った。頭を掻く。「考えるネタが尽きてしまった。これでは疑心暗鬼のまま決行しなくちゃいけなくなる」

だから、議論などしなければよかったのに――そこまでは口に出さなかったけれど、雨森が心配していたのは、まさしく現在の状況だった。

心配は的中したわけだ。自分たちは、決行どころか、明後日の朝までどう顔をつきあわせていいかもわからなくなった。

犯人捜しを主張したのは吉崎だ。もちろん彼にも言い分はある。しかし議論が止まってしまった以上、吉崎は雨森の非難を覚悟しなければならない。かといって打開できる案も持ち合わせていないようだ。彼もまた難しい表情を作って動揺を隠すしかない。

しかし吉崎は、いつまでも追い詰められてはいなかった。突然、目を見開いた。

「そうか……」

全員の視線が吉崎に集中する。

「どうしたの？」

代表して瞳が尋ねた。吉崎はすぐに返事をせず、ほんの少しの間考えをまとめるように宙を睨み、すぐに視線を瞳に向ける。

「私は勘違いをしていたかもしれない」

そんなことを言いだした。意味不明だ。しかし意味を問い質《ただ》す前に、吉崎は話を続けた。

「私は一橋さん殺しが、我々の計画を妨害する目的でなされたものだと考えた。断定はしなかったけれど、江角さんが指摘したように、裏切り者がこの場にいる可能性を考えた。けれど、そもそもこの考え自体が間違っていた気がする」

「っていうと？」裏切り者説を最も熱く語っていた江角が訊き返す。吉崎はさらに目を大きくした。

「犯人は、計画を妨害するつもりで一橋さんを殺したわけじゃない。その可能性に気がついたんだ」

「怨恨のことなら、もう話したよ」

瞳が口を挟んだが、吉崎は瞳が言い終える前から首を振っていた。

「怨恨だとしても、個人的な怨恨じゃない。もっと早く気づくべきだった。仲間たちを裏切らず、怨恨による犯行が成立する可能性に」

吉崎は、宣言するように言葉を続けた。

「我々は、標的として中道、西山、笛木の三人を選んだ。でも犯人は、標的は四人と考えていたんじゃないのか」

ひゅっ、と息を呑む音が響いた。菊野の喉が立てた音だ。絵麻と同じ年の青年は、顔を引きつらせながら言った。

「そうか。一橋さんはフウジンブレードの社員……」

「そういうことだ」吉崎の口調は、もはや裁判官のそれだった。

「もちろん一橋さんは会社の中で筋を通そうとして、結果的に会社を追われた。だから我々の仲間になってくれたわけだけれど、受け入れたメンバーの誰か一人が、こう思った可能性はないのか。しょせん、敵側の人間だと。笛木殺害までは、一橋さんの力がどうしても必要だったから、手出ししなかった。けれど、笛木を殺してしまえば用済みだ。当初は西山殺しにも活躍してもらう計画だった。それにしたって、雨森さんが言ったように、必ずしも必要ではない。一人きりで熟睡しているという絶好の機会を逃さず、殺したんじゃないのか。裏切って仲間を殺したのではなく、標的の一人として始末するために。裏切りどころか、我々のためにやった感覚なのかもしれない」

「そ、そんな」千里がつっかえながら言った。「仲間なのに」

意味のない反論だった。吉崎は、犯人は一橋を仲間と見なしていなかったと言っているのだから。自覚があるのか、千里はそれ以上反論を続けられなかった。

瞳が唸った。「なるほどね。あり得る話だわ」

「だとしたら」亜佳音が両眼から異様な光を放ちながら言った。「先ほど雨森さんが心配されていたことが解消されますね。犯人は仲間殺しをしたのではなくて、共通の敵を始末しただけ。それならば、裏切りではないから、中道と西山殺しには、なんの影響も与えません。そうじゃないですか？」

勝ち誇った口調だった。見下ろすように雨森に視線を送っている。

一方の雨森は、辛そうな表情をしていた。彼らしくない逡巡の後、口を開いた。

「吉崎さんの説には、説得力がある。実際に、そうなのかもしれない。でも、だからといって一橋さんを殺した人間を裏切り者ではないと決めつけるのには、抵抗がある。僕にとっては、やっぱり一橋さんは敵じゃない。味方だ」

他のメンバーから非難を受ける覚悟での発言だった。

表立って雨森を非難する発言は出なかった。代わりにあれだけ裏切り者説を支持していた江角が、肩を叩くように話しかけた。

「雨森さんの気持ちはわかるよ。でも犯人に、他のメンバーをどうこうするつもりがないのなら、それでいいじゃないか」

菊野もうんうんとうなずく。「吉崎さんの説が正しければ、犯人は中道殺しにも全力を尽くしてくれるはずだ。チームプレイに支障はないと思う」

「結局」瞳のコメントはため息交じりだった。「一橋さんは、フウジンブレードという業《ごう》から逃れられなかった。そういうことなのかな。だとすると、犯人捜しには意味がないね」

「そうかも」沙月も全面賛成の顔だった。「要は、中道と西山をきちんと殺せればいいわけだし」

千里はゆるゆると頭を振った。「そういうことなのかな」

観念したような口調。一橋を亡くした弟に重ね合わせていたようだった彼女も、同意せざるを得ないようだった。

瞳がこちらを見た。「絵麻さんは？」

いきなり指名されて、たじろぐ。でも考えてみれば、この場で意思表示をしていないのは自分だけだ。

どうだろう。自分は、一橋の死についてどう考えているのか。

吉崎の説には説得力があった。雨森ですら、認めざるを得なかったほどに。それが真実だとして、自分は賛同するのか。

生前の一橋を思い出す。最初に会ったとき、一橋は身構えていた。元フウジンブレード社員として、被害者の会の面々がどんな反応をするか、想像できなかったからだ。

自分たちもまた、身構えていた。吉崎が見つけてきた、フウジンブレードを退社した人間。どんな人間なのか。それ以上に、本当に自分たちの味方をしてくれるのか。

結果的に、双方の心配は杞憂だった。吉崎と亜佳音の尽力もあり、一橋はフウジンブレードへの復讐心を共有する、貴重な仲間になった。はずだった。

それが、誤りだったというのか。少なくとも、メンバーの最低一人は、一橋を仲間と見なさなかったというのか。

しかしそれは、内面の話だ。個人的怨恨と同じで、他人が検証することはできない。加えて今問われているのは、その倫理的是非ではないのだ。一橋を敵として葬った人間と、チームプレイができるか否か。

全員の視線を受けながら、絵麻は口を開いた。

「犯人の行動は、正しいのかもしれない。中道と西山殺しに、最も積極的に行動してくれるのかもしれない。でも、やっぱり一橋さんは味方だと思う。犯人がどう思おうと。だから犯人と無邪気にチームプレイはできない。そうするしかないのは、わかってるんだけど」

「オッケー」

吉崎が両手を広げた。

「雨森さんが言ったように、優先順位が最も高いのは、中道と西山殺しだ。一橋さんを殺した犯人がそれを妨害しそうにないなら、ここでの犯人捜しは無意味だ。それでいいかな？」

吉崎は、雨森と絵麻の反対意見を封殺しようとしている。危険なものを感じたけれど、具体的な反論は思いつかない。というか、彼の意見は正しいものに思えた。

誰からも反対が出ないのを確認して、吉崎はぽんと手を打った。

「じゃあ、今日の議論は終了しよう。あとは、一橋さんの冥福を祈ればいい。私は、自分の部屋でそうさせてもらう」

そんなことを言いながら立ち上がった。キッチンに向かい、缶ビールを片手に戻ってきた。

「こいつをもらっていくよ。さすがに疲れた」

皆の反応を待たずに、吉崎は食堂から姿を消した。掛け時計を見る。午後九時を過ぎていた。眠るには早い時刻だけれど、解散するのにはちょうどいい頃合だ。吉崎の説に皆が納得してしまったのなら、集まっている意味もない。

江角と菊野も吉崎に倣った。キッチンから缶ビールを取ってきたのだ。

「じゃあ、明日の朝」

「起きる時間は、指定しなくていいよね」

それぞれそんなことを言い残して、姿を消した。亜佳音も席を立つ。アルコール類は持たず、食堂を出ていった。

「やれやれ」瞳は自分の右肩を揉んだ。「とんでもない一日だったね。まあ、自業自得なんだけど」

わたしもお酒はいいわ、と言って席を立った。千里は無言で食堂を後にした。

沙月はキッチンに消えた後、赤ワインのボトルを右手に戻ってきた。左手には、ドライソーセージの袋。

「絵麻さん、一緒に飲まない？」

「えっ……」

飲めない方ではない。怒濤の展開に気疲れしているのも確かだ。アルコールを欲する気持ちがないではないけれど、逆に飲んでもいいのか理性が不安視しているのも、また確かだ。

「いいね」

疲労が理性を打ち倒して、そんな返事をしてしまった。沙月が目を三日月にした。「そうこなくちゃ」

同じフウジンＷＰ１女性被害者として、沙月とは強い仲間意識がある。実際、被害者の会の会合の後、二人で飲みに行ったことも少なくない。だから沙月と飲むことに抵抗はなかった。

絵麻も立ち上がった。席で考え込んでいる雨森に声をかけた。「お疲れさま」

雨森は少し疲れた、でも穏やかな微笑みを向けてきた。

「お疲れさま」

＊　＊　＊

吉崎は缶ビールを開栓すると、一気に半分飲んだ。

食堂で行われた一橋の死に関する議論にけりをつけて、一人で客室に戻った。あまり長居をすると、誰か――特に雨森――が効果的な反論を思いついてしまうかもしれなかったからだ。

あれでよかったのだ。

そんなふうに考える。雨森は優秀な人間だ。それはわかる。彼のような人間がメンバーにいてくれて、よかったと思う。

しかし、仕切るのは自分だ。雨森は、しょせん風力発電機の被害者に過ぎない。近くで小型の風車が回っていただけで体調を崩す、弱い人間だ。自分は違う。彼らを救う立場の人間だ。雨森に言い負かされるわけにはいかない。

苦し紛れに思いついた仮説だったけれど、実際に口に出してみたら、意外に説得力があった。というか、これこそ真実ではないかと思えるくらい。事実、誰も反論してこなかった。雨森でさえも。だったら、これが真実なのだ。そう断定しても、自分にはなんの不都合もない。最初に犯人捜しを提案しておきながら、自ら否定する恰好になってしまったけれど、その変節を誰も問題視しなかった。大成功だ。これで、リーダー格の面目を保つことができた。

大学では、民間企業への就職ではなく、公務員試験を受験する道を選んだ。純粋に、人の役に立ちたい。そう考えて公僕と呼ばれる職業を選んだのだ。そして公務員試験に無事パスして、市役所に勤務することになった。

結果的に、自分の読みは完全に間違っていた。勤務することになった市役所では、惰性でやれる退屈な仕事が待っていた。上司や同僚たちと話をすると、市民のために働いているという意識を持っていることはわかった。それが職業上の誇りであることも。しかし彼らの目指しているのは、いかにして現状をスムーズに回すかだった。変えないことこそが、市民のため。それが共通認識だった。

吉崎が目指しているものは、違った。市民生活を飛躍的に改善したかった。しかし職場の空気を読まずに大胆な改革案をぶち上げるほど子供ではなかった。同僚たちに交じって退屈な仕事を無表情でこなしながら、どうすれば自分の目標を達成できるかを考え続けた。そして出会ったのが、消費者保護運動だった。

調べれば調べるほど、世の中には悪が満ちていることがわかった。もちろん良心的な企業も多数存在する。しかし身内の論理に凝り固まって、消費者に不利益をもたらしてしまう企業は、もっと多かった。連中を退治することこそが、自分の望んでいた市民への奉仕だ。吉崎はそう結論づけた。

公務員が社会運動に参加するのは、危険を伴う。だから吉崎は、自分の身分を極力気取られずに活動を続けていた。あらかじめ予想していたとおり、すぐに壁にぶつかった。いくら日本が法治国家とはいえ、法律は完璧ではない。現行法や訴訟制度では、悪徳企業を罰することが難しいのだ。

だからといって、吉崎は簡単に投げ出したりはしなかった。公務員の身分を隠していることを幸いに、吉崎は次第に過激な活動に手を染めることになった。はっきりいえば、違法行為。時折新聞紙上を賑わす、企業へのテロ事件。そのいくつかには、吉崎も関わっていた。でも逮捕されていない。その程度には、吉崎は有能だった。

そして、フウジンブレードだ。

風力発電機の被害者たちもまた、正攻法で戦おうとした。集団訴訟を起こしたのだ。バカな話だ。勝てるはずがない。しかし考えようによっては、今がチャンスだ。一審すら結審していない現状でことを起こせば、原告たちはむしろ容疑から遠くなる。吉崎は被害者の会に接近し、より恨みの深い面々を選び出した。そして耳元で囁《ささや》いたのだ。殺せ、と。

今日、標的の一人、笛木を殺害することができた。誰も来るはずがない風神館に潜入し、明後日に残る二名の標的を殺害して解散する。そのはずだった。

ビールを飲む。

なぜ一橋が殺されたのか。その理由は、自分の仮説で説明できると思う。一橋は敵側の人間であり、標的の一人に過ぎないと犯人が考えた可能性。ほぼ正解だと思う。

では、誰なのか。

誰でもあり得ると考えている。最も過激な行動を起こしそうな江角から、大人しい絵麻まで、全員が容疑者だ。死んだ弟に一橋を重ね合わせ、何かと気にかけていた千里だって怪しい。雨森が個人的な怨恨に言及したように、距離が近いからこそ抱く殺意だって、存在するのだ。

唯一、犯人でないと断言できるのが、亜佳音だ。なぜなら彼女は、休憩時間、ずっと自分と一緒にいたから。

社会正義を実現させるために、殺人を犯す。今まで、何度も行ってきたことだ。そして殺人を遂行したときは、いつも性的に興奮してしまう。自分だけの特殊な性癖だと思っていたけれど、どうやら違ったようだ。亜佳音もまた、悪人を駆除すると欲情した。笛木を殺したときもだ。休憩時間、前もって約束することもなく亜佳音は吉崎の部屋を訪れ、肌を合わせた。

いや、肌を合わせたなどという詩的なものではなかった。貪るようなセックスというのが、正しい表現だ。隣室の江角に聞こえてしまうのではないかと心配になるような、激しい動き。行為を終えると亜佳音はシャワーを浴びて、集合時刻の十五分前に自室に戻った。

現在の自分は、性的な興奮を覚えていない。なぜなら、自分が一橋を殺したわけではないからだ。かといって恐怖に股間が縮み上がったりもしていない。使おうと思えばすぐに使える状態にある。

それでも、さすがに亜佳音は来ないだろう。犯人は敵の一味と考えていたのかもしれないけれど、やはり一橋は仲間だ。仲間が死んだ直後に性行為に耽《ふけ》るのは、いくらなんでも不謹慎に思える。まだ大学生で、常識的判断には未熟なところもある亜佳音だって、同じ考えだろう。もっとも、来たら来たで、失望はしないけれど。

——と。

ノックの音がした。

おいおい。本当に？

吉崎は立ち上がりながら、股間の熱が上がっていくのを感じていた。ドアに向かう。

ドアを、開けた。

第五章　連続殺人

目が覚めたとき、自分がどこにいるのか、わからなかった。

見慣れない天井。数瞬の後、ここが株式会社フウジンブレードの保養所「風神館」だと思い出す。そうだ。自分たちは復讐のため、ここに潜伏しているのだった。

同時に、昨晩起きたこと、起こしたことも思い出した。

絵麻《えま》たち十人は、フウジンブレードへの復讐として、社長の中道《なかみち》、専務の西山、開発部長の笛木《ふえき》を殺害することにした。自分たちが受けた被害に、直接関わっていたからだ。しかも、悪意を持って。綿密に計画を練り、昨日、五月三日に、最初の標的である笛木を風神館で殺害した。そこまではよかった。

しかし夕刻になって、状況が変わった。自室で休憩して食堂に戻ると、仲間の一人である一橋《いちはし》が死んでいたのだ。

――あれは、本当のことだったのだろうか。

完全には覚醒していない頭で、ぼんやりと考える。しかし同時に、その疑問は本心でないことも自覚していた。自分たちが笛木を殺害したのは、紛《まぎ》れもない事実だ。そして一橋が死んだのも。ただ、心の片隅――良心と呼ばれる場所だろうか――が現実から逃避しようとしている。明日の運動会、学校が火事になって中止にならないかな。そんなことを考える、運動が苦手な小学生のように。しかし心の大部分は、現実をしっかりと受け止めている。

天井を見ながら、自分の心を探る。後悔しているのか？　していない。仲間が殺されて、怖《お》じ気づいているのか？　怖じ気づいてなどいない。だったら、動かなければならない。

のっそりと身を起こす。

頭が重い。理由はわかっている。数年にわたって絵麻を悩ませ続けてきた偏頭痛ではない。飲み過ぎだ。

「今日の議論は終了しよう。あとは、一橋さんの冥福を祈ればいい」

吉崎《よしざき》はそう言い残して、ビールを片手に自室に戻った。他のメンバーも、思い思いに自室へ向かった。絵麻もそうしようとしたところに、沙月《さつき》から声がかかったのだ。一緒に飲もうと。

死者を悼《いた》むために、酒を飲むというのは間違っていない。だからこそ、通夜の席に酒が供されるのだ。結局、沙月と絵麻は二人で沙月の部屋に行き、ワインを飲んだ。二人で一本だから、一人当たり二合と少しだ。飲み過ぎというほどでないにせよ、普段あまり量を飲まないためか、残ってしまったようだ。

ベッドサイドのデジタル時計で、時刻を確認する。午前七時二十三分。昨晩何時に眠ったか憶えていない。とはいえ解散した時刻も早かったから、それほど夜更かしはしていないはずだ。睡眠不足というわけではない。

洗面所に行き、水を飲む。コップ半分の水が、身体を覚醒させた気がした。部屋に戻って、軽くストレッチをする。さて、これからどうしようかと思っていたら、携帯電話が鳴った。液晶画面を見ると、千里《ちさと》からだった。

「はい」

『ああ、絵麻さん。起きてた？』

「うん。ついさっき」

『よかった。今、食堂で瞳《ひとみ》さんといるんだけど、誰も起きてこないから、どうしようかと思って』

「じゃあ、下りるよ。ちょっと待っててね」

電話を切って、再び洗面所に向かう。顔を洗って、着替える。出掛けることもないし、このメンバーを相手に化粧する気もない。すっぴんのまま、壁の姿見を見る。映し出された自分の顔を。

偏頭痛はない。ということは、自分は一橋の死によって心が折れておらず、つまり未だに復讐者のままというわけだ。酒が残っていても、目は死んでいない。よし。自分はまだ戦える。チェーンロックを外して、ドアを開けた。

食堂では千里と瞳が、コーヒーカップを前に、退屈そうに座っていた。

「おはよう」

瞳がキッチンを指さした。「やかんのお湯、まだ熱いと思うから、すぐに沸くよ」

「ありがと」

自分もコーヒーを飲むことにしよう。キッチンに入る。一杯立てのドリップコーヒーと、ポーションタイプのコーヒーミルクを出す。ここに来る前に、行楽気分の男どもが、ビールとコーヒーだけは大量に買い込んだ。それを使わせてもらおう。お湯を沸かし直し、ミルクコーヒーを作った。砂糖は入れない。コーヒーカップを片手に、食堂に戻る。

「別に女が早起きってわけじゃないけどさ」

瞳が面倒くさそうに言った。「男どもは見事に寝坊してるね」

「うん」絵麻はミルクコーヒーをひと口飲んだ。「沙月さんも遅いと思うよ。ゆうべ、けっこう飲んだから」

「絵麻さんと？　それで、電話しても出なかったのか」

肯定しかけたところで、沙月が食堂に入ってきた。「おはよ」

「おはよう。起きられたんだ」

絵麻の言葉に、沙月は大あくびを返した。

「あれしきの酒で寝過ごしたりしないよ」

壁の掛け時計は、午前七時五十五分を指している。この時間帯が沙月にとって寝坊かどうかは、本人の生活リズムと関係してくる話だから、判断できない。

「さっき電話したけど、気づかなかった？」

千里が尋ねると、沙月は瞬きした。

「知らない。マナーモードのままだったかも」

「じゃあ、亜佳音《あかね》さんもそうかな」

今回のメンバーに女性は五名いるから、そのうち四名が起きたことになる。残るは亜佳音だけだ。

「亜佳音さんは大学生だから、朝は遅いのが普通じゃないかな」

亜佳音は怠惰とは対極にある人間だ。それでも起きるべき時間が決まっていなければ、いつまでも寝ているだろう。若者とは、そういうものだ。

「そりゃそうだ」千里も同意する。キッチンに視線をやった。「どうする？　みんなを起こす？　それとも、わたしたちだけで朝ごはんの準備をしちゃう？」

「どっちでもいいけど」沙月が気怠げに答える。「今日は休日みたいなものだから、無理に起こさなくてもいいんじゃない？」

今日は五月四日。昨日の三日は笛木を殺害した。明日の五日は、中道と西山を殺害することになっている。今日は風神館でじっと息を殺している日だ。休日というか休養日というか、とりあえず何もしない日になっている。確かに、わざわざ起こす必要はない。

「そうね」瞳が同調する。「食パンはたくさん買ってあるから、起きた人間が順にパンを焼いて食べればいいんじゃないの。男どもだって、目玉焼きくらい作れるでしょう」

目玉焼きくらい作れるどころではないと思う。昨晩の片付けの手際を見ていると、今回の男性メンバーは、ちょっとした料理なら苦もなく作れそうな感じがした。それもそのはず、吉崎、江角《えすみ》、雨森《あめもり》の三人は一人暮らしだ。親と同居している菊野《きくの》だって、別に引きこもりというわけではない。きついけれど時給の高いアルバイトを掛け持ちして家計を支えているのだから、むしろ勤勉といえる。つまり、彼らの食事の心配をする必要はないということだ。

「じゃあ、わたしたちだけで食べちゃおうか」

絵麻の提案に反対する者はおらず、女性四人でキッチンに入った。

いくら気の置けない仲間とはいえ、そこは女同士。あまりいい加減なメニューにすると、家事能力を低く見られる。微妙な対抗意識が働いて、それなりの朝食ができあがった。

一橋が殺された中央のテーブルではなく、新たに作った廊下側のテーブルに陣取る。揃って手を合わせた。「いただきます」

トーストを頰張りながら、窓の方を見る。覗かれないようにブラインドを下ろしてあるから、外の様子は見えない。しかし隙間から漏れてくる光で、晴れていることはわかる。絶好の行楽日和なのだろう。

ゴールデンウィークに、観光地の保養所で、のんびりと朝ごはんを食べている。そこだけ切り取ると、よくある平和な光景だ。しかし二階には死体が二人分転がっている。一人は自分たちが殺害した敵で、もう一人は殺害された仲間。そして自分たちは潜伏中の身だ。自分の置かれた状況と環境の落差に、絵麻は地に足のついていない感覚に囚われていた。

不思議な浮遊感の原因は、環境だけではない。状況と自分の精神状態の落差も挙げられる。妙に落ち着いているのだ。犯罪者となった不安や恐怖が、絵麻の心から欠落している。かといって、目的の三分の一を達成したことによる高揚感もない。ふわふわしているとはいえ、十分に理性的だ。他のメンバーが同じ心境かどうかは、わからない。新聞紙上を賑わせている犯罪の実行者についてもだ。はっきりといえるのは、今現在、自分自身が落ち着いているということだ。

だから食事もおいしく食べられる。昨晩の夕食も、沙月と飲んだワインも、この朝食も。すっかり食べてしまうと、ペットボトルの野菜ジュースを飲んだ。ふうっと息をつく。満足のため息だ。

さて、これからどうしようと考えかけたとき、出入口に人の気配がした。見ると、雨森だった。

「ありゃ、出遅れたか」

そんなことを言いながら、食堂に入ってきた。「おはよう」

「おはよう。男性陣の中では一番乗りだよ」

腰を浮かせようとする絵麻を、雨森は片手で制した。

「手間をかけさせる気はない」

「いい心がけだ」

沙月がニッと笑う。「自分で作るのなら、食材は自由に使っていいよ。早い者勝ち」

「神戸牛は買ってあったっけ」

「記憶には、ないね」

「じゃあ、コーヒーにするとしよう。元々、朝食はあまり食べないんだ」

ちゃんと食べないと身体に悪いよ、と言いかけて思い留まる。余計なお世話だからだ。雨森はキッチンに消え、先ほどの絵麻と同じように、コーヒーカップを片手に戻ってきた。こちらはブラックコーヒーのようだ。席について、ひと口する。

「うまい」

雨森はテーブルに頬杖をついたまま、しばらくコーヒーの液面を見つめていた。その顔には、何の表情も浮かんでいない。

雨森はどう考えているのだろう。

絵麻は思う。雨森は、フウジンブレードへの復讐計画について、誰よりも冷静に効果的な手法を提案してきた。一橋が殺害されたときにも、具体的な対処法を提案し、メンバーたちが右往左往するのを防いだ。そして何よりも、殺害された一橋を、敵ではなく仲間だと言い切った。そんな雨森は、事件から一晩明けた今、事件についてどう考えているのだろうか。

しかし訊くのはためらわれた。昨晩、吉崎の誘導によって、一定の結論は得られている。一橋の死が復讐計画に悪影響を及ぼすとは考えにくい以上、犯人捜しは無意味だという結論が。絵麻はその結論に納得していないし、雨森もまた賛成しているわけではなさそうだった。しかし納得しているメンバーがいる席で蒸し返すのは、得策ではないと思えた。

　雨森が顔を上げた。周囲を見回す。

「そういえば、亜佳音さんがいないね。まだ起きてないの？」

「少なくとも、食堂には下りてきてない」瞳が答える。「まあ、起きたら食堂に来るってルールは決めてなかったけど」

「まあ、ここは潜伏先であって、寄宿舎じゃないから。勝手なことをされても困るけど、集団行動を強いることもない」

「勝手なことって？」

　雨森はコーヒーカップを両手で持った。

「外出するとか、ブラインドを開けるとか、警察に通報するとか」

　ははは、と瞳が笑った。最後の指摘は、一橋の死体を発見したときに菊野が口走った科白だ。

「まあ、本当に通報なんて、しないでしょうけど」

　沙月もうんうんとうなずく。「そんなことしたら、中道に仕返しできなくなっちゃうからね」

「少なくとも」雨森も笑った。「今現在警察がここに来ていないってことは、まだ通報されていないってことだ。菊野さんの理性に感謝しよう」

笑いが起きた。

絵麻も一緒になって笑おうとして、気がついた。

雨森は、相互監視の必要性を説いたのではないだろうか。

フウジンブレードへの復讐心によってつながった仲間たち。復讐計画の完了までは、仲間を裏切るはずがない。そう思っていた。

しかし、一橋が殺害されている。犯人には裏切りの感覚はないのかもしれない。吉崎が指摘したように、しょせん一橋は自分たちの敵なのだという認識の下に、一橋の首にアイスピックを突き立てたのかもしれない。犯人の意図がどうあれ、他のメンバーにとっては予想外の行動なのは間違いない。それならば、犯人に限らず、メンバーの誰もが予想外の行動を取るかもしれない。本人にその意図はなくても、復讐計画に支障が出る危険性はあるのではないか。

「――絵麻さん？」

呼びかけられて我に返る。千里が不思議そうな顔でこちらを見ていた。「どうしたの？」

「あ、いえ」あわてて取り繕う。仲間を疑う考えだったからだ。「ちょっと、ボーッとしちゃって。ほら、わたしって、そんなとこあるでしょ」

「それは、偏頭痛のときでしょ」沙月がぴしゃりと言った。「今は違うじゃないの」

懸念が表情に出ていたのかもしれない。絵麻は観念して、考えていたことを口にした。

「なるほど」雨森が感心した声を上げた。「そこまでは、考えてなかった」

「あ、そうなの？」

「うん。単に軽口のつもりだった」

「でも、絵麻さんの意見には一理あるね」

沙月が腕組みする。沙月は復讐計画が具体化してから、酷薄な表情をすることが増えた。だから怖い印象が先に立つけれど、こうして真剣な表情になると、やはり美人だと認識させられる。

「雨森さんは寄宿舎じゃないって言ったけど」瞳が難しい顔をした。「ある程度は一緒にいた方がいいのかも」

相互監視というよりも、菊野を心配しているように見えるのは偏見だろうか。菊野は男性メンバーの中では最も若いし、体力も腕力もありそうだ。しかし同年齢の絵麻から見ても、精神的にはまだ未熟なところがある。事実、一橋の死体を発見してからは、頼りなさを露呈している。吉崎の説明によって理性を取り戻したようだったけれど、一人きりになって、どんな心境になるか、想像できない。瞳の菊野に対する態度は、母親のそれに似ている。他のメンバーのためではなく、菊野自身のために彼を監視下に置くべきではないかと考えたのかもしれない。それもまた、母親の発想だ。

「よくわかんないな」千里が眉間にしわを寄せる。「絵麻さんの意見は正しいように思えるし、それほど過敏になる必要はない気もするし」

食堂に、短い沈黙が落ちた。

複数の視線が交錯し、やがてひとつにまとまった。四人の女性が、一人の男性を見つめていた。

視線を受けた雨森は、コーヒーを飲み干した。立ち上がる。「声をかけてくる。もう九時過ぎだ。起こしても理不尽じゃないだろう」

絵麻も立ち上がる。「じゃあ、亜佳音さんにはわたしが声をかけるよ」

亜佳音は、吉崎と意見対立することの多い雨森を、あまりよく思っていない。雨森の声で目覚めるよりも、自分の方がまだいいだろう。

「お願い」瞳が座ったまま言った。自分が動く気はないらしい。他の二人も同様だ。確かに、声をかけるのに、全員が行く必要はない。二人で食堂を出た。

階段を上がってすぐ左側が一号室、右側が七号室だ。一号室を亜佳音が、七号室を吉崎が使っている。絵麻は一号室の前に立ち、雨森は七号室を素通りして、奥の九号室――菊野が使っている部屋に向かった。三人のうち、最初に菊野を起こすのは、やはり彼がいちばん心配だからだろうか。

保養所の客室はホテルのような造りになっているけれど、呼び鈴はない。ドアをノックする。「亜佳音さん、起きてる？」

ノックと呼びかけを三回繰り返したところで、ドアが開いた。チェーンロックのわずかな隙間から、寝ぼけ眼《まなこ》の亜佳音が顔を見せた。まだ寝間着代わりのジャージ姿のままだ。

「おはようございます」

「おはよ。もう九時過ぎてるよ」

「あれ」ぼりぼりと頭を掻く。「もうそんな時間ですか」

無理やり起こされたことに対する怒りを顔に出さない程度には、目覚めているようだ。

「着替えてから、下りますね」

「わかった」

再びドアが閉められる。これで、こちらの仕事は終わりだ。奥では九号室の前で、雨森がノックと呼びかけを繰り返していた。ノックの手を止めて、こちらに顔を向ける。

「起きない。他の部屋から起こそう」

言いながら、隣の八号室に移動する。ノック。

「江角さん。起きてる?」

ドアの向こうから「おう」とくぐもった返事があった。チェーンロックが外れる音がして、ドアが開かれる。途端に、部屋の中から煙の臭いが漂ってきた。

江角はちゃんと着替えていた。

「もう、みんな起きてた?」

江角の問いに、雨森は苦笑を作った。「まだ半分だね」

「そうか。でも、こんな時間だから、下りるよ」

雨森が目を細める。「もう一本、吸ってからでいいよ」

「助かる」

江角がドアを閉めた。江角は、メンバー唯一の喫煙者だ。それも、かなりのヘビースモーカー。他のメンバーと一緒にいるときには吸えないから、自分の部屋で吸っているのだろう。玄関に「喫煙所以外は禁煙」と書いてあった気がするけれど、まったく気にしていないようだ。当然のことだ。フウジンブレードの規則を守る必要などない。そもそも、復讐が完了したら燃やしてしまう建物だし。

雨森が、今度は七号室の前に立った。ノックする。

「吉崎さん、起きてる?」

返事はない。五回同じことを繰り返しても、吉崎は起きてこない。

「起きないな」

雨森がつぶやくように言った。表情が険しくなっている。「こんなに寝坊する人だっけ」

吉崎と寝泊まりするのは、今回がはじめてだ。だから実際のところはわからないけれど、普段の吉崎を見ていると、そんな感じはしない。

「ゆうべ、深酒したかな」

「持っていったのは、缶ビール一本だったけど」

「飲み足りなくて、ワインかウィスキーを取ってきたのかもしれない」

仮説を口にしながらも、雨森は納得していないようだった。

絵麻は、下腹に重いものが溜まっていくのを感じていた。昨夕、休憩時間が終わったら一橋が死んでいた。その経験が、不吉な予感を呼び起こしているのだ。顔を見合わせる。

突然ドアが開く音がして、心臓が跳ねた。目の前の七号室のドアではない。背後から聞こえた。振り返ると、一号室から亜佳音が出てきていた。亜佳音は亜佳音で、未だに絵麻が廊下にいたことに驚いたようだ。

「どうしたんですか？」

「いやね」絵麻は親指で七号室を指し示した。「吉崎さんが起きないんだよ。もう、何度も呼びかけてるのに」

大きな目が、訝しげに細められた。

「吉崎さんが？」

「亜佳音さんは、わたしたちよりつき合いが長いでしょ？　吉崎さんって、一度眠ったら、簡単に起きないタイプなの？」

「そんなことはないです」亜佳音が即答した。「むしろ眠りは浅い方で、ちょっとしたことで目が覚めてしまいます」

ということは、亜佳音は吉崎の眠っている姿を知っているわけだ。突っ込みたいけれど、今はそれどころではない。

亜佳音の目が、また大きくなった。絵麻と雨森を押しのけるようにドアの前に立つ。拳でドアを連打した。

「吉崎さん。福王です。起きてますか？」

亜佳音も雨森と同じように繰り返し、同じ結果を得た。

「まずいな」

雨森の声は硬かった。「合鍵を取ってこよう。亜佳音さん、いいね？」

別に亜佳音に許可を取る必要もないと思うけれど、礼儀だと思ったのだろう。亜佳音は返事をしない。ただひたすらドアを叩き続けている。反対がないのを賛成と受け取ったのか、雨森がダッシュで階段を下りた。管理人室へ合鍵を取りに行くのだ。だったら自分は、仲間たちを呼んでこよう。

階段を下りて食堂に向かう。そこでは、女性三人が弛緩した顔でテーブルを囲んでいた。

「ずいぶん遅かったのね」

これまた弛緩した声で瞳が言った。

「すぐ来てっ！」

「えっ？」千里が芸のない反応をした。「どうしたの？」

「吉崎さんが起きないの。何度呼びかけても」

「吉崎さんが？」沙月が不思議そうな顔をする。「それで、菊野さんや江角さんは？　あと、亜佳音さんも」

「亜佳音さんは起きてる」答えながら、菊野のことを言っていないことに気がついた。「江角さんも起きてる。起きてこないのは、吉崎さんと菊野さんだけ」

「菊野くんも？」

瞳が声を高くした。

「すぐに来て。雨森さんが合鍵を取りに行ってる。亜佳音さんは吉崎さんの部屋の前」

「江角さんは？」

「自分の部屋でタバコを吸ってる」

それどころじゃないでしょうにと毒づいて、瞳が立ち上がった。「行きましょう」

階段を上がると、七号室の前には人数が増えていた。亜佳音、合鍵を取ってきた雨森、タバコを吸い終わった江角だ。

「どうしたの？」

瞳が鋭い声で言った。

「わからない」短く雨森が答え、合鍵をドアノブに差し込んだ。

「チェーンロックがかかっているといいんだけど」

そんなことを言いながら、鍵をひねった。がちゃりという音がして、ドアノブが回った。そのまま押す。チェーンロックはかかっていないらしく、ドアは抵抗なく開いた。

雨森がドアを大きく開く。その雨森を突き飛ばして、亜佳音が部屋に躍り込んだ。突き飛ばされた拍子にドアに頭を打ち付けた雨森が続く。七人が狭い部屋に続々と入っていった。

　ひゅっと息を吞む音が聞こえた。亜佳音の喉が立てたものだ。その長身は、石膏像のように固まっている。

　下腹の嫌な感じは、今や絵麻の全身の隅々にまで行き渡っていた。亜佳音と雨森の隙間から、そっと覗く。ベッドが見えた。

　ベッドには、吉崎が横たわっていた。うつぶせだ。入浴もせず、着替えもしなかったのだろうか。昨晩と同じ服を着ている。ベッドサイドには、空になったビールの缶が転がっている。それだけならば、酒を飲んでそのまま眠ってしまったといったところだ。しかし決定的に違うところがあった。

　吉崎の後頭部から、ナイフの柄が生えているのだ。

　いつの間にか、メンバー全員がベッドを囲むように立っていた。しかし、その光景はほんのわずかの間だった。棒のように突っ立っていた亜佳音が、棒のまま背後に倒れた。隣に立つ雨森が、慌てて支える。亜佳音は失神していた。

「いかん」

　雨森が冷静さを失っていない声で言った。「休ませよう」左右を見回す。絵麻と目が合った。「絵麻さん。亜佳音さんのポケットから鍵を取ってくれないか。部屋に寝かせよう」

「わかった」指示が具体的だから、頭が働かなくても対応できる。

オートロックの部屋から出て手ぶらなのだから、鍵はポケットにある道理だ。絵麻は亜佳音のパンツから一号室の鍵を抜いた。七号室を出て、一号室に向かう。鍵を開けた。雨森と江角が亜佳音を抱えるようにして廊下に出てきた。一号室に入り、ベッドに寝かせる。昨晩、一橋を運んだときは五人がかりだった。いくら短距離とはいえ、意識のない人間を運ぶのは大変だったようだ。無事に亜佳音をベッドに寝かせると、二人とも息を荒くしていた。朝食をきちんと摂っていないからだ――絵麻はそんな場違いなことを考えた。

一号室の鍵をベッドサイドに置いて、七号室に戻った。そこでは、瞳、沙月、千里の三人が先ほどと同じ姿勢のまま、ベッドの吉崎を見下ろしていた。絵麻もまた、彼女たちの横に立つ。じっと吉崎を見つめた。

吉崎は静止していた。一橋と同じ、完全なる静止。生者には、決して実現し得ない静止。それだけで、絵麻は吉崎がすでに死亡していることを確信した。

「身体を動かしたから、少し理性が戻った」

雨森が独り言のように、そんなことを言った。少し屈んで、吉崎を見つめる。

「盆の窪だな。後頭部の、頭と首の間」

さらに吉崎に近づいて、頭部を子細に観察する。

「刺さっているのは、サイズからするとペティナイフか。刃が薄くて、先端が尖っている。力を込めるか体重をかければ、簡単に潜り込むだろう。おそらくは、キッチンにあったものだ。つまり――」

雨森は顔を上げた。「一橋さんのときと同じってことだ」

びくりと千里の身体が震えた。確かに、雨森が指摘したとおりだ。一橋もまた、キッチンにあったと思われるアイスピックが使用されていた。

雨森が生きている仲間たちを見回した。

「亜佳音さんがいないから言うけど、もう死んでいるのは間違いないと思う。心臓マッサージとか、人工呼吸とかは必要ないと思うけど、どうかな」

わずかな間を置いて、瞳が答えた。「どうせ、救急車を呼ぶこともできないしね」

「自分の部屋で死んでるから、運ぶ必要もない」

これは江角。ひどいもの言いだけれど、あえて軽口を叩くことで、なんとか理性を保とうとしているのだろうか。

「今は、あれこれ考えるのはやめよう」

宣言するように、雨森が言った。

「吉崎さんが亡くなっている。ひとまずは、その事実だけを認識する。最優先でやらなければならないのは、菊野さんの確認だ」

「あ……」

思わず、間抜けな反応をしてしまった。そうだった。菊野もまた、何度呼びかけても起きてこないのだ。そして同じように起きてこなかった吉崎が、こうして死んでいる。何をおいても菊野の安否を確認しなければならない。

絵麻は心の中で赤面していた。

知っていた。

わかっていたのだ。

自分は雨森と同じ情報を得ていた。それなのに、雨森に見えていたことが、自分には見えていなかった。視界には入っていても、脳が認識しなかった。認めたくはないけれど、能力差というのは、間違いなくあるのだ。

合鍵を持った雨森が先頭に立って、七号室を出た。菊野の九号室の前に立つ。合鍵の束から九号室のものを選び出し、ドアノブに差し込んだ。七号室と同じように解錠され、同じように開いた。こちらもチェーンロックはかかっていない。

雨森はドアを開くと、すぐに身を脇に寄せた。亜佳音のときのように、今度は瞳に突き飛ばされることを警戒したのだろう。礼を言うでもなく、瞳が先に入った。絵麻も続く。

ああ――。

声にならなかったけれど、絵麻の心はそうつぶやいていた。ベッドに横たわる菊野を見たからだ。

菊野の後頭部からも、ナイフの柄が生えていた。

雨森が音もなく移動し、瞳の横に立った。亜佳音のように、失神して倒れたときに備えてだ。しかし瞳は、しっかりと自分の足で立ち続けていた。

「菊野くん……」

かすれ声でつぶやく。身体が一度だけ震えた。

絵麻は、自分が見ているものが信じられなかった。

菊野もまた、ベッドにうつぶせになっている。服装も、昨晩のままだ。ベッドサイドにビールの空き缶が転がっているのも。そして、完全に静止しているところも吉崎と同じだった。

瞳が視線をさまよわせ、隣に立つ男性のところで止めた。

「――どういうことなの？」

「わからない」

雨森の回答はシンプルだった。「出ないか？」

反対する理由はなかった。床がクッションになっているかのような頼りない足取りで、廊下に出る。力が入らない。階段を下りるときには、手すりにつかまった。食堂に戻る。

「コーヒーを飲みたい」

雨森はそんなことを言った。「複数で準備しよう。ここにいるのは六人だから、半分に割ろう。あと二人来てほしい」

雨森が周囲のメンバーを見回した。

「そうだな。絵麻さんと、千里さん。手伝ってくれる？」

「うん」絵麻は即答した。なんとなく、雨森から離れない方がいいような気がしたのだ。なぜ？　安全だからだ。

「オッケー」千里もためらわず答える。三人でキッチンに向かった。さりげなく、残された面々の様子を窺う。

瞳は階段を下りられたものの、心ここにあらずといった風情で座っている。江角は黙りこくったまま、テーブルの上で両手を組んでいる。沙月は自分を保っているようだったから、視線で瞳についているよう頼んで、キッチンに向かった。

「チョコレートとか、買ってなかったっけ」

やかんをガスコンロにかけながら、雨森が尋ねた。

「あるよ」千里がレジ袋から板チョコを出した。五枚ある。女性一人につき一枚のつもりだったのだ。

「食べよう。手っ取り早く栄養補給したい」

六人分のコーヒーとチョコレートを持って、食堂に戻る。昨晩と同じ席に座った。吉崎、亜佳音、菊野がいないから、テーブルのちょうど真ん中辺りが空く形になっている。しかし詰めようと言う者はいない。

しばらくの間、皆黙ってコーヒーを飲んで、チョコレートを口に運んだ。瞳は、どちらにも手をつけていない。自分の分のコーヒーが入っていることにすら、気づいていないかもしれない。

「変じゃないか」

コーヒーを飲み干した江角が口火を切った。「なんで、こんなことになったんだ」

そんなこと、こっちが訊きたい――そう思ったけれど、口には出さなかった。

「江角さんは」雨森が丁寧に答える。「吉崎さんの話と違うじゃないかと言いたいの？」

江角は鼻から大きく息を吐いた。「そうだ」

「ゆうべ、吉崎さんは言ったよね」千里が後を引き取った。「犯人は、一橋さんを敵と見なして、復讐の一環として殺したと。だから明日の中道や西山殺しの邪魔をすることはないと」

「でも、その吉崎さんが殺された。菊野さんも」

沙月はふうっとため息をついた。「ってことは、吉崎さんの説は間違ってたってことなのかな」

「そうかもしれない」

突然、瞳が口を開いた。全員の視線が瞳に集まる。瞳は虚空を睨んだまま、話を続けた。

「吉崎さんは、仲間の中に裏切り者などいないと信じていた。だから無防備だった。でも間違っていた。間違っていたから、殺された」

自分自身に語りかけるような口調だった。

「菊野くんもそう。裏切り者などいない。だから、警察に通報する必要もない。一橋さんが殺されていながら——いや、殺されたのが一橋さんだからこそ、安心していられた。そして犯人に寝首を掻かれた」

瞳は誰にともなく話しかけた。

「やっぱり犯人は裏切り者なの？」

答えたのは、江角だった。

「そうだと思う」

そして、吉崎が座っていた席を見つめた。そこには、今は誰もいない。

「昨日、一橋さんが殺されているのを見たとき、反射的に裏切り者の仕業だと思った。でも、吉崎さんの話を聞いて、犯人が裏切り者ではないと考えを変えた」

　後悔しているような口調だった。

「そうしたら、吉崎さんも菊野さんも殺されてしまった。裏切り者の仕業だと考える方が、自然だと思う。犯人が裏切り者だという前提で、一から考え直す必要がある」

「裏切り者」雨森が復唱した。「ということは、犯人はやっぱり復讐の妨害を狙ってるのかな」

「そうとしか、考えられない」

　江角の右手が動いた。テーブルの上を探るような仕草をする。しかしその手は、何もない空間をさまよっただけだった。

　そうか。江角は復讐の話をするときには、必ずテーブルに息子の写真を置いていた。今の動きは、写真立てを探す動きだ。しかし、まさかこんな展開になるとは思わなかった江角は、息子の写真を、たぶん自室に置きっぱなしにしている。

　息子の遺影に頼れない江角は、それでも自分一人で戦うことに決めたようだ。テーブルの上で両手を組んで、前を向いた。

「復讐の妨害。犯人は、俺たちが中道と西山を殺すのを、妨害したいんだ。それは間違いない。でも、気になることがある」

　江角はギラギラ光る目で虚空を見つめた。

「一橋さんのときに、確認したことだ。俺たちは、復讐をやめるつもりはない。犯人以外の全員がな」

　そしてテーブルを囲むメンバーを、ゆっくりと見回した。

「犯人以外の全員が復讐を続ける決意なら、犯人が復讐を止める方法は、ひとつだけだ」

　ざわっ、と全身の毛が逆立った気がした。絵麻の理性がその理由に思い至る前に、江角が続けた。

「犯人は、俺たち全員を殺すつもりなんじゃないのか？」

第六章　欠席裁判

食堂を沈黙が支配していた。

江角《えすみ》の言葉は、復讐者たちを凍りつかせた。誰も言葉を返すことができずに、ただ静止している。

とはいえ、一橋《いちはし》が体現したような、完全な静止ではない。生者たちは、むしろ動揺を隠しきれずに上体を揺らしていた。絵麻《えま》は、その事実にむしろ安心する。

「全員を殺す」

長い間を置いて、千里《ちさと》が口を開いた。「ずいぶんと極端な話だね」

江角が千里に顔を向ける。

「でも、それしかないだろう？」

「そうかも」雨森《あめもり》が静かに言った。「中道《なかみち》と西山。犯人が二人のどちらにも死んでほしくないのなら、全滅を狙うかもしれないな」

「それが、復讐を妨害するってことだろう」

何を当たり前のことを、と言わんばかりの江角の口調だった。しかし雨森はゆっくりと首を振った。

「復讐の妨害が目的なら、どうして笛木《ふえき》殺しは邪魔しなかったのかな」

虚を衝かれたように、江角がのけぞった。雨森は続ける。

「一橋さんが殺されたときにも出た疑問だよ。あのときは吉崎《よしざき》さんが別の説得力ある仮説を出してきたから、疑問は意味をなさなくなった。でも吉崎さんの説が間違っていたのなら、あらためてこの疑問が引っかかってくる。復讐の妨害が動機という仮説は、全員で笛木を殺したという事実を説明できていない。だから、まだ決めつけちゃいけないと思う」

反論できず、江角が黙り込んだ。江角だけではない。他の生者たちも、一様に黙り込んでいた。

「うーん」

沙月《さつき》が頭の後ろで指を組み合わせた。

「感覚的には、復讐の妨害と考えた方がしっくりくるんだけどね。でも雨森さんの反論も、否定できない」

賛成だ。絵麻は後を引き取る。

「たぶん、わたしたちが復讐してる最中だからだろうね。復讐者は、復讐を妨害されることを何よりも嫌うから、どうしても過敏に反応しちゃう」

絵麻の意見は全員の賛同を得たようだ。けれど問題解決につながる内容ではないから、誰も後に続かない。沈黙が落ちた。

「まあ、動機は今すぐ考えなくていいよ」

雨森が、そんなことを言った。ゆっくりと仲間たちを見回す。

「先に議決を取っておきたいことがある。たった今、江角さんが言ったことだけど、あらためての確認だ。一橋さんが殺されたときに、僕たちは復讐継続を決定した。でもそこから状況が変わった。一橋さんに続いて、吉崎さんと菊野《きくの》さんまで殺されてしまった。それでも復讐を続ける？」

もちろん続ける――そう答えかけて、思い留まる。雨森が口にした、状況が変わったという言葉。それは単に、被害者が増えたという以上の意味があるのではないか。思いつきを口に出してみることにした。

「雨森さんは、こう言いたいんだね。もし犯人が復讐を妨害するためにメンバーを殺してるのなら、犯人はまだまだ殺す可能性が高い。江角さんが心配しているように、全員を殺すかもしれない。でも復讐を思い留まれば、殺されないんじゃないかと」

雨森が少しだけ嬉しそうな顔になった。理解者が現れたときの表情だ。「そういうこと」

食堂の空気が揺らいだ。無音のざわめき。お互いがそっとお互いを見る。その表情は、一様に強張っていた。

それもそうだろう。一橋のときは違った。吉崎の巧みな誘導のおかげで、メンバーの中で一橋だけは違う存在と認定できた。だから一橋の死と自分自身を切り離すことができた。

吉崎と菊野は違う。百歩譲って、吉崎は怨恨で動いていないから、自分とは違うグループだと言い張れるかもしれない。しかし菊野はフウジンブレードに強い憎しみを抱いている、正真正銘の復讐者だ。つまり、自分と同じ。菊野が殺害された時点で、殺人事件は自分の問題になったのだ。

——殺されるかもしれないけど、殺す？

雨森が言っているのは、そういうことだ。今までの自分たちは、殺す側だった。しかし殺される側に立ったときに、決心をぶれさせずにいられるのか。雨森はそう問うているのだ。

答える者がいない中、質問者が片手を挙げた。

「訊くばかりじゃ卑怯だな。まず、僕から意思表示をしよう。僕は、復讐を捨てるつもりはない。犯人が誰で、何を考えて仲間たちを殺しているのか知らないけど、僕は中道と西山を殺すつもりだ」

一切の迷いがない口調。まるで、犯人に対して宣言しているかのような。

絵麻は、雨森の事情を思い出した。

雨森もまた、絵麻や沙月、江角の息子と同様、設置したフウジンＷＰ１によって偏頭痛を引き起こした。絵麻たちと違ったのは、同棲《どうせい》していた恋人と二人一緒に発症したことだ。

二人だったことが、かえって災いした。他に相談することなく、二人だけで解決しようとした。しかしできるわけもなく、症状は悪化していった。

そして、恋人を悲劇が襲った。通勤電車が入ってくるとき、急に偏頭痛がひどくなった。よろめき、ホームを走っていた通勤客とぶつかった。相手が立ち止まっているか歩いているかだったら、その場にうずくまっただけだったかもしれない。しかし相手が走っていたため、はじき飛ばされる恰好でホームから落ちた。そしてその上を、電車が通り過ぎたのだ。

即死。

そのとき、雨森は恋人のすぐ傍にいなかった。折悪しく花粉症のシーズンで、雨森は恋人から離れて、洟《はな》をかんだティッシュペーパーをゴミ箱に捨てに行っているときだったのだ。恋人は、雨森のわずか五メートル先で電車に轢断《れきだん》された。雨森はどうすることもできず、ただ恋人の死を見守るしかなかった。

恋人の両親は、ぶつかった通勤客に対して損害賠償請求の訴訟を起こしていると聞く。通勤客が突き飛ばしたことが、娘の死の原因だと。しかし雨森は裁判自体に興味はなかった。関われなかったともいえる。

雨森は恋人と同棲する際に、相手の両親に挨拶に行っている。結婚が前提だったからだ。両親も快諾していた。しかし籍を入れていなかった以上、両親にとって雨森は他人だ。

「君の責任じゃない」

恋人の両親は、雨森に向かってそう言った。「君はまだ若い。未来がある。娘のことは忘れて、自分の幸せを追求してほしい」

優しい口調の絶縁宣言。両親は雨森の存在を「なかったこと」にした。

アパートにフウジンＷＰ１を設置したのは、雨森の提案だった。特に金が必要だったわけではなく、ああいったガジェットが好きだったからだ。そんな軽い気持ちで導入した機器が、恋人を殺した。

恋人の死は、自分が原因を作った。そう自らを責めたうえに、恋人の両親からその存在を否定された。自分自身もまた、被害を受けている。フウジンＷＰ１を製造したフウジンブレードに憎悪を向けるのは、当然の成り行きだった。

雨森はいつも穏やかだった。復讐のための作戦を立案する際にも、決して激することなく、最善の策を提案し続けた。

あれほどの憎しみを抱いていながら、どうして怒りを噴出しないのか。たとえば、江角のように。絵麻も最初は理解できなかった。しかし彼と一緒に過ごすうちに、わかったことがあった。憎悪というものは、一定限度を超えると、かえって表に出なくなるものなのだ。

そんな雨森の体験を考えると、復讐継続の意思表示は当然のことに思える。憎しみが二乗――二倍ではない――になっている以上、殺されるリスクなど、どれほどのものでもない。そう考えているのだろう。

他のメンバーはどうなのか。沙月は家庭を壊されている。江角は息子を、千里は弟を失っている。瞳《ひとみ》は夫を壊された。そして絵麻は、将来の夢を絶たれた。みんな、フウジンブレードに強い憎しみを抱くには、充分な被害を受けている。事実、こうして復讐計画に参加し、実際に笛木を殺害した。覚悟なら、並々ならぬものを持っている。

しかしその復讐心は、自らの命と引き替えにできるものなのか。雨森は、できると言い切った。では、自分はどうか。

「わたしも、続ける」

口に出した。全員の視線が絵麻に集まる。

「自分も狙われるかもしれないという要素は加わったけど、状況は変わってないと思う。わたしたちは、もう笛木を殺している。ここで中断したら、中道と西山を殺すチャンスは、永遠になくなる。わたしは、復讐を捨てられない」

「俺もだ」江角が続いた。「狙われたくらいでびびってたら、息子に笑われる」

「わたしも、継続に賛成」瞳がテーブルに肘をついたまま右手を挙げた。「ここであきらめたら、菊野くんが草葉の陰で泣くね」

「わたしも、同じことを言わせてもらおうか」千里が意志の力で笑顔を作った。「復讐をやめたりしたら、一橋さんの遺志をムダにすることになる」

「やれやれだね」沙月がわざとらしくため息をついた。「マンガや映画じゃないんだから。我が身が滅びても復讐を遂行するなんて」

両手を上げて、伸びをする。

「わたしも続けることに一票入れるよ。死んでしまった人のためじゃなくて、わたし自身のためにね。絵麻さんと一緒。中道や西山がこれからも大手を振って生きていくなんて、耐えられないから」

ふうっ、と雨森が息をついた。

「この場にいる全員が、復讐継続に賛成なんだね。じゃあ、あとは亜佳音《あかね》さんだけだ」

天井を見る。自室で眠る亜佳音に意識を向けたのだろう。

「今、起こすのは気の毒だ。意志確認は、目覚めた後でいいだろう」

「あの子は、別に確認しなくてもいいんじゃない？」

沙月が口を挟んだ。唇に、あるかなしかの笑みが浮かんでいる。「目が覚めても、使い物になるとは思えない。なんといっても、失神するくらいショックを受けてるんだから」

「そうね」瞳も同調した。「亜佳音さんは、吉崎さんに心酔してた。吉崎さんがいなくなった以上、やる気もゼロなんじゃないかな」

「だから困るってこともある」

雨森が実際に困った顔になった。「やる気がゼロになったり、協力してくれなくなるだけなら、まだいいんだ。自棄になって、予想外の行動に出られると、厄介だ」

「予想外の行動って」絵麻は想像力を働かせる。「警察に駆け込むとか？」

雨森が苦笑した。「予想できないから、予想外っていうんだ」

「それもそうか」確かに、そのとおりだ。

　雨森が表情を戻す。「ただ、警察はないと思う。亜佳音さんが今まで、どの程度吉崎さんと行動を共にしたのかは知らない。でも吉崎さんの口ぶりから察するに、かなりの人数を手にかけている。亜佳音さんがそれらの従犯だったら、刑は相当重くなるだろう。警察に行くことは、自らの破滅を意味するんだ。いくら吉崎さんを殺した犯人が憎くても、警察の手を借りるとは思えない」

「その辺りの計算ができないからこその、自棄なんじゃないの」

　瞳が指摘して、今度は雨森が「それもそうか」と言った。

　江角が腕組みする。「じゃあ、亜佳音さんを監視した方がいいかな」

「そうかもね。監禁する必要はないと思うけど」

　割り切った瞳の発言だった。

　絵麻は違和感を覚える。昨晩の、一橋を敵と決めつけた発言と、同種の違和感。瞳が指摘したように、亜佳音は吉崎に心酔していた。彼の庇護の下で発揮した行動力には、大いに助けられた。視野の狭さやとげとげしい発言は気になったけれど、大切な味方であったことは間違いない。

　それなのに、吉崎の死をきっかけに、仲間たちは亜佳音を用済み扱いし始めた。彼女がこの場にいないことをいいことに。

正しいのかもしれない。復讐を完遂するためには、その程度のドライさは必要なのかもしれない。仲間たちには、そう振る舞う覚悟ができているということなのだろうか。

それでも仲間たちの亜佳音に対する態度には、絵麻は違和感を覚えてしまう。みんな、どうして吉崎を失った亜佳音の心情に思いを馳せないのか。同情しなくていい。ただ、気遣ってあげればいいのに。亜佳音を気遣ったのは、意志確認を今すぐ求めなかった、雨森だけではないか。

絵麻の心情に気づかぬように、江角が話を進めた。

「亜佳音さんのことは、本人が起きてからでいいよ。ここにいる人間だけで話を進めよう。俺たちは、復讐の継続を決めた。じゃあ、次はどうする。犯人に、いかにして復讐の妨害をさせないか、を考えなきゃならない」

江角は一度うなずきかけ、続いて首を振った。「犯人の狙いが復讐の妨害だって、決めつけたわけじゃない。別の動機で殺したんだとしても、結果として復讐の妨害になっちゃ困るという意味だ」

おやおや。まるで、吉崎のような科白だ。

復讐計画を練る会合では、常に吉崎が主導権を握っていた。雨森が、計画をよりよいものに改良すべく発言していたけれど、それも吉崎の提案に対するものだった。他の男性陣は、江角も菊野も、基本的に吉崎の言葉に反応するだけだった。

しかし、ここにきて江角の様子が変わった。吉崎が死んでしまって、年長者である自分が仕切らなければならないという使命感に駆られたのか。それとも重しが取れた感覚なのか。

どちらにせよ、江角の発言は十分に理性的だった。吉崎の言葉に反応していたときには、フウジンブレードに対する憎しみが前面に出ていた。憎しみが深いぶん、発言は過激で単純だった。吉崎が仕切っているうちは、それで済んでいたともいえる。けれど自分が進行役を買って出た以上、筋道の通った発言をしなければならない。その点を強く意識しているようだ。元々頭の回転の鈍い人間ではない。

「犯人に復讐の邪魔をされないために、どうするか」

雨森が復唱した。「最も簡単なのは、今すぐ全員が自分の部屋にこもって、明日の復讐決行まで誰とも会わないことだね。ノックの音がしても、絶対に出ない。そうすれば、誰も殺されないよ」

「うーん」千里が難しい顔をした。「雨森さんの提案には、穴があると思う」

珍しい千里の反論に、雨森が面白そうな顔をした。「どんな？」

千里は眼鏡の位置を直した。丁寧な口調で説明する。

「確かに明日の朝までは、誰も殺されないでしょう。でも、問題はそれから。ここにいるのは六人。亜佳音さんが復讐の役に立たないとすると、この六人で中道と西山の二人を殺さなけりゃならない。三人でひとつのチームを作ることになる」

「なるね」

「犯人が一人だったとしても、ひとつのチームは犯人一人と仲間二人ってことになるよ。犯人は、ひと晩で吉崎さんと菊野さんの二人を殺した。わたしたちが二手に分かれた途端、犯人が二人を殺したら、中道か西山のどちらかは殺せなくなる」

雨森が目を大きくした。唇で０の字を作っている。「なるほど」

本気で感心した表情と口調だった。

「ここにいるうちの一人が、仲間の二人を殺す可能性があるってことか」

ざわっ、と空気が揺れた。テーブルを囲んでいるのは六人。半分の三人が、殺したり殺されたりするというのか。生々しい計算に、みんな動揺したのだ。

それほど千里の指摘には重みがあった。チームを組んで復讐を実行する以上、誰かは仲間を殺した犯人と一緒にいなければならない。そいつが自分に刃を向けてこない保証はないのだ。

「ってことは」同じことを考えていたらしい江角が続いた。「やっぱり明日の朝までに犯人を見つけださないといけないってことか」

千里が誰の目も見ずに首肯する。

「犯人の目的が何で、これからどうするつもりなのか、わからない。だったら、放置するわけにはいかない。そうでしょ？」

江角が唇を引き締めた。千里の意見に賛成してはいても、どうやって犯人を見つけだすか、具体的な案はないようだ。

代わって雨森が口を開いた。

「一応、確認しておこうか。昨夜、解散してから、みんなは何をしてた？」

あらかじめ、ここから始めようと決めていたような科白だった。

「まず、僕から。みんなが部屋に戻った後も、食堂で少し考え事をしていた。そうだな、五分くらい」

「考え事って？」

瞳の質問に、雨森は簡単にうなずいた。

「一橋さんの死体を発見してから解散までに話したこと。本当に正しかったのかって。可能性だけをいえば、どんな理屈もつけられる。それでも吉崎さんが持ちだした、犯人は一橋さんも復讐の対象として殺したっていう仮説が、最も説得力があった。それ以上納得できる反論を思いつかなかった」

絵麻は昨晩のことを思い出した。自分は、席で一人考え込んでいる雨森に「お疲れさま」と声をかけて、沙月の部屋に行ったのだ。彼の証言どおりだった。

「だから考えることをやめて、部屋に戻った。缶ビールを二本と、さきいかの袋をもらっていった。シャワーを浴びて、ビールを飲みながらテレビのニュースを観てから寝た。十二時くらいだったと思う。部屋に戻ってから起きて食堂に下りるまでの間、部屋を一歩も出なかった」

雨森は長くしたテーブルの短い辺に座っている。左右は沙月と絵麻だ。向かい合う形の二人がお互い譲り合って、絵麻が話すことになった。

「わたしと沙月さんは、二人でワインを飲んでた。沙月さんの部屋で。結局二人でボトル一本空けたんだけど、沙月さんがうとうとし始めたからベッドに寝かせて、自分の部屋に戻ったんだ。それから化粧を落としてシャワーを浴びて、すぐにベッドに入ったよ。寝た時間は、憶えてない。起きてから千里さんの電話を受けて食堂に下りるまでは、ずっと部屋にいたよ」

「結局一本飲んじゃったと思ったところまでは、憶えてる」

沙月が言い添えた。「そっか、絵麻さんが寝かせてくれたのか」

「放置しただけだけどね」

「ともかく、目が覚めたのは、朝になってから。シャワーを浴びて食堂に下りるまで、部屋を出なかったよ」

「わたしも、ずっと部屋にいた」瞳が短く言った。「さすがにぐったりしてたから、化粧だけ落として、すぐにベッドに入った。朝起きてからシャワーを浴びて食堂に下りたら、千里さんがコーヒーを飲んでた」

理性的に話してはいるけれど、感情がこもっていない。菊野の死から受けた精神的ダメージが、まだ瞳の心をしびれさせている。

無理もない。菊野の死体を発見してから、まだ三十分も経っていないのだ。

「そう。朝はわたしが一番乗りだった」一橋の死からひと晩経過した千里が言った。「それまでは、一度も部屋を出なかった。というか、出たくなかった。一人になりたかったんだ。仲間が殺されたっていう事実を、どう受け止めればいいのか。このまま復讐を続けるべきなのか。一人で考えたかった」

「それで、結論は出たの？」検察官のような沙月の口調。千里は薄く笑った。

「素直に受け止めることはできないけど、復讐しないって選択肢はないことはわかった。それは、さっき話したとおり」

「俺も、一人でいたよ」しんがりの江角が口を開く。「一橋さんが死ぬなんて、想像の範囲外だったからな。さすがにぐったりして、とにかくタバコを吸いたかった。ビールを飲みながら吸ってたら、いつのまにか寝ちゃってた」

沙月が渋面を作った。「いやだ、寝タバコ？」

「そう」江角は悪びれずに答える。「目が覚めたら、シーツが少し焦げてた。やばかった」

「よしてよ。一緒に焼け死ぬのはごめんだよ」

強い非難に、江角はしゅんとしてしまった。

「まあ、大丈夫だろう」雨森が割って入った。「最近のシーツは難燃性だろうから」

沙月が憮然とした。「雨森さん、甘すぎ」

ともかく、雨森の助けで、江角が態勢を立て直した。

「ここにいる全員が、部屋に戻ってから、朝食堂に行くまでは部屋を出ていないと言った。それが本当なら、亜佳音さんが犯人ということになる――あれ？」

江角の目が見開かれた。一瞬の沈黙。しかし長くは続かなかった。江角が独り言のようにつぶやいたからだ。「ひょっとして……」

雨森が江角の方を向いた。「どうした？」

「ちょっと聞いてくれないか」

言われなくても聞く態勢は整っている。江角は唾を飲み込んだ。

「亜佳音さんなんだ」

「亜佳音さん？」

「そう。昨日の午後、笛木を殺した後、部屋で休憩したときのことだ。ほら、俺の部屋は吉崎さんの隣だろう？　部屋でごろごろしてたら、隣の部屋から声が聞こえたんだ。ここは壁がそんなに厚くないから、声が大きければ、隣に聞こえる」

「吉崎さんの部屋から、亜佳音さんの声が聞こえたってことだね」

千里が回りくどい説明を整理した。しかし江角は単純に首肯しなかった。

「そうだ。でも、単なる声じゃない。あのときの声だ」

あのとき。江角ははっきり言わなかったけれど、想像はつく。

「乳繰り合うときの声ね」

今度は瞳が身も蓋もなく言い換えた。

絵麻は、吉崎の部屋をノックしていたときのことを思い出していた。吉崎は眠りが浅いと亜佳音が話したときに、亜佳音は吉崎の寝姿を見たことがある、つまり肉体関係があるのではないかと想像したのだ。想像は当たっていたということか。

江角の顔が歪んだ。笑顔を作ろうとして失敗したみたいに。

「考えてもみろよ。笛木を殺した直後だぜ。そりゃあ、俺だって笛木が死んだ瞬間は嬉しかった。ぞくぞくしたよ。でも、普通、その直後にセックスするか？　あいつら、化け物だよ」

喋りながら興奮してきたのか、江角の声が次第に大きくなっていった。

「あの声を聞いたとき、俺にはわかったんだ。あいつらは、社会正義のためとか恰好いいことを言いながら、実は快楽のために殺してるんだと。俺たちは、そんな奴らの手を借りてたんだよ」

江角の顔が赤くなった。それを冷ますように、雨森が口を挟んだ。

「亜佳音さんが殺人に快感を覚える人間だったとしても、それを理由に犯人扱いはできないよ」

「わかってるよ」いかにも心外といった顔で、江角が言い返した。「俺が言いたいことはふたつだ。ひとつは、吉崎さんとそういう関係だった亜佳音さんなら、吉崎さんはためらいなく部屋に入れるし、目の前でベッドに寝転がるだろうということ」

「確かに」沙月がコメントする。「笛木を殺した後にもやったくらいだから、一橋さんが死んだ後にやってもおかしくない。亜佳音さんが『もう一回戦』とか言いだしたら、吉崎さんは受けるだろうね」

さすが離婚したとはいえ結婚経験者。科白があけすけだ。江角は、今度ははっきりと笑顔を作った。

「もうひとつは、菊野さんだ。亜佳音さんがどうやって菊野さんの部屋に入ったのかは、わからない。でも、思い出してくれ。亜佳音さんは吉崎さんの部屋で失神した。その後自分の部屋に寝かせたから、亜佳音さんは菊野さんの部屋に入っていないんだ。今から菊野さんの部屋を調べて、亜佳音さんの持ち物があったら、証拠にならないか?」

「あ……」

千里が口を開けた。ひょっとしたら、絵麻も同じ表情をしていたかもしれない。

それくらい、江角の意見には説得力があった。

雨森が立ち上がった。「確認してみよう」

仲間たちの顔を順に見回す。絵麻はその意図がすぐにわかった。誰か、一緒に行こうというのだ。行動するときは、常に複数。それが一橋が殺されて以来の、自分たちのルールだった。立ち上がる。「わたしも行くよ」

同じように察したらしい千里も手を挙げた。「わたしも」

コーヒーを淹れたときと、同じメンバーだ。三人で食堂を出て、管理人室に向かう。食堂と十分な距離を取ってから、絵麻は雨森に話しかけた。

「どう思う?　江角さんの話」

雨森は正面を向いたまま答えた。

「正直、あまり期待していない。でも、確認は必要だ」

「髪の毛でも落ちていればいいいんだけど」

千里が言った。

「瞳さんは赤いパーマ。沙月さんは黒のロング。絵麻さんは黒のショート。亜佳音さんは茶色いおかっぱ。わたしは栗毛のセミロング。雨森さんは黒い短髪、江角さんはごま塩。だから、区別がつくよ。他の人は死体発見のときに落ちたのかもしれないけど、亜佳音さんの髪が落ちていたら、立派な証拠になる」

管理人室から合鍵を取ってきたとき、残る三人はもう階段のところにいた。六人で階段を上る。菊野は九号室だ。雨森が合鍵を差し込む。ひねる。解錠される音が響いた。二人の死体を発見したときと同じだ。

あのときは、嫌な予感が腹に重く溜まっていた。ふと思い出すことがあった。

「雨森さん」

ドアを開けようとした手が止まる。「何?」

「さっき、こうやって合鍵で入ろうとしたときに『チェーンロックがかかっているといいんだけど』って言ってたでしょ。あれ、どういうこと?」

雨森がきょとんとした顔をした。自分の発言を憶えていなかったらしい。しかし少しだけ宙を睨むと、思い出したようだ。

「ああ。チェーンロックがかかっていたら、ただの寝坊だと思ったからだよ」

一瞬、何を言われたのか、わからなかった。けれどすぐに思考力が追いついた。

「ああ、そうか」

「そう。チェーンロックをかけるのは、中にいる人間にしかできない。つまり吉崎さん。かかっていたら、吉崎さんは他人の影響を受けずに中にいる。でも、もし誰かが吉崎さんを殺して部屋を出ていったのなら、チェーンロックはかけられない。だからドアが開いた瞬間、吉崎さんはもうダメだと思った」

亜佳音があれだけドアを連打して名前を呼んでも、出てこなかったのだ。あの場にいた全員が、とっくに覚悟していたはずだ。雨森も含めて。それでも雨森は、覚悟という名の思い込みを排除しようとしたのか。そしてチェーンロックが間接的な証拠になり得ることに気づいた。だから、つい口に出してしまった。そういうことなのか。絵麻は今さらながら、雨森の思考力に感嘆した。

雨森がそっとドアを開いた。手を伸ばして照明のスイッチを入れる。

「証拠を探すのなら、そっと入ってくれよ」

ドアを手で押さえて、入室を促す。瞳が真っ先に入った。しかしベッドの菊野を見ずに、奥の丸テーブルに視線を動かしていた。江角も中に入り、すぐに床を観察し始めた。沙月は一歩入っただけで、周囲を見回した。千里はベッドまで歩いていって、枕元に立った。

絵麻も周囲を見回す。客室の造りは、絵麻が入った二号室と同じだ。ここに来るときに持ってきたボストンバッグは、窓際の丸テーブルに置かれている。バッグのファスナーは閉められたままだ。菊野は着替えてもいないし、開ける場面がなかったのだろう。ということは、明らかに部屋に備え付けられた物以外は、遺留品である可能性が高い。毛髪は言いだしっぺの千里に任せるとして、自分はもっと大きなものを探そう。

「どう?」

ドアのところから雨森が訊いてきた。自分で探す気はないようだ。ということは、先ほどの言葉どおり、証拠が見つかるなんて本当に期待していない。

「それらしいものは、ないね」

沙月が答えた。ユニットバスのドアを開ける。照明を点けて中の様子を確認する。

「フェイスタオルが一枚、使った形跡がある。けど菊野さんがトイレにでも行ったんでしょうね」

バスルームのドアを閉める。「ベッドは、どう?」

「何もない」千里が悔しそうに答える。「髪の毛すら落ちてない」

「ない」屈んでいた江角が身を起こした。全員で部屋を出る。

「仕方ないよ」雨森が慰めるように言った。「亜佳音さんに限らず、滞在先で人を訪ねるのに、大荷物を持っていく奴はいない。それに、亜佳音さんの遺留品がないことは、亜佳音さんの無実を証明しない」

「それにしても、髪の毛くらい落ちていてもいいのに」

千里は不満げだ。自らの思いつきが空振りに終わったからだろう。雨森が首を振った。

「ベッドのシーツはともかく、床は期待できないよ。ここはフウジンブレードの保養所だぜ。掃除は外部業者に委託してるんだろうけど、徹底的に値下げさせてるはずだ。受けるのは手抜き業者だけだろう。ぞんざいな掃除だと、前に泊まった人の髪の毛が落ちていても、不思議はない」

千里が頬を膨らませた。「だったら、探す前に言ってよ」

ごめんごめんと謝りながら階段を下りる。絵麻はちらりと一号室のドアを見た。亜佳音が起きてくる気配は、まだない。

「お昼になっちゃったね」

食堂に戻るなり、沙月がつぶやいた。つられて壁の掛け時計を見ると、針は十二時十五分を指していた。

もうお昼かというより、まだお昼なのかというのが実感だ。朝は、激動の昨日が夢だったかのようにのんびりした。しかしその後の怒濤の展開のおかげで、時間の感覚が狂っている。胃に意識を向ける。空っぽなことはわかったけれど、空腹を感じているわけではない。やはり、異常な状況が食欲を麻痺させているのだ。とはいえ、出されたら食べられるけれど。

「お昼を作るんなら、後片付けはするよ」

自ら提案した捜索が空振りに終わって、さすがにぐったりした江角が言った。女に食事の支度をさせるのか——と怒るほど、こちらも単純ではない。作るより、片付ける方がよほど面倒なのだ。かつて家庭生活を営み、現在は一人暮らししている江角には、それがよくわかっている。おいしく作るのは料理が得意な人に任せて、自分は面倒な片付けを買って出たのだ。

江角は確か五十五歳だ。正直にいって、ずっと若い吉崎や雨森の方が、社会人としては優秀なんだと思う。けれどごく自然にことの軽重をわきまえた発言ができるのは、経験を積んだ大人である証拠だ。

「昨夜はパスタだったよね」

千里が言った。「今朝はトースト。となると、そろそろお米がいいんだろうけど」

「炊く？　洗ってすぐにスイッチを押したら、そんなに時間はかからないよ。お腹が空いてどうしようもないって人がいなければ」

沙月が雨森と江角を見た。この二人は、朝食を摂っていない。

雨森は首を振った。「さっきチョコを食べたから、大丈夫」

「作るのは任せるから、贅沢は言わない」

これは江角。

「じゃあ、そうしようか。おかずは、買ったものから考えるとして」

沙月が席を立とうとしたとき、視線が動いた。絵麻の背後を見ている。つまり、出入口だ。振り返ると、亜佳音が立っていた。

「亜佳音さん」千里が声をかける。「大丈夫なの？」

「大丈夫です」亜佳音が短く答えた。

亜佳音は自分の足でしっかりと立っている。ふらついたりしていない。髪も整えられていて、薄く化粧までしてある。保養所で潜伏しているというより、今から都心にショッピングに行こうとしているかのようだ。

亜佳音が食堂に入ってきた。テーブルの上を見つめる。テーブルには、まだ先ほど淹れたコーヒーカップとチョコレートの空包装が置いてあった。

「みなさん、コーヒーを飲まれたんですね」

今からお昼ごはんの準備だよ――そう言いかけたけれど、言葉にならなかった。亜佳音が一人でずんずんとキッチンに入っていったからだ。しばらく待っていたら、ティーカップを片手に戻ってきた。昨晩も座った席、沙月の隣に着席する。そういえば昨日は、一杯立てのドリップコーヒーだけでなく、紅茶のティーバッグも買ってたな。そんなことを思い出した。

亜佳音は紅茶に口をつけず、背筋を伸ばして席に座っていた。ぐるりとテーブルの周りを見回す。

「誰が、吉崎さんをあんなふうにしたんですか?」

ずばりと訊いてきた。決然とした口調。その声を聞いて、絵麻は亜佳音がきっちり身仕舞いしてきたことの意味を理解していた。

亜佳音は、戦闘態勢を整えたのだ。

第七章　対　立

「亜佳音《あかね》さん」

雨森《あめもり》が話しかけた。優しげに、気遣うように。「今から昼食にしようかって話してたんだけど、どう？」

亜佳音は、雨森の方を見もしなかった。

「けっこうです」

「それは、自分は食べないけど、みんなは食べてもいいって意味なのかな」

今度は返事をしなかった。逆に、雨森の方を見た。はっきりとした、怒りの表情が浮かんでいる。わかりやすい表情。この非常時に、呑気《のんき》に飯などと言っているのか——怒りに燃える双眸が、そう語っている。

「お好きに」つっけんどんに答える。「ただ、わたしなら、容疑者をキッチンになんか行かせませんけど。武器になる刃物がたくさんありますから」

「なるほど。そんな考えもあるか」

ややわざとらしい仕草で、雨森が感心してみせた。「じゃあ、昨日みたいに二、三人が一組になって行動するってのは？」

亜佳音が軽蔑するような目で雨森を見た。

「キッチンでいきなり刃物を振り回されたら、防げるんですか？」

「自信はないね。まな板で防御しようか」

雨森が真面目な顔で答えた。本人にからかうつもりはなかったのだろうけれど、亜佳音は眉間にしわを寄せた。

「自信がないのなら、やめておいた方がいいと思いますけど」

「そうだね」

「亜佳音さん」

本筋とは関係のない無駄話に苛立《いらだ》ったように、江角《えすみ》が割って入った。

「君は『誰が、吉崎《よしざき》さんをあんなふうにしたんですか？』と言った。犯人捜しをしたいわけだ。だったら、その前に訊きたいことがある」

「……なんです？」

江角は指を二本立てた。

「質問はふたつある。ひとつは、まだフウジンブレードへの復讐を続ける気があるかどうか。もうひとつは、昨晩何をしていたか」

亜佳音がわずかにのけぞった。それもそうだろう。亜佳音は戦闘態勢を整えて、食堂に下りてきた。仲間を追及する気満々でいたのに、いきなり質問を浴びせられた。それも、今まで軽んじていた江角に。彼女の感覚では、予想外の先制攻撃を食らったようなものだ。

しかし亜佳音は、すぐに態勢を立て直した。

「みなさんは、どうなんですか？　少なくともフウジンブレードへの復讐については、動機を持っているのはあなた方です。吉崎さんとわたしは、お手伝いしているだけですから」

江角は即答する。

「全員一致で、復讐継続を決めたよ。ついでに、みんなの行動を教えておこう」

江角は先ほど話した、昨晩解散してから、今朝食堂に下りてくるまでの自分の行動を、亜佳音に伝えた。先ほどとは逆の順番で、それぞれが自分の行動を説明した。

最後の雨森が話し終えると、江角がうなずいた。

「というわけだ。もちろん自己申告だ。みんなの主張が正しいかどうか、わからない。誰もが本当のことを言っていると仮定すると、亜佳音さんしか犯人がいなくなってしまう。だから、君の行動を訊きたい。昨晩君は、何をしていた?」

最後は尋問の響きを伴っていた。江角は一度亜佳音を疑っている。それに笛木《ふえき》殺害後に吉崎とセックスしたことから、人格そのものにも疑問符をつけている。態度が厳しいものになるのは、仕方のないことだろう。

しかし亜佳音は動じなかった。

「シャワーを浴びて、すぐに寝ました。さすがに疲れてたのか、絵麻《えま》さんに起こされるまで、一度も目が覚めませんでした」

亜佳音はそう答えた。江角が口を開きかけ、再び閉ざした。

おそらく江角は「吉崎さんの部屋に行ったんじゃないのか。ベッドを共にするために」と訊きたかったのだろう。しかし、さすがにひどいもの言いになると思ったのか、自制したようだ。正しい判断だ。二人の間に肉体関係以上の絆があったかどうかはわからないが、少なくとも身体を許す程の相手を、亜佳音は失っている。

江角が閉ざした口を、あらためて開いた。

「わかった。君を含めて、全員が部屋を出ていないらしい。ということは、誰かが嘘をついているということだ。でも、そのことを考えるのは、後にしよう。もうひとつの答えは?　君は今、自分は手伝っているだけだと言った。吉崎さんが亡くなった今、手伝いはやめるかい？」

テーブルに緊張が走る。もし亜佳音が復讐の手伝いをやめてここを出ていくと言いだしたら、口封じを考えなければならない。

亜佳音は首を振った。

「吉崎さんは、最後までお手伝いするつもりでした。中道《なかみち》と西山を殺すまでが、自分の仕事だと。吉崎さんが亡くなったから途中でやめるというのでは、無責任すぎます。みなさんがやめないというのであれば、わたしも最後までお手伝いします」

ふうっと緊張がほぐれかける。しかし亜佳音は言葉を続けた。

「でもそれは、吉崎さんを殺した犯人を突き止めてからです。犯人と行動を共にはできません」

亜佳音は年上の仲間たちを睨《ね》めつけた。

「吉崎さんは、計画遂行に最も頼りになる人でした。その吉崎さんを殺したということは、犯人はみなさんの復讐を妨害しようとしてるんでしょう。犯人を突き止めて排除してからでなければ、復讐なんてうまくいきっこありませんから」

千里《ちさと》と同じことを言った。この点に関しては同意見だったからか、江角は素直にうなずいた。

「賛成だ。じゃあ、犯人は復讐を妨害するために、俺たち全員を殺すと思う？」

亜佳音は軽く首を傾げた。

「さあ、どうでしょうか。吉崎さんを殺してしまえば、もう用は足りたと思ってるかもしれません」

聞きようによっては、大変失礼な発言だ。吉崎以外には、作戦遂行能力がないと言っているも同じだからだ。精緻な計画を提案したのは、吉崎でなく雨森の方なのに。

「そうかもしれないな」それでも江角は抑えた声で応えた。親子ほどの年齢差があるから、過敏に反応するのも大人げないと考えたのだろうか。

「でも、違うと思う。亜佳音さんは、この場に菊野《きくの》さんがいないことに気づかなかったか?」

亜佳音が虚を衝かれたような顔をした。あらためて周囲を見回す。どうやら、菊野の不在に、気づきもしなかったようだ。いかに亜佳音が菊野を軽視していたかが想像できる。確かに優柔不断なところや瞳《ひとみ》に甘えるようなところはあったけれど、若くて肉体的には頑健だったのに。

「……菊野さんは、どうされたんですか?」

「殺されたよ」

江角の答えは短かった。亜佳音が息を呑む。

「吉崎さんの遺体を見て、君は気を失った。俺たちはあの後、菊野さんの様子も確認したんだよ。菊野さんは、自分の部屋で死んでいた。吉崎さんと同じペティナイフが使われていた。犯人は、昨晩二人を殺したんだ。吉崎さんさえ殺せば目的を達成できるとは、考えていなかったらしい」

その後、江角自身が亜佳音犯人説を打ち出し、証拠を求めて菊野の部屋を捜索したことには触れなかった。

「………」

亜佳音は黙り込んだ。菊野が殺された意味。それを懸命に考えているように見えた。数秒の沈黙の後、口を開く。

「そんなことが、あったんですか……」

「そう。ゆうべ吉崎さんは、犯人は一橋《いちはし》さんも復讐の対象と考えていたから、俺たちを殺すことはないと説明した。吉崎さん本人を含めて、全員がその説明に納得した。その結果が、これだ。犯人がまだまだ殺す可能性は、否定できない」

つまり、君も狙われているよ――江角は言外に匂わせた。亜佳音に通じたのかどうか、わからない。少なくとも、目の前の女子大生は怖じ気づいたようには見えなかった。

「わかりました。そんな状況なら、一刻の猶予もありませんね。早く犯人を見つけなければ」

　亜佳音はようやく紅茶に口をつけた。少し冷めていたためか、一気にカップ半分を飲んだ。前を向く。

　吉崎が座っていたのは、窓を背にした中央だった。場の中心になるのにふさわしい席。亜佳音はその隣だ。したがって、今は亜佳音が場の中心に近い。あらためてテーブルをぐるりと見回した。

「わたしは犯人ではありません。ですから、みなさん全員が容疑者ということになります。あらためて伺います。どなたが吉崎さんを刺したんですか？」

　あまりにもストレートな問いかけ。犯人が名乗り出るわけがないではないか。自室を出て吉崎や菊野を殺害したのに、部屋を一歩も出ていないと言い切っているのだから。

　予想どおり、亜佳音の質問に返ってきたのは沈黙だけだった。亜佳音は忌々《いまいま》しそうに眉根を寄せる。

「誰も部屋を出なかったって言ったんだよ」瞳が冷たい口調で言った。「わたしですって、答えるわけないじゃん。それとも、あんたが訊いたら、観念して名乗り出るとでも思ってるの？　本気で犯人捜しをするつもりなら、もうちょっと工夫してよ」

亜佳音が瞳に顔を向けた。その目には、はっきりと怒りの色が浮かんでいた。確かに瞳の言い方もひどかったけれど、あれは図星を指された顔だ。

つまり、そういうことなのだろう。吉崎と亜佳音は社会正義を実現するためと言いながら──本当にそのつもりなのかもしれないけれど──被害者たちを見下しているのだ。自分は救う側。他の連中は迷える子羊。自分たちが乗り出せば、感激の涙を流して足元にすり寄る。そう信じて疑っていないのだ。食堂に現れてからの亜佳音の発言は、自分自身では意識することなく、亜佳音自身の性根を暴き出している。

亜佳音が馬脚を現したことは、他のメンバーにもわかったようだ。瞳だけではない。江角も、沙月《さつき》も、千里も、冷ややかな視線を亜佳音に向けていた。

しかし亜佳音は気づいていない。自分が見えていない。愚民どもは自分にひれ伏すのが当たり前。そう信じて疑っていない。自身は、吉崎の言うなりに動いていただけなのに。

亜佳音だけではない。反論した瞳にも、絵麻は危険な匂いを感じていた。あの冷たい口調には、明らかな意志が混じっていた。菊野が殺されてからの、どこか感情のスイッチが切れたような発言とは違っていた。能動的な意志。亜佳音と共通するもの。

そうか。亜佳音は犯人捜しをすると宣言した。しかしそれは、自分たちが共有した目的とは違っている。亜佳音が現れる前、絵麻たちは明日の復讐を邪魔されないために、犯人を特定しようとした。しかし亜佳音は違う。亜佳音は、吉崎の復讐をするために犯人捜しをしようとしている。

そのオーラに、瞳は反応した。瞳もまた、菊野を殺された復讐をしたいのだ。精神的ダメージによって自覚されなかった復讐心が、亜佳音の炎によって着火してしまった。あらためて瞳を見る。口調は冷たくても、目には強い光が宿っていた。犯人がわかったら、ただではおかないという、危険な光が。

いけない。

絵麻は危険信号が明滅するのを感じていた。

自分たちは復讐のために集結した。強烈な憎しみをベースにした、理性的な計画を遂行するために。復讐の対象は、フウジンブレード。

しかし今、亜佳音と瞳は、違った復讐心を抱いている。それは仕方がない。二人とも、大切な相手を殺されたのだから。問題は、その対象が仲間だということなのだ。

犯人が特定されていない以上、仲間は全員容疑者だ。すぐに犯人が見つかればいい。しかし長引いてしまった場合、仲間に対する疑念は次第に濃くなっていくだろう。十分に濃い灰色は、黒と見分けがつかなくなる。いつしか二人は、仲間全員が犯人だと思うのではないか。犯人とは復讐の対象。つまり、敵だ。

二人が仲間を敵扱いし始めたら、こちらも対抗せざるを得ない。敵扱いされた場合の対抗策とは、こちらも相手を敵扱いすることだ。いや、すでにそうなりかけている。亜佳音を見る他のメンバーの顔が、険しくなっていた。

いけない。このままでは破滅する。対立が修復不能なまでに深まって、本来の復讐どころではなくなる。

亜佳音が口を開きかけた。その舌が毒にまみれた発言を繰り出す前に、雨森が言った。

「確かに、工夫が必要だ」

ぶん、と音を立てて亜佳音が雨森に顔を向けた。雨森は、決して亜佳音一人に対して言ったわけではないというふうに、全員を等分に見て話を続けた。

「犯人の自白を期待するんじゃなくて、犯人の行動を客観的に考えてみようか。そこにヒントがあるかもしれない」

「そ、そうだな」

つっかえながら、江角が同意した。心の動きを急に方向転換させられたときの反応だ。雨森はひとつうなずく。

「一度部屋に引っ込んだ犯人は、頃合を見てキッチンに下りて、ペティナイフを持ち出した。このとき、もし食堂に誰かがいて姿を見られても、問題はないと思う」

「そうだね」千里がコメントする。「お酒を取りに来たとか、コーヒーを淹れに来たとか言えば、怪しまれない」

「そう思う」雨森が、やや大げさに同意した。「僕なら、コーヒーを淹れる方を選ぶかな。酒なら、冷蔵庫かレジ袋から取り出すだけだ。ペティナイフを探すのに時間がかかったら、怪しまれる。コーヒーなら、お湯を沸かす間に探せるから、問題ない」

妙に細かい解説だ。そこは本質ではないのに——そう考えかけて、雨森の意図に思い至る。そうか。議論を具体的なところに落とし込むことによって、抽象的な人格攻撃を防ごうとしているのか。そして共有する情報にブレが出ないように、違った解釈が起こりにくいよう細かく説明した。

雨森の狙いは当たったようだ。テーブルを囲む誰もが、キッチンで起きたかもしれない光景を思い浮かべているような顔をしていた。

雨森が江角に視線を送った。バトンを引き継ぐような仕草。江角が了解したように口を開く。

「吉崎さんと菊野さんのどちらを先に殺したのかは、わからない。とりあえず吉崎さんを先に殺したと仮定しよう。犯人は自分の部屋を出て、吉崎さんの部屋を訪ねた。ここで問題になるのが、客室はオートロックだということだ。管理人室には合鍵がある。一橋さんの部屋に入る際に使ったから、その存在は全員が知っている。じゃあ、犯人は合鍵を使って入ったんだろうか」

「あり得ないね」

沙月がきっぱりと否定してみせた。「何時のことかわからないけど、合鍵で中に入ったときに、吉崎さんが起きていたら、大騒ぎになる。チェーンロックもあるしね」

「うん」江角は、今度は亜佳音に顔を向けた。「亜佳音さん。吉崎さんは、普段からチェーンロックをする人だった？」

「はい」亜佳音は即答した。「ですから仮に吉崎さんが眠っていたとしたら、合鍵で部屋に入れるはずがありません」

犯人がキッチンからペティナイフを持ち出してからの流れを追っているためか、亜佳音の回答もスムーズだった。少なくとも、その響きに毒はなかった。

「そう思う」江角が満足そうな顔をした。「じゃあ、犯人は吉崎さんに入れてもらう以外にない」

瞳も亜佳音を一瞥した。「一橋さん殺しを復讐の一環だと解説したのは、吉崎さん自身。犯人は敵じゃないと言ったのも、吉崎さん。これ以上事件が起きるとは、まさか考えない。ノックしたら、相手が誰であっても、中に入れてくれるよね」

「誰であっても」を強調したように聞こえた。最も怪しまれずに入れるのは、吉崎と肉体関係にある亜佳音。それを、みんな知っている。瞳は亜佳音を名指ししないことで、自制心を取り戻したことがわかる。そのことに、絵麻は少し安心した。

「そうでしょうね」沙月が納得顔をした。「いくら殺人経験が豊富な吉崎さんでも、仲間と思っていた人間にいきなり襲われたら、ひとたまりもなかったんだと思う。部屋には格闘の跡なんてなかったから」

亜佳音はコメントしなかったけれど、表情は不満げだった。沙月の発言が気に障ったというより、全幅の信頼を置いていた吉崎が、他者の手にあっさりかかってしまった事実に対して不満を抱いているように見える。

「おそらくは、そんなところだ」江角がまとめた。「菊野さんも同じような感じだろう」

「そう思う」千里が簡単にコメントした。「犯人が一人なら、同じことを二回繰り返した。複数なら、手分けした。そう考えた方がいいよね」

「うん。犯人には、それが可能だった」

ここで雨森が発言した。江角に顔を向ける。「吉崎さんの部屋と菊野さんの部屋の間には、江角さんの部屋がある。二人が犯人を自ら招き入れたとしたら、会話くらいはしたはずだ。話し声が聞こえなかった？　聞こえてたら、手がかりになるかもしれない」

質問が質量をもってぶつかってきたかのように、江角がのけぞった。「え、えっと……」

そうか。江角は先ほど、隣室から吉崎と亜佳音がセックスする声が聞こえたと言っていた。しかも、亜佳音だとわかるくらいはっきりと。もし犯人が同じくらいの大声を出していたのなら、江角に聞こえている可能性がある。雨森は続けた。

「もちろん、昨晩はまた誰かが殺されるなんて、考えていない。だからよっぽどの怒号でもないかぎり、声が聞こえただけでは気にしなかったと思う。でも、思い出してくれないか。誰かの声が聞こえなかったか」

江角は真剣な顔をして黙り込んだ。必死になって、記憶を探っている。テーブルに緊張が走った。しかし数秒の後に、江角は首を振った。

「いや。何も聞こえなかった。声も、物音も」

雨森が小さく息をつく。「そうか」

残念そうにも、予想済みのようにも聞こえた。その両方なのかもしれない。誰にでもできたという防護壁を打ち破るには、具体的な証拠や証言がいる。雨森は江角にそれを期待した。しかし江角は期待に応えられなかった。無理もない話なのだけれど、つい「ちゃんと聞いていてよ」と理不尽な非難をしてしまいそうになる。

「物音は？」今度は千里が尋ねた。「声は聞こえなくても、音はしなかった？」

しかし記憶を呼び出し済みの江角は、すぐに答える。「いや。気づくような大きな音は、しなかった。少なくとも、俺が起きている間は」

千里は顔をしかめた。不満が表情に出ないよう、意図的に行った仕草のようにも見える。「まあ、仕方がないか。吉崎さんも菊野さんも、静かにベッドに寝てたもんね。どっしんばったん格闘した形跡はなかったわけだし」

「犯人が大声を出したり物音を立てていたとしても、江角さんが寝た後だったら聞くことはできないしね」

沙月が続く。「そういえば、江角さんは何時ごろ寝たの？」

「わからない」江角は首を振る。「ビールを飲みながらタバコを吸っていたら、いつの間にか寝てた。さっきも言ったとおりだよ」

「タバコは、何本くらい吸った？」

雨森の質問に、江角が宙を睨んだ。

「それほどじゃない。たぶん、二本か三本」

「ふむ」雨森が自らの顎をつまんだ。「僕はタバコを吸わないから、一本吸うのにかかる時間はよくわからない。ただ、買っておいたビールは三百五十缶だ。こちらは飲むのにさほど時間はかからない。ってことは、江角さんはわりと早い時間帯に寝ちゃったと考えてよさそうだ。解散したのが九時過ぎだから、十時にはなっていないと思う。犯行は、江角さんが寝た後のことかもしれないな」

「江角さんが犯人じゃなければね」

沙月が言い添え、江角が眉を吊り上げた。しかし反論に意味はないと思ったのか、口に出しては何も言わなかった。

「犯行時、江角さんは寝ていたかもしれない」

雨森は繰り返した。「みんなはどうかな。寝たのが何時ごろか、憶えてる？　僕はさっき言ったように、十二時くらいだった」

瞳に視線を向ける。「瞳さんも、すぐに寝たって言ってたよね。ということは、江角さんと同様、十時前には眠ったと考えていいね」

「いいよ」

瞳が短く答える。雨森は次に千里を見た。「千里さんは何時ごろだったか、憶えてる？　一人で考え事をしていたって言ってたけど」

「はっきりとした時間は憶えてない」千里は眼鏡越しに宙を睨んだ。「でも、十時は過ぎてたと思う。十一時になっていたかどうかは、わからない」

「わたしは、全然憶えてない」沙月が絵麻を見て言った。「絵麻さんと飲んでるうちに寝ちゃったから。どうだった？」

絵麻はうなずいた。

「沙月さんをベッドに寝かせて自分の部屋に戻ったのは、十時半くらいだったかな。それからシャワーを浴びたりしたから、わたしが寝たのは十一時過ぎ」

雨森が亜佳音に視線を向けた。亜佳音の顔は、吉崎が生きていたときの状態に近くなっている。犯人に対する憎しみのため低下していた思考能力が戻ってきたようだ。

「わたしが眠ったのは、十時過ぎだったと思います」

「なるほど」雨森が腕組みした。「みんな、起きてる間に、ノックの音が聞こえた？」

返事はなかった。雨森は自分に対してするように、うんうんとうなずいた。「まあ、シャワーを浴びているときにノックされて、気づかなかったのかもしれないけど。少なくとも、犯人にはみんながシャワーを浴びる時刻も寝る時刻も、把握できない」

「確かにそうだけど」瞳が面倒くさそうに言った。「その議論って、意味あるの？」

そう返されることを予想していたのだろう。雨森は大きくうなずいた。

「考えてみてくれ。昨晩僕たちは、なぜ解散したのか。寝るためだ。だったら犯人は、標的が寝ていることを想定していなけりゃならない」

瞳はいったん黙り、そして口を開いた。「――そうね」

他に反対意見が出ないのを確認してから、雨森が続けた。

「僕は今、寝た時間を確認した。寝る前にシャワーを浴びるのも、よくあることだ。実際に、何人もそうしている。さっき、犯人はドアをノックして、吉崎さんや菊野さんに入れてもらったということになった。だったら犯人は、殺そうとして部屋を訪ねても、バスルームにいるか寝ているかされていて、ドアを開けてもらえないリスクがある」

「で、でも」絵麻は反論を試みる。「現実に、吉崎さんと菊野さんは殺されてるじゃないの」

本気の反対ではなく、雨森の考えを確認するための発言だった。こちらの狙いが通じたのか、雨森は穏やかにうなずいた。

「そうなんだ。でも、もし犯人の標的が吉崎さんと菊野さんの二人だけだったら、二人がノックに応えないと殺し損ねることになる。犯人は運任せに行動したのか。そうじゃなければ、こうは考えられないか。犯人の狙いは、二人だけではなかった。片端からドアをノックして、たまたま返事のあった二人を殺した」

食堂はしん、となった。

雨森は、犯人は誰でもよかったんじゃないかと言っているのだ。先ほど雨森は、復讐の妨害説に疑問を呈した。それなのに、今度は、自らがそれを支持する考えを示した。誰でもよかったというのは、皆殺しに通じる。つまり、復讐の妨害だ。

しかし雨森は自ら首を振った。

「ただ、こう考えると、さらにおかしなところが出てくる。もちろん、解散した途端、全員が一斉に就寝することは想定しにくい。犯人は、何人かは殺せると考えたと思う。でも、もっといい方法がある」

雨森はゆっくりと仲間たちを見回した。

「犯人はなぜ、夕方の時間を利用しなかったんだろう」

背筋がぞくりとした。今、大切なことを聞いた。身体が反応したのに、脳がついていっていない。

「ここにヒントはないかな。二人を殺した犯人が、一橋さんを殺した人間と同じでも、違っていてもいい。あえて言うなら同一人物だった場合、より不自然ではあるけど」

「より不自然？　どうして？」絵麻は尋ねた。半分は時間稼ぎだ。まだ頭が追いついていない。雨森は薄く笑った。

「だって、一橋さんの死体が見つかれば、大騒ぎになるのは必至だ。自分が殺したわけだから、容易に想像がつく。突然仲間が殺されたら、誰だって警戒する。そんなときに犯人がノックして、素直に部屋に入れるかな」

「……入れないでしょうね」

「そう。結果的に僕たちは油断したまま寝たわけだけれど、それは吉崎さんが、犯人は裏切り者じゃないと言いだしたからだ。犯人の立場からすれば、前もってそんな展開を期待できるわけがない。犯人の感覚では、一橋さんの死体が見つかった時点で、もう誰も殺せなくなると考えなければならない。殺せるうちに殺しておいた方がいいのなら、夕方にもっと殺さなかった理由がわからない」

「そうか」丁寧に説明してもらったおかげで、ようやく思考が雨森に合流できた。「吉崎さんがみんなの警戒心を解くために、あんな仮説を持ち出したわけでもないね。本人が殺されてるわけだし」

「犯人は自分からあの説を持ち出すつもりだったんじゃない？」これは千里。「たまたま吉崎さんが言ったから、自分は黙ってた」

「その説でみんなを説得する自信があればね」雨森が答える。「リーダー格だった吉崎さんが言ったから、説得力を持った。他の誰かが同じことを言っても『いや、一橋さんは仲間だ』と言下に否定されるかもしれない。リスクが高すぎる」

千里が黙った。「……そうね」

「同一人物じゃなければ」今度は江角が口を開いた。「やっぱり、不自然ではあるな。一橋さんのことを知らないだけで、夕方の休憩時間が好機なのは間違いないんだから」

そのとおりだ。でも、犯人は現実にそうしている。そこには理由があったはずだ。深謀遠慮でなくていい。そうする羽目になったのでもいい。どうにかして、犯人の行動を読めないか？　先ほど雨森は、犯人がキッチンにナイフを取りにいった光景を、細かく描写した。あんなふうに。

ふと、思いつくことがあった。考えは全然まとまっていない。けれど浮かんだものが消えないうちに、口に出すことにした。

「ひとまず一橋さんのことは忘れてみようよ。同一犯だろうが違っていようが、犯人は夕方に殺さなかった。その理由をすごく単純に考えたら、こんな感じじゃない？」

沙月が唇を曲げた。「こんなって、どんな？」

「三つ考えたんだ。そのうち、ひとつ目の犯人が休憩時間を利用することを思いつかなかった可能性は、除外するよ。それが変だってところから話をしてるんだから。だったら、残りはふたつ」

つまらない話で申し訳ないと思いながら、説明を続ける。

「ふたつ目は、犯人は夕方には誰も殺すつもりがなくて、夜になってから殺意が突如として湧いた可能性」

「なんだよ、それ」江角が呆れたように天を仰いだ。しかしすぐに顔の位置を戻す。「でも、否定はできないな」

「でしょ。三つ目は、もうちょっとマシ。犯人の方に、休憩時間に殺したくても殺せない事情があった可能性」

「それも、大概ひどくない？」今度は沙月が言った。「あのとき、腹を壊した人とか、いなかったでしょ――あれ？」

沙月の表情が止まった。視線が落ち、テーブルを睨んだまま固まる。

絵麻は戸惑っていた。沙月は、どうしてしまったのか。自分は、何か変なことを口走っただろうか。

沙月はたっぷり十秒間は動かなかった。しかし意識が現実に戻り、顔を上げた。

「言えてるね」そんなことを言った。「夕方の休憩時間、犯人は殺したくても殺せなかった。もし絵麻さんの考えが正しければ、休憩時間にアリバイのある人間が怪しくなる」

食堂の空気が、きゅっと締まった気がした。

数瞬遅れて、絵麻は自分の発言が何を導き出したのか、理解していた。

一橋の事件を考えている際、全員が休憩時間中は部屋を出ていないと証言している。正確には、瞳が部屋を出た者はいるかと問いかけたとき、誰も名乗り出なかった。それが本当ならば、休憩時間中のアリバイなど、誰にもない。

しかし、違うのだ。自分たちは知っている。休憩時間中、亜佳音が吉崎の部屋を訪れたことを。そこで、隣室の江角に聞こえるほど声を上げてセックスしたことを。

亜佳音には、休憩時間中に殺すことができなかった。

雨森を除く全員が、亜佳音を見た。突然視線を一身に受けた亜佳音が、戸惑ったように目を大きくする。

無言。数瞬のためらいの後、代表して江角が話しかけた。

「亜佳音さん。休憩時間に、アリバイはないか？」

亜佳音が表情を強張らせた。

「どうして、わたしに訊くんですか？」

「知ってるからだよ」

瞳が短く言った。低く、重い声。

瞳は、亜佳音の左斜め前にいる。斜めといってもひと席分だから、ほぼ正面といっていい。目が合った。瞳が亜佳音の目を見据えて続ける。

「休憩時間中、あんたが吉崎さんの部屋にいたことは、とっくにばれてるんだよ」

亜佳音の顔が引きつった。明らかな動揺。それは、自分の性行為を他人に知られたからか。それとも犯罪の証拠を握られたからか。

「つまり、あんたにはアリバイがある。変な言い方だけど、アリバイがあるからこそ、怪しいわけだよ」

右隣の沙月が、椅子をそっと動かした。亜佳音から距離を取ったのだ。

「亜佳音さん」江角が丁寧な口調で言った。不自然なくらい丁寧な。「もうそうなら、正直に言ってほしい。事情によっては、君の処遇については、考えなくもない」

最後通牒《さいごつうちょう》に聞こえた。亜佳音の唇が開きかけた。しかし震えるばかりで、言葉を発することができない。

「違うよ」

意外な方向から声が聞こえた。雨森だ。雨森は、呆れ果てたという顔をしていた。他人を悪く言うことのない彼には、珍しい表情だ。

「みんな、どうしちゃったんだよ」

頭を抱える。わざとらしい、演出込みの仕草。「犯人には、夕方に殺したくても殺せない事情があった。それはいいよ。その事情がアリバイに直結してるってのも、十分考えられる。でも亜佳音さんのアリバイは、吉崎さんと一緒にいたってものだ」

沙月が目をぱちくりさせた。「あ……」

「吉崎さんは、殺されてるんだぜ。亜佳音さんが犯人で、夕方に吉崎さんと一緒にいたんなら、どうしてそのときに殺さなかったんだよ」

亜佳音と雨森以外の全員が天を仰いだ。

雨森の言うとおりだ。自分たちは、なんてバカな議論をしていたのだろう。一瞬、本気で亜佳音が犯人だと信じてしまった。

雨森は頭から手を離した。

「というわけで、僕は吉崎さんと菊野さん殺しに関しては、亜佳音さんは無実だと考えている。一橋さん殺しについては、まだわからないけど」

亜佳音はしばらくの間、じっと雨森を見つめていた。それから、大きく息を吐いた。

「お礼は言いません」動くようになった唇が、そんな言葉を紡ぎ出した。「わたしが無実なのは、自分自身がいちばん知っていますから。わたしにとっては、容疑者は減っていません。でも、わたしに罪を被せることに反対した雨森さんは、犯人じゃない可能性が高いかなとは思います」

雨森は苦笑した。「僕の方は、礼を言っておこう」

そんな雨森に、瞳が厳しい視線を送っていた。こんな奴をかばうのかと言いたげだ。

雨森には、かばったつもりはないのだろう。彼は冷静に議論の穴を指摘したに過ぎない。亜佳音を犯人と決めつけかけた、こちらが間抜けだっただけだ。

しかし亜佳音を勢いづかせてしまったのも、また事実だった。その証拠に、亜佳音は少し顎を前に突き出して、他のメンバーを見下ろしていた。

「わたしは、夕方の休憩時間に、吉崎さんの部屋にいました。それは認めます。だから犯人は、夕方のうちに吉崎さんを殺すことができませんでした。では、どうして他の人たちを殺さなかったのか。それを考えなければなりません」

いきなり口数が多くなった。今まではずっと黙っていて、真相究明に参加しなかったのに。

やはり、他者から無実認定されたことが効いているのだろうか。亜佳音にとって、容疑者である絵麻たちは敵だ。敵と会話などできない。そう考えていたとしても、不思議はない。しかしみんなが亜佳音の潔白を信じたならば、自分は裁判官の立ち位置を得られる。そんな精神的優位性が、亜佳音を雄弁にさせている。

仕方がないのかもしれない。生きているメンバーの中で、亜佳音だけがフウジンブレードに恨みを抱いていない。明らかに別枠なのだ。しかも、頼りにしていた吉崎は、もういない。吉崎亡き後自分を護るためには、けんか腰にならざるを得ないのだろう。

吉崎が死んだ時点で、亜佳音はもうフウジンブレードなど、どうでもいいと思っているのではないか。しかしここには、吉崎を殺した犯人がいる。吉崎の復讐を果たすために、亜佳音はこの場に残っている。侮辱かもしれないけれど、納得できる考えだった。

それが的を射ていたら、困る。雨森は、吉崎を失った亜佳音がどのような行動を取るのか、予想できないと言った。現在もそうだ。亜佳音が、吉崎を殺した犯人を突き止めるためなら、計画を台無しにしてもいいと考えている可能性がある。亜佳音は犯人ではないのだろう。しかし計画に対する危険因子という観点では、犯人とたいして変わりはないのだ。

「少なくとも、犯人は夕方に亜佳音さんと吉崎さんは殺せなかった」

他に発言する者がいなかったためか、雨森が口を開いた。ぶん、と音を立てて亜佳音が雨森に顔を向ける。

「これが関係してるのかもしれないな。さっき僕は、一橋さんの死体が見つかったら、誰もが警戒して殺せなくなると言った。犯人が一橋さん殺しとは別人として、そいつが他の誰かを殺しても、同じことがいえる。休憩時間の間に吉崎さんと亜佳音さん以外の全員を殺せたとしても、吉崎さんと亜佳音さんにはアリバイがあるんだから、残った一人が犯人なのは確定だ。生き残った二人は警戒する。殺せるわけがない」

追及する気満々だった亜佳音がのけぞった。代わりに千里がコメントした。

「全員殺せるタイミングじゃないと、犯人は行動しなかった。それが、夕方に殺さなかった理由。雨森さんは、そう言いたいの？」

「一応の説明は、つく」雨森は否定しなかった。自ら提示した疑問点を、自分自身で解決してしまった形だ。「この仮説が正しければ、犯人は夜に賭けるしかなかった。結果的に吉崎さんと菊野さんの二人しか殺せずに、残る僕たちがこうして警戒しまくってるわけだけど」

千里が両肘をテーブルについた。両手で眼鏡のフレームをつまむ。その体勢のまま、じっとテーブルを睨んだ。

「ってことは」体勢を崩さず、独り言のようにつぶやいた。「やっぱり、犯人は皆殺しを狙っているってことになるか」

「全員かどうかはわからない」雨森が訂正した。「少なくとも、吉崎さんか亜佳音さんのどちらかを確実に殺したかっただけかもしれない。この二人に警戒されたくないから殺さなかったという解釈も成り立つ」

「菊野くんは？」

瞳の指摘に、雨森は軽く肩をすくめた。

「少なくとも、標的の一人だったんだろうね。吉崎さんか亜佳音さんに警戒されたくない犯人は、夕方のうちに菊野さんを殺せなかった。そういうことだと思う」

「やっぱり、狙いは復讐の妨害じゃないのか」江角が言った。彼ははじめから復讐の妨害説を支持している。しかし今の江角には、亜佳音犯人説に対する反省がある。思い込みで動くことはない。「でも、ずっと出ている疑問点は解消されていない」

沙月がふうっと息を吐いた。

「だったら、どうして犯人は、笛木殺しを邪魔しなかったのか……」

亜佳音が何度も瞬きした。今から容疑者を追及する気満々だったのに、話が違う方向に逸れていったからだ。しかし反論は思いつかないらしい。また口を閉ざしてしまった。

代わりに千里が発言した。

「昨晩は、笛木だけを殺す理由が見つからなかった。そこから、一橋さんを殺した動機は、復讐の妨害ではないという話に飛んでしまった。個人的怨恨なのか、一橋さんもまた復讐の対象と考えたのかは別として」

ようやく千里が顔を上げた。「犯人は、笛木には死んでほしくて、中道と西山には死んでほしくなかった。そんなことがあり得るのかについては、深く考えられなかったよね。結局のところ、どうなんだろう」

江角がごくりと唾を飲み込んだ。

「犯人は、笛木にだけ、死んでほしかった……?」

「バカな」瞳が吐き捨てた。「思い出してよ。ここにいる仲間は、何のために集まったの? フウジンブレードに復讐するためじゃない。それなのに西山も中道も殺さずに、笛木だけ殺して満足するっていうの?」

「だから、その前提が違ってるかもしれないって話じゃないの」

沙月が冷たく指摘した。「犯人の狙いはフウジンブレードじゃなくて、はじめから笛木一人だったとしたら、筋が通る。そういうことでしょ」

「じゃ、じゃあ」江角がつっかえながら言う。「犯人は笛木を殺すために、俺たちを利用したっていうのか?」

「妨害を深掘りしたら、そんなことも考えられるってことね。でも——」

沙月の言葉は、あくまで冷ややかだった。「誰かがわたしたちの復讐心を利用して笛木を殺そうとした。もしそれが本当なら、おかしなことにならない？　だって、わたしたちの復讐心を殺人にまで昇華させたのは、吉崎さんだよ」

まるで電撃を受けたように、亜佳音の全身が震えた。

「吉崎さんが、みなさんを利用したっていうんですか……」

泥が煮えたぎるような声だった。ばん、とテーブルを両手で叩く。

「吉崎さんは、困っているみなさんに手を差し伸べたんですよ！　実際に、自ら手を汚して笛木を手にかけました。それなのに、吉崎さんを悪者にするんですか？　この恩知らずっ！」

最後は絶叫だった。ぜえぜえと息を切らす。

やはり、亜佳音にとって自分たちは敵なのだ。はじめはけんか腰になり、続いて裁判官のように見下し、さらには話についていけなくなって黙り込んだ。反応は色々と変わっているけれど、少なくとも協力しようという発想はない。こういっては何だけれど、吉崎のいない亜佳音は、ただの小娘だ。だから、ちょっと気に入らないことがあると、感情を剝き出しにする。

怒鳴られた方は、まるで堪《こた》えていないようだった。むしろ作ったような笑顔を亜佳音に向けた。

「あら。わたしは、それじゃおかしなことになるって言ったんだよ。だって、その吉崎さんも殺されちゃったじゃないの。めちゃくちゃ矛盾するじゃない」

亜佳音が目を見開いた。再反論できず、口をぱくぱくさせるだけだった。しかし江角が口を挟んできた。

「いや。一橋さん殺しで吉崎さんの狙いに勘づいた人間が、自衛のために吉崎さんを殺したのかもしれない」

ぶん、と音を立てて亜佳音が江角に顔を向ける。睨みつけた。

「うーん」雨森が意図的にのんびりした声を出した。頭を掻く。「ちょっと考えにくいかな。確かに、僕たちに復讐計画を持ちかけたのは、吉崎さんだ。でも、僕たちを利用して笛木を殺そうとしたというのは、違うと思う。だって、吉崎さんは僕たちの協力なんて、必要なかったんだから。一橋さんを連れてきたのは吉崎さんだ。吉崎さんと一橋さんの二人がいれば、笛木殺しに関しては、それで足りる。僕たちは要らない」

江角と亜佳音が同時に雨森を見た。どちらも、うまく感情が顔に出せていないようだ。中途半端に歪んでいる。

「それに、誰かが吉崎さんの企みを防ぐために殺したというのも違う。それなら、菊野さんが殺されるはずがない」

江角が腕組みをする。

「すると、笛木一人が標的だったってのも間違いなのか」

雨森が顔をしかめた。

「完全に否定されたわけじゃないけど、僕は可能性が低いと思ってる。犯人に笛木と個人的なつながりがあって特別恨んでいるとか、笛木が死ぬと利益を得るとか、そんな事情があるのかもしれないけどね」

瞳が嫌な顔をした。

「利益なんて、そんなこと、あるわけないじゃない。それどころか、雨森さんたち原告は、笛木が死んじゃったから、裁判で賠償金をもらえなくなっちゃうんじゃないの。重要な証人の笛木が、法廷で証言できなくなったんだから」

「まあね」雨森は素直に認めた。「僕たちは賠償金を捨てて、復讐を選んだ」

「笛木にとって、幸か不幸かわからないけどね」

沙月が指摘して、瞳が眉間にしわを寄せた。「どういう意味？」

沙月は嫌な笑みを浮かべた。

「裁判は、笛木にとっても運命の分かれ道だったってこと。フウジンＷＰ１はヒット商品で、笛木はその開発責任者。でも不具合を指摘されて、裁判沙汰になってる。裁判に勝てば、ヒットの生みの親として、さらなる出世が期待できる。でも負けたら、戦犯として処分される。裁判の結果が出るまでに死んだのは、笛木にとっていいことか悪いことか、わからない」

「確かに」千里が納得顔をする。「中道や西山にとっては、笛木の死はもっけの幸いかもね。笛木が裁判で検察官に攻められておかしな証言をしたら、裁判に負けるかもしれない。わたしたちは笛木の口封じに荷担したと、いえなくもない」

「だから、よしてよ」

瞳が仏頂面になった。「どのみち二人ともわたしたちが殺すんだから、もっけの幸いもないでしょ」

「そりゃそうだ」

「とにかく」瞳が立ち上がった。「お腹が空いた」

反射的に掛け時計を見る。午後二時を過ぎていた。自分の胃に意識を向けると、確かに空腹を感じていた。

「わたしは、ごはんを食べさせてもらうよ」

亜佳音を見て言った。亜佳音も先ほどの激情は収まったようだ。つれない調子で「どうぞ」と答える。

「じゃあ、作ろうか」

千里が腰を浮かせかけた。しかし瞳が止めた。

「いいよ。包丁は出さない方がいいみたいだし、カップ麺を買ってあるから、それで十分」

　返事を聞かずに、キッチンに入る。数分の後、カップうどんの器を両手で持って出てきた。フタの上に割り箸を載せている。

「自分の部屋で食べるね。誰かさんは、わたしたちがお昼ごはんを食べるのが、お気に召さないようだから」

　瞳らしくない嫌みだ。亜佳音が目を剝いたが、口に出しては何も言わなかった。瞳が食堂を出ていった。残された面々――亜佳音を除いて――が顔を見合わせた。

「どうする？」雨森が訊いた。彼らしくなく、本当に困ってしまったようだ。

「俺も、カップ麺にしようかな」江角が答える。「瞳さんのうどんの匂いで、食欲に火がついた」

　立ち上がってキッチンに向かう。

「せっかくだから、人数分お湯を沸かしてくれないか」

　雨森が背中に向かって声をかけた。江角は振り向かずに片手を上げた。「了解」しばらく待っていたら、キッチンから江角の声が聞こえた。「沸いたぞ」

「ありがとう」

　雨森が立ち上がる。沙月と千里、それから絵麻もキッチンに向かう。亜佳音は座ったままだった。

レジ袋には、カップ麺が何種類も入っていた。江角は言葉どおり、カップうどんの包装を剝《はが》していた。自分はどれにしよう。大盛りは吉崎と菊野が選んだものだ。自分はそれほど食べられないから、普通の縦型のものを選んだ。順番にやかんから湯を注いだ。スマートフォンのタイマーを三分に設定して、キッチンを出る。

「ついでに、タバコを吸ってくる」

「また吸うの」千里が呆れたような声を出した。「今でもタバコ臭い息を吐いているのに。身体に悪いよ」

しかし江角には、悪びれた様子はなかった。

「スモーカーは、そんなもんだ。わずかな隙を狙ってタバコを吸う」

そう言って、すたすたと食堂を出ていった。

雨森はいったん足を止めて宙を睨んだ。

「僕たちも、自分の部屋で食べようか」

そう言って、絵麻たちを促した。言われなくても、瞳と江角が流れを作ってしまった。なんとなく、自分たちも部屋に戻る雰囲気になっている。沙月が食堂を出て、千里も続いた。雨森はまだ動かなかった。

「亜佳音さん。君は、吉崎さんの復讐をしたいんだね」

座ったままの亜佳音に話しかけた。亜佳音が顔を上げる。

「それは仲間の誰かを殺すことを意味してるけど、僕たちは君の意志を否定することができない。なんといっても、復讐のために集まった連中だからね。亜佳音さんの復讐を止めるのは、自己否定につながる」

亜佳音は返事をしない。雨森はかまわず話を続けた。

「犯人に復讐するのは、いいんだ。でもそのためには、犯人以外のメンバーを味方につけておく必要がある。吉崎さんなら、それができた。吉崎さんとずっと一緒にいた君にも、できるはずだ。僕たちは、ごはんを食べて休憩してから戻る。君も頭を切り替えてくれ。戻ってきたら、話を再開しよう」

亜佳音は答えなかった。雨森も期待していなかったようだ。気にすることもなく「じゃあ」と言って食堂を出た。

「大丈夫かな」

並んで廊下を歩きながら、絵麻は訊いた。雨森はカップに視線を落としたまま答える。

「大丈夫じゃないかな。あの子は、僕たち全員を疑っている。いわば敵陣に入った意識があるだろうから、ぴりぴりしてるだけだよ。犯人以外は敵じゃない。それが理解できれば、態度が変わる」

どちらかといえば無責任に聞こえるコメントだった。とはいえ、反対する理由もない。カップからスープをこぼさないよう、注意して階段を上った。

「じゃあ、後で」

「うん」

集合時刻は特に決めなかった。まあいいだろう。左手にカップを持ったまま、右手でドアの鍵を開ける。身体でドアを押して中に入り、真っ先にチェーンロックをかけた。

まるで待っていたかのように、スマートフォンのアラームが鳴った。三分間経ったのだ。

＊　＊　＊

スープをすっかり飲んでしまうと、瞳は大きく息をついた。客室に備え付けてあったティーセットで、ティーバッグのお茶を淹れて飲む。

腹は満ちたけれど、気持ちはまだ落ち着かなかった。

大丈夫だ。落ち着け。

自分に言い聞かせる。あんな話の展開になったのは、仕方のないことだ。雨森だって江角だって千里だって、自分に聞かせるために言ったわけじゃない。

バッグに手を伸ばして、中から財布を取る。開いて、運転免許証を抜き出した。免許証には、顔写真と氏名が載っている。顔写真はもちろん自分のものだ。そして氏名の欄には「西山瞳」と書かれてあった。

奥本は旧姓だ。被害者の会では、ずっと旧姓を名乗ってきた。当たり前だ。自分が西山の妻と知られたら、確実にスパイ扱いされる。

営業マンの夫がフウジンブレードを担当していたため、鬱状態に陥って会社を辞めざるを得なくなった――瞳は、被害者の会ではそう自己紹介した。フウジンブレードのひどさをよく知る被害者の会では、瞳の自己申告は抵抗なく受け入れられた。それも当然のことだと。だから自分の身分を疑われたことなど、一度もなかった。

嘘をついたつもりもなかった。夫の立場を正しく説明したわけではなかったけれど、夫がフウジンブレードに壊されたというのは、真実だからだ。

離婚してはいない。でも、心はとっくの昔に離れていた。

結婚したときには、西山は別の会社に勤めていた。中堅の電子機器メーカーで、堅実に働いていた。しかし上司との関係が悪くなって、逃げるようにフウジンブレードに転職した。そこで馬車馬のように働かされ、次第に一緒にいる時間が減っていった。

転職先で潰されてしまわなかったのは、夫を褒めてよかったのかもしれない。ひどい会社に水が合ったのか、西山はフウジンブレード内でどんどん出世していった。そして取締役になり、専務にまでなった。

社員を安月給でこき使い、経営陣だけが甘い汁を吸う。噂は事実だった。前の会社にいたときには考えられないほどの収入を手にした夫は、勝手に都心にマンションを買い、女性社員を愛人にして住まわせた。必然的に、家にはほとんど寄りつかなくなった。

——あれは夫ではない。

預金通帳の莫大な残高を眺めながら、瞳は思った。夫はフウジンブレードで過労死したのだ。今いるのは、抜け殻に悪魔が宿って、生きているふうを装っているだけなのだと。そして、夫のふりをして世間に害悪を流し続けている。止めなければ。西山を名乗る悪魔を退治してしまわなければ。

だから、仲間たちと一緒に夫を殺害することに、何のためらいもなかった。その意味では自分は真の仲間であり、裏切り者ではない。

でも、正体がばれたら、みんなはどう考えるのか。

——笛木が死ぬと利益を得る。

――わたしたちは笛木の口封じに荷担した。

雨森と千里の声が甦る。まるで、自分たちが西山に荷担してしまったかのような発言だった。

それどころではない。仮に笛木が今以上出世すると、次は取締役だ。専務である西山と権力闘争を繰り広げることになる。瞳は夫を支援するために笛木を殺したと受け取られかねない。

冗談じゃない。自分は夫を殺すのだ。夫に味方するために、仲間を装って潜入したわけじゃない。

動揺を気取られたくなかった。だから亜佳音に悪役になってもらって、一人で部屋に戻った。落ち着くまでは、部屋にいよう。

みんなはどうしているだろう。食堂で昼食を摂っているのか。それとも自分のように部屋に戻ったのか。

もし全員が食堂に残っていると考えると、それはそれで怖い。欠席裁判で、自分が犯人にされてしまうかもしれない。もし誰かが自分の正体に気づいていたら、それはあり得ない話ではないのだ。

でも、まだ戻れない。落ち着いてみんなの顔を見る精神状態でない。もっと時間が必要だ。

突然、ノックの音がした。

心臓が跳ねた。返事ができない。しかしノックは一度だけだった。もし自分を心配してノックしたのなら、連打しているはずだ。吉崎や菊野のときのように。

立ち上がってドアに向かう。ドアスコープから廊下の様子を窺うが、誰もいない。

気のせいだったか？

そう思い込もうとしたけれど、ノックの音は間違いなく響いた。どういうことだと思ったら、足元に視線が向いた。ドアの隙間から、白いものが差し込まれていたのだ。紙だ。

屈んで拾う。Ａ４サイズのコピー用紙だ。ここ風神館には、たくさんある。コピー用紙には、汚い字が躍っていた。

『にしやまひとみさま　あなたのしょうたいがわかりました　さっききくのさんのへやでみつけました　きくのさんのところにきてください　しょうこをおみせします』

全身に悪寒が走った。あなたの正体がわかりました。そのとおりだろう。西山瞳と、本名を知っているのだから。

でも、菊野の部屋で見つけたって？　菊野が自分の素性を知っていたというのか。

仲間たちは、瞳が年下の菊野を色々と気にかけていたから、息子のように思っているると受け取っているようだ。実際、復讐の打ち合わせの後、何度も二人で食事に行く光景を見られている。

そんな気持ちもなくはないけれど、こっちだって夫と関係をもたなくなって、ずいぶん経つ。自分になついている菊野に、男を感じなかったわけではない。いずれはそういう関係になってしまう予感もしていた。

だから菊野に隙を見せたことがあったかもしれない。たとえば、二人で食事をしたとき、瞳が食事代を持ったことがあった。支払いのとき、目の前で財布を出した。その際、運転免許証が目に触れてしまったとか。

菊野が自分を疑っている素振りを見せたことはない。でも、ちょっとした仕草から内心を見抜くほど、彼と近しかったわけではない。

鼓動が速まっていく。誰だ。このメモを差し入れたのは誰だ。三人の仲間を殺害した奴か？

そうかもしれない。けれど、行かないという選択肢はない。もし正体をばらされてしまったら、一気に犯人にされてしまうかもしれないのだ。いや、真犯人ならば、間違いなく、そうする。

瞳は周囲を見回した。護身用の武器になるものはないか。倒せるような威力は必要ない。相手が襲いかかってきたときに、少しでも時間稼ぎができればいい。一瞬の間さえできれば、大声を出して助けを呼べる。

しかし保養所の客室には、武器になりそうな物は置いていない。仕方がないから、非常用の懐中電灯を持った。あまり頼りにならないけれど、鈍器の代わりくらいにはなる。

ドアを開けて、そっと廊下に出る。廊下はしんとしていた。階下から話し声も聞こえない。高鳴る心臓を抑えながら、九号室に向かう。一度深呼吸して、そっとノックした。

内側からドアノブが回され、ドアが開かれた。

第八章　真の顔

絵麻《えま》が目を覚ますと、午後三時半を過ぎていた。

昼食を摂った後、少し居眠りをしていたようだ。

昼食といっても、カップ麵だ。瞳《ひとみ》と亜佳音《あかね》の、諍《いさか》いとまではいえなくてもそこそこ厳しいやりとりがあり、亜佳音を除くそれぞれが自室でカップ麵を食べることになったのだ。

昨日の一橋《いちはし》に続いて、吉崎《よしざき》と菊野《きくの》が死体で発見された。みんなと一緒にいるときは気が張っていたけれど、一人になって腹が満ちたら、一気に疲労が襲ってきたのだろう。眠った記憶もなく、気がついたら目覚めていたという感じだ。一時間くらい眠っていただろうか。

バスルームの洗面台で、コップに水を汲んで飲む。塩分を含んだスープを飲んですぐに眠ってしまったから、喉が渇いていた。コップ二杯の水を喉に流し込むと、少し落ち着いた。

ベッドルームに戻ると、ベッドに置きっぱなしだったスマートフォンが鳴った。メールではなく、電話の着信だ。液晶画面を見ると、発信者は千里《ちさと》だった。

スマートフォンを取り、通話ボタンを押した。「はい」

『ああ、絵麻さん』千里が安心したような声を出した。『いた？』

「いたよ」

よくわからない科白に、機械的に答える。「ちょっと、寝てた。みんな、食堂に下りてるの？」

絵麻の質問に、千里は直接答えなかった。『下りてこない？』

「わかった。下りるよ」

終話ボタンを押して、またスマートフォンをベッドに置いた。部屋の鏡で見た目を確認する。いくら気取っても仕方のない連中とはいえ、若い女として最低限の身だしなみは整えておかなければ。

支度を終えて部屋を出る。食堂に入ると、中にいる人間が一斉にこちらを見た。

「よかった」先ほど電話をかけてきた千里が言った。「無事だったのね」

無事？　どういうことだろう。疑問に思うと同時に答えが出た。一橋も吉崎も菊野も、自分たちが自室に戻っている間に殺された。この昼休憩の間にも、誰かが殺されると考えても、おかしくない。

絵麻は食堂にいるメンバーを確認する。雨森《あめもり》、江角《えすみ》、沙月《さつき》、千里、そして亜佳音。瞳《ひとみ》がいない。

嫌な予感が腹に溜まっていく。そっと尋ねた。

「瞳さんは？」

沙月が、自分のスマートフォンを絵麻に示した。「出ない」

眠っているのか。電話から離れていて、着信に気づいていないのか。それとも。

「シャワーかトイレかもしれない。五分経ったら、また電話してみよう」

雨森が言った。目の前には、合鍵が置かれている。いざというときに備えて、管理人室から持ってきたのだろう。

江角は落ち着きなく、脚を組み直したり、頭のあちこちを掻いたりしている。その度に空気が動き、タバコの臭いがここまで届いた。昼休憩の間も、ずっとタバコを吸っていたと見える。

千里はテーブルに肘をついて、祈るように両手を組み合わせている。

沙月はじっとスマートフォンを見つめている。着信記録を見た瞳から、折り返し電話がかかってくるのを待っているように。

亜佳音は、ただ黙っていた。瞳にまったく関心を持っていないかのように、ぼんやりと宙を見つめている。

じりじりするような五分間が過ぎ、また沙月が電話をかけた。数コールの後、つながる気配があった。沙月が口を開きかけるが、すぐにがっかりしたような顔で電話を切った。おそらくは「ただ今電話に出ることができません」といったメッセージが流れたのだろう。

沙月が目配せする。雨森が立ち上がった。「様子を見に行こう」

吉崎と菊野の再現だ。最悪の結末しか思いつかない。ぞろぞろと食堂を出た。

「もし、急病で苦しんでいたら？」

千里が口を開いた。雨森は前を向いたまま答える。

「救急車を呼ぶことはできない」

重い声だった。千里は気圧されたように口をつぐむ。雨森は続ける。

「昨日建物の中を見て回ったときには、ＡＥＤ《自動体外式除細動器》は見つからなかった。あったとしても、ＡＥＤはすぐに対処してこそ意味がある。僕たちは最初に電話をかけてから、五分経ってまた電話をかけるという、悠長なことをやっている。もし瞳さんの心臓に不具合が出ていたのなら、もう手遅れだ」

冷静だが、残酷な科白だった。雨森があえてこのような発言をする以上、彼は病気説に与してはいないのだろう。もっとも、病気説を唱えた千里だって、本気でその可能性を考えているわけではない。黙り込んだその顔には「そんなこと言わなくても」という不満は浮かんでいなかった。真実から逃げようとする、あるいはごまかそうとする気持ちからの発言だったのかもしれない。

　階段を上がって、五号室の前に立つ。代表して雨森がノックした。

「瞳さん。起きてる？」

　返事はない。ノックの音が次第に大きくなっていき、最後には乱打になった。吉崎や菊野のときと同じだ。それでも返事はない。「うるさいな」とドアが開くこともなかった。

　雨森がノックをやめて振り向いた。仲間たちの顔を見る。

「合鍵を、使う？」

　すぐに返事する者はいなかった。合鍵を使ってドアを開けてしまえば、決定的なものを見てしまうのではないか。そんな恐れが廊下を支配していた。しかしいつまでも停滞していられない。

「使うしか、ないだろうな」

　代表して江角が答えた。雨森がうなずく。合鍵をドアノブに差し込もうとして、動きを止めた。また振り返る。絵麻と目が合った。

「頼む」

そうか。女性の部屋だから、いきなり男性が開けると瞳が嫌がると考えたのか。相変わらず気の利く人だ。

もっとも、気が利くだけではない。雨森は瞳が無事でいる可能性も考慮している。仮に雨森が、もう瞳は死んでいると決めつけていたら、このような発想は出ない。それが仲間への気遣いなのか、それとも願望なのかは、わからないけれど。

絵麻は合鍵を受け取り、回した。がちゃりとロックが外れる音がする。ドアノブを握る。ドアを開けようとしたとき、雨森の言葉が頭をよぎった。

――チェーンロックがかかっているといいんだけど。

中に瞳がいて、誰の侵入も許していなければ、チェーンロックがかかっている可能性が高い。つまりチェーンロックがかかっていれば、瞳の安全がかなりの確率で証明されるのだ。

期待と不安の入り交じった気持ちでドアを押す。ドアは、大きく開いた。

チェーンロックは、かかっていない。背骨を直接つかまれたような恐怖に襲われる。瞳はどうか。どうなっているのか。

室内に入り、ベッドを見る。ベッドには、誰もいなかった。

「……瞳さん？」

絵麻が呼びかける。返事はない。沙月がユニットバスに続くドアを開けた。

「こっちにも、いない」

保養所の客室には、他に人間がいられる場所はない。絵麻たちは顔を見合わせた。

「どこ？」

代表して千里が疑問を口にした。誰からも返事はない。

絵麻も気の利いたコメントができない。代わりに部屋を見回した。壁際にスーツケースが置いてあるのが見えた。まだ新しい、フランスのブランドものだ。ファスナーはきちんと閉められており、荷物が散乱したりはしていなかった。几帳面な瞳らしい。他人の目がないところでも、きちんと片付けている。

ハンドバッグはどこだ。瞳は確かハンドバッグも持っていたはずだ。あった。窓際、小型テレビの隣に置かれている。

「いないのなら、出よう」

雨森が言い、全員が五号室を出た。ドアを閉める。

「部屋には、いなかった」

雨森が、あらためて言った。

「食堂にも、キッチンもいなかったよね」

千里が応える。「じゃあ、どこにいるの？」

「どこかの部屋に隠れてる可能性はある」

江角が周囲を見回しながら言った。「合鍵は管理人室にあったわけだから、空き部屋に入るのは簡単だ。でも――」

江角は視線を雨森に固定した。「意図的に隠れてるんじゃなければ、さっきの大騒ぎで出てくるはずだな」

雨森が黙ってうなずく。江角は、瞳が意図的に隠れていると言っているのだ。生きているならば。

「建物の中にいるとは限りませんよ」

亜佳音が素っ気なく言った。「逃げてしまったのかも」

「逃げた？」

江角が不審そうな顔をする。

「瞳さんが吉崎さんを殺した犯人だったら、ばれる前に逃げたとしても不思議はないでしょう」

「なるほど。あり得るな」

雨森が答える。「玄関と勝手口のドアは、内側から鍵を開けられる。瞳さんが出ようと思えば、簡単に出られる。もし亜佳音さんの予想が当たっていたなら、どちらかの鍵が開いているかもしれない」

雨森が誰にともなく訊いた。「確認する？」

「しよう」絵麻が答えた。「すぐにできることだし」

異論は出なかった。全員で階段を下りて、玄関に向かう。錠のつまみを確認する。玄関の鍵は、かかっていた。

「外に出てから、ＩＤカードなしで鍵を閉められるのかな。玄関は、オートロックだったっけ」

昨日、この保養所に入ったときのことを思い出す。一橋が笛木《ふえき》に自分のＩＤカードで開けさせて、全員が後に続いた。自分は最後尾ではなかったから、最後に入った人間が鍵を閉めたかどうかは、わからない。

代わって沙月が答える。

「ＩＤカードで入る程度にはセキュリティに気を遣ってるんだから、オートロックなんじゃないの？」

「なるほど――っていうか、試してみればいいのか」

雨森が玄関に近づいた。ガラスの玄関ドアにはカーテンが掛かっていて、外から中の様子は見えない。それでも雨森は、カーテンの隙間からそっと外を窺った。人気《ひとけ》がないことを確認してから、つまみを回して解錠した。玄関ドアを五センチメートルだけ開け、再び閉めた。軽いモーターの音がして、自動的に鍵がかけられた。やはりオートロックだ。

雨森は振り返って、仲間たちを見た。

「ってことは、もし瞳さんが玄関から外に出たとしても、鍵がかかった状態になるわけだ。だったら、勝手口を調べるのは、あまり意味がないな。それよりも気になるのは――」

雨森は誰の方も見ずに続けた。

「瞳さんが、荷物を持たずにいなくなったことだ。スーツケースは邪魔に感じて放置したとしても、ハンドバッグくらいは持っていくだろう。もし自分の意志で逃げたのなら、そんなことをするだろうか」

「瞳さんは、まだ建物にいるってことね」

沙月がぐるりと周囲を見回した。建物全体に意識を向ける仕草だ。「客室をチェックする？」

「そうしよう」

「それには賛成だけど」沙月が上目遣いで雨森を睨んだ。「それって、はじめからわかってたことだよね。どうして、わざわざ確認しようって玄関まで来たの？」

「場を和ませるため」

簡単に答えて、雨森が階段に向かった。慌ててついていく。

亜佳音の発言は、あからさまに瞳を疑ったものだった。休憩前のやりとりから、瞳に好感情を抱けるはずもない。けれど先ほどまでの、敵対心剝き出しの口調ではなかった。

雨森のアドバイスが効いているのかもしれない。雨森は亜佳音の変化を感じ取ったからこそ、彼女の意見を尊重したのだ。それが、場を和ませるという意味だ。

亜佳音は犯人以外を味方につけなければならないかもしれないけれど、自分たちもまた、亜佳音を味方につけておく必要がある。復讐の邪魔をされたくないからだ。そこまで気を配る必要はない気もするけれど、それが雨森という男なのだ。

「さっき、瞳さんの部屋は確認した。ここにいるみんなの部屋にいないとすると、残るは吉崎さんの七号室、菊野さんの九号室、一橋さんの十号室、空き部屋の十一号室、それから笛木の十二号室ってことになる」

「やっぱり、最初は菊野さんの部屋かな」

絵麻が指摘すると、雨森は短く「賛成」と答えた。メンバーの中でも、瞳と特に親しくしていたのが菊野だったからだ。

「まさか、後を追って……？」

おそるおそる千里が言った。

「瞳さんが、後追い心中？」

冷ややかな口調で沙月が問い返す。「あの人、そんな乙女だったたっけ」

誰も答えない。そのことが、否定を意味していた。最初に問いを発した千里でさえも。

階段を上って九号室の前に立つ。雨森はノックをしなかった。呼びかけもしなかった。合鍵を使って、いきなりドアを開けた。無造作といっていい動きで、中に入る。しかし、すぐに立ち止まった。

「――いた」

ベッドの方を指さす。同時に脇にどいた。そのため、絵麻の目にも部屋の様子がわかった。

「――っ！」

息を呑んだ。ベッドの脇に、瞳がうずくまっていたからだ。

床に両膝をついて、ベッドに突っ伏すような姿勢だ。こちらに背を向けている。ベッドには菊野が横たわっているから、まるで菊野に取りすがって泣いているように見える。しかし現実には瞳は泣いていない。泣くどころか、動きすらしていない。

「首……」

沙月が低い声でつぶやいた。指摘されるまでもない。ここからでも、瞳の後頭部と首の間から、ナイフの柄が生えているのが見えた。

一橋もそうだった。吉崎も、菊野も。みんな同じ場所に凶器が刺さっていた。そして、完全なる静止。間違いない。瞳は死んでいるのだ。

すうっと足から力が抜けていくのを感じた。上体がふらつき、雨森に身体がぶつかった。

「あ、ごめん」

すぐに離れる。雨森が心配そうな顔でこちらを見た。「大丈夫？」

「うん。大丈夫」

そう答えたときには、少し冷静さを取り戻していた。最初の衝撃をやり過ごしてしまうと、理性は戻りやすい。今の自分は、そんな精神構造になっている。

瞳が死んでいる。しかも、菊野の部屋で。

これで、四人目だ。一橋が死に、吉崎が死に、菊野が死んだ。そして瞳。二十四時間も経たない間に、四人の仲間が死んだ。いったい、何が起こっているのか。

雨森が瞳の傍を指さした。「スマートフォンがある」

ベッドの上に、光の点滅があった。瞳のスマートフォンだ。着信を知らせる青いランプが点滅しているのだ。おそらくは、沙月の発信を受けた記録だ。

同じことを考えたのだろう。沙月がベッドから、スマートフォンを取り上げた。ボタンを押すと、液晶画面が息を吹き返した。操作にはロックがかかっていても、どんな通知なのかはわかる。

「やっぱり、わたしがかけたやつだ」

スマートフォンをこちらに向けた。画面には「不在着信　諏訪沙月」と表示されている。

「見てくれ」今度は、江角が床を指し示した。「懐中電灯が落ちてる」

伸ばされた指の延長線上を見る。確かに懐中電灯が落ちていた。しかも、二本。同じ型だ。

「あれかな」続いて江角が壁の下の方を指さす。懐中電灯の固定具が壁に取り付けられていて、そこに懐中電灯はなかった。でも、二本というのは？

「もう一本は、瞳さんが持ってきたんだと思う」雨森が独り言のように言った。

「あまり重要な問題とは思わないけど、後で確認した方がいいかもしれない」

「まだ明るいよね」

沙月が指摘する。「どうして懐中電灯？」

「そりゃあ、武器だろう」江角が答える。「部屋に武器になりそうなものといえば、懐中電灯くらいしかない」

「あら」沙月が面白そうに目を細めた。「よくご存じで」

「そりゃあ、そのくらい調べるよ」心外な、と言いたげに江角が唇を尖らせる。

「三人も殺されてるんだ。俺も、いつ狙われるか、わかったもんじゃない。自衛のための武器を探すのは、当然だ」

当然と言われても、まったく考えつかなかった絵麻としては、コメントしようがない。代わりに違うことを言った。

「ということは、瞳さんは誰かと会うためにここに来たってことか」

「そうでしょうね。瞳さんが菊野さんとの思い出に浸るために来たとは思えない」

あくまで現実的な沙月の答えだった。

「呼び出したのか、呼び出されたのか……」

「それはわからない」そう言いながら、雨森が瞳に近づいた。屈み込んで、瞳の頭部をしげしげと見つめた。

「どうしたの？」

観察をやめずに雨森が答えた。

「殴られた痕がないかと思って。ほら、今までの三人と違って、瞳さんは警戒していたはずだ。無警戒に同じ場所を刺されるとは考えられない。懐中電灯で殴られて、動きを止められてから刺されたのなら、納得がいく」

「確かにな」

江角が雨森の隣に立った。同じように瞳の頭部を観察する。

「髪の毛が多くて、よくわからない」雨森が江角に声をかける。「額も確認しようか。顔を上げるから、確認してくれないか」

「わかった」

雨森が瞳の肩に手をかけて、ゆっくりと身体を起こしていった。瞳の頭部がベッドから離れて浮いていく。「どう?」

いくら仲間でも、いや、仲間だからこそ、死体の顔を見るのは嫌なものだ。江角は気力を奮い立たせるように、一度全身に力を込めた。瞳の顔を覗き込む。途端に、江角の動きが止まった。「……なんだ、これは」

「どうした?」

江角は視線を瞳の顔に固定したまま答えた。

「雨森さん。そのまま瞳さんの身体を後ろに倒してくれ」

意味がわかったふうではなかったけれど、雨森は従った。瞳の身体をさらに引く。身体が床と垂直になり、のけぞるように顔が上を向いた。そのため瞳の顔面が、全員に見えるようになった。

瞳の口に、カードのようなものが押し込まれていた。

「何？　これ」

沙月が同じことを言う。江角がそっと手を伸ばして、カードのようなものをつまむ。ゆっくりと引き出した。引き出されたそれは、見慣れたものだった。運転免許証だ。免許証を、ベッドの上に置く。唾液で濡れていたのか、江角はつまんでいた指を服にこすりつけていた。

全員の目が、免許証に注がれていた。瞳は優良運転手なのか、それとも普段は車を運転しないペーパードライバーなのか、金色のラインが入ったゴールド免許だ。顔写真は、間違いなく瞳のもの。しかしみんなが注目したのは、免許の色でも顔写真でもなかった。

西山瞳。

氏名の欄には、そう記載されていた。

たっぷり五秒間は、みんな黙って免許証を見つめていた。

「瞳さん、奥本って言ってたよね」

沙月が沈黙を破った。千里が機械のようにうなずく。「うん」

そして顔を上げた。「西山って、あの西山……？」

自分たちが西山と聞いて思い浮かべるのは、一人しかいない。標的の一人、フウジンブレード専務の西山和則。

「ありふれた名字ではあるな」

雨森がそう言って、瞳の身体を元の位置に戻した。免許証を取り上げて、きびすを返す。「確認しよう」

ドアに向かう。沙月が戸惑ったような声を上げた。「どこ行くの？」

「会議室」ドアノブに手をかけながら雨森が答える。「一橋さんが、西山の住所も調べてくれてた。確か印刷して、そのままパソコンの傍に置きっぱなしだ」

ここは保養所だけれど、研修目的でも使用されている。そのため会議室があり、パソコンが設置されていた。昨日ここにやってきたとき、笛木に本社のサーバーにアクセスさせて、様々な情報を得たのだった。

全員で九号室を出た。階段を下りて、会議室に向かう。会議室は、管理人室と食堂の間にある。ブラインドを下ろしてあるから、会議室は薄暗い。照明を点けて中に入った。

「これだ」

雨森がコピー用紙を取り上げた。西山の住所が印刷されているコピー用紙と、瞳の免許証を並べて机に置く。どちらにも、東京都江東区の住所が書かれてあった。

「同じ、だね」

千里が短く言った。

絵麻は住所を眺めながら、打ち合わせのときを思い出していた。

——やめた方がいいよ。

西山をどこで殺害するか議論していたときのことだ。自宅で襲う案を雨森が提案したら、瞳が即座に反対したのだ。

——住宅地の真ん中だから、知らない人間が変な動きをしたら、一発で通報されちゃう。

考えてみたら変だ。瞳は西山の住所を見ただけで、なぜ住宅地の真ん中だとわかったのか。

「……絵麻さん？」

突然声をかけられ、我に返る。雨森が不思議そうな顔でこちらを見ている。疑念が顔に出ていたのだろう。絵麻はたった今思い出したことを告げた。

「それもそうだ。完全に聞き流してた」雨森が感心したような声を出した。「住所を見るかぎり、瞳さんは西山と同居している。自分の家で事件を起こされたくなかったってことか」

「西山と同居」千里が混乱したように頭を振った。「どういうこと？　瞳さんは、西山の家族だったたってこと？」

「そういうことだろうな」江角が答える。「年齢を考えたら、奥さんか、姉か妹」

雨森が腕組みをした。「奥本ってのが完全に偽名なのかどうか。奥さんなら旧姓だし、きょうだいなら新姓ってことが考えられる」

「新姓があるなら、免許には新姓が書かれてるよ」沙月が険しい顔でコメントした。「出戻りって可能性もあるけど、奥さんと考えた方が自然じゃないの?」

「そう思う」答えながら雨森は仲間たちを見回した。「食堂に戻らないか?」

反対する者はおらず、コピー用紙と免許証を持って食堂に戻った。昼食前と同じ席に座る。

「俺たち原告は、訴状に名前を書いている」

江角が切りだした。「訴状に偽名を書くわけにはいかないから、少なくとも俺、雨森さん、沙月さん、絵麻さんは本名を名乗る必要がある。でも瞳さんは違う。フウジンブレードから被害を受けたというのは自己申告だから、偽名でもいいわけだ」

「わたしは本名だよ」千里が言った。「なんなら、免許証を見せようか?」

江角は軽く手を振った。「今は、いいよ。ともかく、瞳さんは本名を隠して俺たちに近づいた。何のためなのか」

「スパイじゃないですか?」

亜佳音が答えた。瞳に対する敵意に満ちた発言だったけれど、今度は誰の反発も招かなかった。

「そう考えるしか、ないよね」

沙月も賛成した。「瞳さんの夫は、会社でフウジンブレード相手の営業担当だった。顧客であるフウジンブレードから、いじめに近い無理難題を連発されて、心が壊れた。それで瞳さんはフウジンブレードを恨んで、わたしたちの復讐に参加した――少なくとも本人は、そう言ってたよ」

「事実じゃなかったってことね」千里がため息交じりに言った。「フウジンブレード相手の営業担当じゃなくて、フウジンブレードの社員だった。それも、経営幹部」

取締役専務は正確にいえば社員ではないと思うけれど、本質ではないからいちいち訂正しない。そんなことよりも、他に気づいたことがあった。

「瞳さんのスーツケース。ブランドものだったよね。しかも、まだ新しそうだった」

絵麻がそう言うと、皆が怪訝な顔をした。それがどうしたのかと。絵麻は話を続ける。

「旦那さんはフウジンブレードのせいで、心が壊れて会社を辞めざるを得なくなった。今の旦那さんの状態がどんな感じなのか知らないけど、経済的にはきついんじゃないのかな。それなのに、新しいブランドものを買えるだけのお金を持ってたってことだよね。実家が資産家なのかもしれないけど」

「……なるほど」

江角が免許証を見つめながら言った。「打ち合わせの後、何回か瞳さんと菊野さんが二人で食事に行ってた。菊野さんから、瞳さんに食事代を出してもらったと聞いたことがある。そのときは、菊野さんはバイトを掛け持ちして家計を支えている立場だから、おごられるのも仕方がないと思ってた。でも絵麻さんの言うとおりだ。旦那さんが失業しているのなら、瞳さんだってお金はできるだけ節約したいはずだ。菊野さんの食事代を持つ余裕はない」

瞳と菊野が二人で食事に行った話は、メンバーなら誰でも知っている。毎回でなくても、菊野が払ってもらったのも。自分たちは、なんとなく瞳が菊野のことを息子のように思っていると感じていた。母親が息子の食事代を支払うのは自然なことだ。だから気にもしていなかった。でも、よく考えれば理屈に合わない話なのだ。

「そうか」千里が、こちらは宙を睨んだ。「瞳さんは、普段の生活で自分の正体を暴露してたのか。フウジンブレードはブラック企業だから、社員の給料は安いって、弟が言ってた。一部の経営幹部だけが甘い汁を吸ってるって」

そして全員を見た。

「瞳さんが西山の奥さんだったとして、瞳さんは、西山の指示で、わたしたちに近づいたのかな」

「当然だろう」江角が即答する。「瞳さんは、むしろフウジンブレードを護らなければならない立場だ」

「じゃあ、わたしたちの動きは、フウジンブレードに筒抜けだったってこと？」

沙月が語気を強めた。「瞳さんが、逐一西山に報告してたって？」

「そう考えた方がいい」

江角が答えると、沙月は江角を睨みつけた。まるで彼が瞳であるかのように。

「だったら、まずいじゃん。いくら西山を殺すための計画を練っても、意味がない」

「そうだな」江角も頭を振る。「笛木の携帯で呼び出すという計画が西山にばれてるのなら、あいつがここに来るはずがない」

重い空気が食堂に立ちこめた。沙月と江角の言うとおりだ。自分たちは、西山を殺せないのだろうか。

しかし雨森が掌をこちらに向けた。制止するときの仕草だ。

「ちょっと待って。瞳さんが僕たちの動きを西山に流してるんなら、西山はなぜ僕たちを放置してるんだ？　自分を殺す話をされてるのに。たとえば、僕たちは西山の住所を知っている。それが正確な情報であることは、皮肉な話だけれど瞳さんの免許証からも明らかだ。あまりにも危険じゃないか。瞳さんの制御の及ばないところまで復讐心がヒートアップしてしまって、自宅まで押しかける危険があるのに。最低でも、個人情報を隠すくらいの危機管理をしなければならないのに、西山はそれをやっていない」

「あっ、そうか」

つい、そんな言葉が口をついて出てきた。確かに、西山は身を護る手立てを打っていない。

「そのために、瞳さんがここに来たんじゃないですか」

亜佳音が口を挟んだ。「さっきから、復讐の妨害が動機だっていう話がありました。この中に、裏切り者がいるって。瞳さんは裏切り者です。瞳さんが西山を護るために、メンバーを一人一人殺していった。間違いないと思いますが」

「うん」雨森が腕組みをした。「確かに、筋は通っている。検証のためには、瞳さんが今までの犯人だと仮定したうえで、三点考えるべきことがあると思う」

「三点って？」

妙に具体的だ。絵麻の問いかけに、雨森は握り拳を作ってみせた。人差し指だけを立てる。

「ひとつは、前々から議論されていることだ。復讐を妨害したいのなら、どうして笛木殺しは妨害しなかったんだろう」

「それは簡単」沙月が答えた。「お昼休みの直前に、みんなで話してたじゃない。笛木は裁判で証言台に立つ立場。失言でもされたら会社が不利になる。わたしたちは笛木を口封じすることによって、中道《なかみち》や西山に荷担したのかもしれないって。つまり笛木殺しは瞳さんにとってもメリットがあった。というか、わたしたちの復讐心を利用して、笛木を排除したんだよ」

「笛木は開発部長だった」江角が後を引き取った。「どんどん出世する笛木が、西山にとっては邪魔な存在だったことは間違いない。将来のライバルを早めに処分してしまう狙いもあったんだろう」

雨森が周囲を見回した。反応を見るためだ。皆、一様に賛同の意を示していた。絵麻も同様だ。見事なまでに、理屈に合っている。

「わかった」雨森は人差し指に続いて、中指を立てた。

「次。瞳さんは、この場所にいる。笛木殺害に立ち会ったわけだ。僕は警察に捕まる気はさらさらないけど、そのリスクはある。警察の捜査で瞳さんがここにいたことがわかったら、共犯で逮捕されるのは確実だ。妻が社員殺害に関わったとあれば、西山の失脚は疑いない。西山も瞳さんも、そんなリスクを負ってまで、笛木を殺したかったのかな」

　意外な方向からの指摘に、沙月も江角も答えに詰まった。代わって答えたのは亜佳音だった。

「簡単ですよ。わたしたちを皆殺しにして、自分だけ逃げるつもりだったんです。笛木殺しの罪を全部わたしたちになすりつけて、自分がいた痕跡だけ消す。雨森さんは保養所に放火するって言ってましたけど、瞳さんも同じことを考えていたのかもしれません。リスクを負ってでも、笛木を亡き者にしたかった。それはあり得るでしょう」

　これまた見事な解答だった。雨森もうなずく。

「うん。あり得るね。じゃあ、三つ目」薬指を立てる。「瞳さんが仲間たちを殺して回ってたとして、今度は瞳さんが殺されたことは、どう解釈すればいいんだろう。瞳さんがまた誰かを殺そうとして、返り討ちに遭ったと考えるべきなんだろうか」

　今度はすぐに返答はなかった。

　絵麻も考える。雨森の仮説は、もっともだと思う。しかし、何かがおかしい気もしている。考えをまとめるためにも、まず言葉に出してみることにした。

「菊野さんの部屋には、懐中電灯が二本落ちてたよね。一本は、菊野さんの部屋のものらしい。とすると、もう一本は外から持ち込まれたもの。雨森さんは瞳さんが持ってきたんじゃないかと言ってたけど、もしそうなら、瞳さんはやっぱり攻撃するつもりで用意したのかな」

「そうとも限らない」雨森が答える。「防御のためという可能性もある。ほら、江角さんが言ってたじゃないか。自衛を考えたら、部屋には懐中電灯くらいしか武器になりそうなものがないって」

「自衛？」亜佳音が眉間にしわを寄せた。「犯人なら、攻撃のために決まってるじゃないですか」

「実は」雨森は申し訳なさそうな顔をした。「僕は、防御の可能性の方が高いと思ってる。さっき僕は返り討ち説を提示したけど、これって、瞳さん視点の話だよね。相手からすれば、瞳さんに襲われて反撃したわけだ。結果的に瞳さんが死んでしまったとはいえ、自分は自分の身を護っただけという気持ちだろう」

「……そうですね」

　今まで、何かにつけ雨森に反発していた亜佳音も、認めざるを得なかった。少なくとも、多少は考えてから返事することができるようになっている。

　雨森は亜佳音の返答に少しだけ目を細めた。

「たとえ話に登場してもらって申し訳ないけど、瞳さんが亜佳音さんに突然襲いかかってきたとしよう」

　亜佳音がまた表情を険しくする。「はい」

「亜佳音さんは必死に抵抗して、結果として戦いに勝った。この場合、瞳さんが生きていても死んでいても、どっちでもいい。ともかく瞳さんから戦闘能力を奪うことができた。ここで、君はどうするだろうか。黙ってその場を離れるか、それとも大声でみんなを呼ぶか」

　亜佳音は一度きゅっと唇を閉じ、そして開いた。

「みなさんを、呼ぶでしょうね」

「だと思う」雨森はにっこりとした。「襲ってきた以上、瞳さんが、吉崎さんや菊野さんを殺した犯人だと考える。君は吉崎さんの復讐のため、瞳さんにとどめを刺すかもしれないけど、少なくとも瞳さんは敵であり、裏切り者だ。犯人がわかったとみんなに告げるのが自然だと思う。でも、現実の犯人はそうしなかった。突然瞳さんに襲われても、それをみんなに言いたくない理由があるのか、それとも――」

「瞳さんの方が、襲われた立場なのか」

　絵麻が後を引き取った。

　食堂の空気が固まった。お互いが目配せし合う。

「そういうことなんだ」雨森が息をついた。「二本の懐中電灯の存在は、瞳さんが犯人であっても被害者であっても説明できる。でも瞳さん犯人説は、返り討ちにした人が何も言っていないという事実を説明できない」

雨森が言葉を切ると、居心地の悪い沈黙が食堂を覆った。

沙月が頭を振った。

「瞳さんは、犯人じゃないって？」

「おそらくは」

「裏切り者じゃないって？」

「それはわからない」無責任なまでにあっさりと、雨森は答えた。「瞳さんはスパイとして潜入していたのかもしれない。僕たちのやりとりを、逐一西山に報告していたのかもしれない。あるいは、まったく違う理由――たとえば夫を殺したいほど憎んでいて、僕たちを利用して夫を殺すつもりだったとかの理由で、仲間入りしたのかもしれない。どっちであっても、瞳さんは犯人じゃないと思う」

そして誰にともなく話しかけた。

「犯人くんは、抜かったね。瞳さんを殺した後、大騒ぎすればよかったんだ。免許証を口に突っ込んだことからも、犯人は瞳さんの正体に気づいていたことがわかる。殺害してから、瞳さんの正体を暴いて、裏切り者だと言いたてればよかった。先ほどからの、みんなの議論どおりだよ。正体がわかれば、瞳さんはフウジンブレード側の人間であり、復讐の妨害をするために仲間たちを殺していたんだと主張できる。そうしたら、これ以上事件は起こらないと、みんな信じ込む。犯人である瞳さんはもう死んでしまったと油断するから、今晩のうちに、もっと殺せたかもしれないのに。つまり――」

雨森は立てた指を元に戻した。全員を等分に見る。

「犯人は、まだ生きているってことだ」

第九章　裏切り者

「瞳《ひとみ》さんは犯人じゃないけど、裏切り者かもしれない」

雨森《あめもり》はあらためて言った。

「僕たちの計画が西山に筒抜けだったら、別の手段を考えなければならない。確認したいな」

「確認？」

「どうやって？」

沙月《さつき》と千里《ちさと》が同時に言った。瞳が犯人ではないと聞いた衝撃からまだ立ち直っていないのか、二人揃って芸のない返事だった。

もっとも、二人は返事ができただけ、まだマシだ。絵麻《えま》は反応すらできなかったのだから。

「僕の考えは、いつも単純だよ」雨森はそんなことを言った。「瞳さんの荷物を調べよう。手がかりがあるかもしれない。西山からの指示を書いたメモとか」

ドライな科白《せりふ》だった。瞳が生きているかもしれないときには、鍵を開ける役割を女性に任せるくらい気を遣っていたのに、死んだとわかったら荷物荒らしを提案してくる。彼もまた、復讐をやり遂げる覚悟ができているのだ。そのためには、手段は選ばないと。

江角《えすみ》が立ち上がった。「行こう」

全員で食堂を出た。管理人室で五号室の合鍵を取り、階段を上がる。ドアノブに合鍵を差し込み、無造作にドアを開けた。ここに瞳の死体はないとわかっているから、中に入るのに抵抗はない。

「持ち物は、スーツケースとハンドバッグだけだね」

沙月がハンドバッグをつかんだ。高級ブランドへの扱いとしては、雑すぎる動きだ。瞳が見ていたら、激怒するだろう。

「全員で確認しようよ」

ハンドバッグをベッドの上に置いた。口を開き、中のものを取り出していく。財布、キーホルダー、ハンカチ、ポケットティッシュ。花粉症の症状がまだ残っているのか、目薬と点鼻薬も出てきた。沙月と千里の二人で、ハンドバッグのポケットも探る。「これだけだね」

「何か出てきそうなのは、財布くらいだな」

これまたイタリアの高級ブランドの長財布だ。江角が手を伸ばす。「いいか。よく見ていてくれよ。俺が金をくすねたりしていないことを」

本気か冗談か、そんなことを言った。小銭用のがま口、札ポケット、カードポケット。中に入っていたものを次々と抜き出して、ベッドの上に広げていく。小銭はあまりない。紙幣は一万円札が十枚も入っている。カードはクレジットカードが二枚。どちらもゴールドカードだ。ゴールドカードは、様々な特典がある代わりに年会費が高いから、ある程度の収入がないと持つことができない。それでも色々な店のポイントカードと一緒にしまわれているから、微妙に庶民的でもある。

江角は長財布のポケットひとつひとつを探っていった。何も出てこないとわかると、今度は紙幣を丁寧に並べて、紙幣の間に何か挟まっていないか確認した。しかし西山につながる情報は、何も出てこなかった。

「次は、スーツケースだな」

江角はスーツケースをベッドに載せて、車輪の汚れがシーツを汚すのを気にすることなくファスナーを開いた。沙月と千里が入っているものを取り出す。着替え、化粧道具、洗面具などは出てきたけれど、情報らしい情報は出てこなかった。

ふうっ、と江角が息をついた。

「これじゃあ、瞳さんが裏切り者かどうか、わからん」

江角の言うとおりだった。証拠が出てこないことは、瞳の無実を証明しない。

メンバーの顔に疲労の色が浮いていた。荷物の確認は徒労に終わり、自分たちは何も得ていない。

「うーん」雨森が頭を掻いた。「なんとかして、スマートフォンの中を見られないかな」

瞳のスマートフォンは、持ち主と共に九号室にある。雨森が部屋を出た。慌ててついていく。結果的に全員が階段を下りて、管理人室から九号室の合鍵を取って、また階段を上がることになった。

九号室では、菊野《きくの》と瞳が仲良く死んでいた。雨森が瞳の姿勢を元に戻したから、発見したときと同じ光景だ。

沙月があらためて瞳のスマートフォンを手に取った。ボタンを押すと、ロックはかかったままだけれど「不在着信　諏訪沙月」という表示が出てきた。先ほどと同じだ。逆にいえば、沙月が電話をかけて以降、他の人間から電話はかかってきていないということだ。西山からも。

「どれどれ」雨森が沙月からスマートフォンを受け取った。しげしげと眺める。

「パスワードは、わからない」そんなことを言った。「でも、この機種は指紋認証システムがある。瞳さんが登録してればいいんだけど」

最近のスマートフォンは、センサーに使用者の指紋を当てることで、ロック解除できる機種がある。瞳のスマートフォンも、そういった機能があるということだ。しかし雨森が指摘したように、機能があっても瞳が使用していたかどうかは、別の話だ。

「センサーの位置からすると、右手の人差し指を登録してるだろうな」

雨森は瞳の右手を取って、その人差し指をスマートフォンのセンサーに当てた。しかしロックは解除されない。すると雨森は屈み込んで、瞳の人差し指を自分の額に当てた。軽く左右に動かす。それから再び瞳の人差し指をセンサーに当てた。今度はロックが解除された。

「えっ」思わず、声が出た。まるで魔法だ。「どうして？」

「汗だよ」雨森は当然のように答えた。「人間の皮膚は、いつだってほんの少し汗をかいている。指紋の凹凸の凸の部分に汗が付着していることで、指紋認証システムは反応する。瞳さんは死んでしまって、これ以上汗を供給できない。でも外から汗を足してあげれば、反応するかと思ったんだ」

「…………」

絵麻はコメントできなかった。こんな状況で、よくそこまで考えて実行に移せるものだ。

「それで、どう?」

沙月が前のめりになって訊いてきた。雨森は答える代わりに、スマートフォンをテーブルに置いた。全員の視線が集まる中、雨森が瞳のスマートフォンを操作する。

まずは、音声通話の発信着信履歴。音声通話を主目的にしていないのか、呆れるほど少なかった。それも、昨日からここに来たメンバーばかりだ。少なくとも、西山と登録されたアドレスにはかけていないし、それ以外の発信元不明の着信もなかった。発信先不明の発信も。

次に、メールの送受信確認を行う。これまた、ここに来たメンバーとのやりとりばかりだった。他には、ネットショップからのダイレクトメールだけ。

「交際範囲が狭いな」

余計なことを言いながら、雨森がSNSのアプリケーションを開いた。瞳は、二種類のサービスに登録しているようだ。比較的開かれたサービスと、設定したメンバーとだけ交流できるサービスだ。

まずは、狭い範囲の方を確認する。自分たち被害者の会のグループがある。これは絵麻も参加しているから、何が話されているかは知っている。他のグループは、設定されていなかった。

　開かれたＳＮＳの情報は、いちいち見ていたらきりがないから、瞳が発信した内容に限って確認する。こちらも読む方専用らしく、発言らしい発言はない。

　雨森がため息をついて、スマートフォンから指を離した。

「瞳さんが西山と連絡を取っていたなら、このスマートフォンを使ったと思うんだけど、どうかな」

　反対意見は出なかった。そして、荷物を確認したかぎり、他に通信機器はなかった。雨森は絵麻に顔を向ける。

「念のため、瞳さんの身体を探ってくれないか。別の端末がポケットに入っているかもしれない」

　自分では動こうとしない。死体になったとはいえ、女性の身体をいじり回すことには抵抗があるのだろう。

「わかった。仰向けに寝かせてくれる？」

　雨森と江角が、瞳の身体を起こした。そのままゆっくりと、床に背中をつけさせる。絵麻と沙月がしゃがみ込んで、ポケットを探る。何も入っていない。

「もう、遠慮しなくていいよね」

沙月がつぶやいて、瞳のシャツのボタンを外した。服を脱がせて、下に何か隠れていないか確認する。しかし、目当てのものは見つからなかった。服を簡単に直す。

絵麻は身体を起こした。「ないね」

「ありがとう」雨森が短く礼を言った。あらためて、仲間たちを見回す。

「ここまで調べて出てこなかったんだから、瞳さんは西山と連絡を取り合っていないと考えていいんじゃないかな」

亜佳音《あかね》が喉の奥で唸った。「裏切り者じゃ、なかったんですか」

「そう思う」雨森は瞳の死体を見下ろした。「瞳さんは、西山の奥さんである可能性が高い。でも、西山の味方じゃなかった。本気で夫を殺すつもりで、僕たちの会合に参加していた。そういうことだね」

「つまり、ただの被害者だってことか」

江角も首を振った。「瞳さんは、間違いなく俺たちの仲間だった」

やりきれなさそうな表情だ。一時的にでも瞳を疑ったことに、自責の念を抱いているのだろう。

「瞳さんは、本気で旦那を殺したかったんだね」沙月もふうっと息をついた。「わたしは、元旦那を殺したいとは思わない。でも殺そうとする人たちがいたなら、少なくとも止めることはない。同じようなもんだね」

ものすごい科白をさらりと吐いた。そして江角を見る。

「江角さんはどうなの？　奥さんといい別れ方はしなかったって言ってたけど」

「俺は嫁を殺したいなんて思ってないよ」

否定しながら、遠い目になった。「でも、嫁が俺を殺したいほど憎んでいたとしても、不思議はないと思ってる」

生真面目な返答に、沙月が黙った。

しばらくの間、みんな黙って瞳の亡骸《なきがら》を見つめていた。

瞳が西山の妻だとして、どうして殺そうとしたのかは、わからない。こうして実行に移そうとしたのだから、よほどの理由があったに違いない。実現する前に殺されてしまって、さぞかし無念だろう。西山は、間違いなく殺してあげるからね――

絵麻は心の中で瞳に語りかけた。

雨森が沈黙を破った。「戻ろう」

無言で部屋を出る。黙ったまま廊下を歩き、階段を下りた。管理人室に合鍵を戻し、あらためて食堂のテーブルを囲む。

誰もが、冴えない顔をしていた。

それも当然だ。事実がひとつ、明らかになった。瞳は裏切り者ではなかったという事実が。しかし状況は何も変わっていないのだ。

「とりあえず」雨森が沈黙を破った。「僕たちの動きは、西山に漏れてはいないようだ。明日の復讐計画を変更する必要はない。それでいいかな」

「そうだな」機械的に江角が答える。雨森の方を見もしない。ただ、テーブルの表面を見据えていた。「でも、生き残った犯人が、当日妨害するかもしれない」

　亜佳音がほんの少し首を傾げた。会話が飛躍したように感じたのかもしれない。江角が説明する。

「亜佳音さんが気絶している間に、俺たちは犯人を野放しにすることの危険性について話し合ったんだ。三人ずつのチームに分けた場合、単独犯としても犯人と他二名のチームが、ひとつできるわけだ。犯人がこれだけ手際よく殺している以上、二対一の数的優位など、ないと同じだ。二手に分かれた途端犯人が行動を起こしてしまったら、中道《なかみち》と西山のどちらかを殺し損なうことになる」

　千里が指摘した可能性だ。亜佳音が顎を引いてうなずく。「そのとおりですね」

「だから俺たちは、誰が犯人か、知らなければならない。だけど、それだけじゃない」

　江角は硬い表情で続ける。

「俺たちは、警察を呼べない。犯人を特定するための捜査手段もない。犯人からすれば、やりたい放題できるわけだ。現行犯で取り押さえられないかぎり、隙さえあれば殺そうとするだろう」

沙月がため息をつく。「それを防ぐためにも、早く犯人を特定する必要があるってことね」

「作業は一回じゃ、済まないかもね」

雨森が口を挟んだ。なんとなく、言いたいことはわかる。

「それって、一橋《いちはし》さん殺しとそれ以外が同一犯かどうかって議論に決着がついていないから？」

絵麻の指摘に、雨森が首肯した。

「そう。吉崎《よしざき》さんと菊野さんはほぼ同じ時間帯に殺されているし、凶器も同じだ。単独犯なのか複数犯なのかはわからないけれど、同じ意志の下に行動している。ひとつのチームと考えていい」

「瞳さんを殺した奴も、騒がなかったという事実から、同一犯でいいよね」

「うん。じゃあ、一橋さん殺しはどうだろう。さっきも近いことを言ったけど、実は僕は、別の人間が起こしたものだと考えてる」

断定口調に、他のメンバーの動きが止まる。今までの議論を反芻《はんすう》しているのか、誰もが宙を睨んで黙っていた。絵麻も同様だ。雨森が指摘した、事件を考えるうえで最も重要と思われるポイント。

「さっき、どうして犯人は夕方の休憩時間に殺さなかったのかって話になったよね。あのときは、明確な答えは出なかったと思うけど」

的外れなコメントではなかったようだ。雨森は満足そうに絵麻を見返した。

「そこだ。説明できる仮説として、僕はふたつ提示した。ひとつは、犯人は警戒されないために、全員殺せるタイミングでしか行動を起こせなかったという説。もうひとつは、犯人が吉崎さんか亜佳音さんに警戒されたくなかったから、行動を起こせなかったんじゃないかという説。どっちも、同一犯だと成立しないんだ。一橋さんを殺した以上、吉崎さんと亜佳音さんが警戒する。理屈に合わない」

「そのとおりだと思うけど」沙月が訝しげな顔をした。「それって、さっきからわかってたことじゃないの。どうして、今になって言うの？」

もっともな疑問だ。雨森は顔の前に手刀を立てた。謝るときの仕草だ。

「あのときは、同一犯だと成立しないと、言い切るだけの自信がなかった。でも瞳さんが殺された今になったら、そうじゃないかと口に出せると思ったんだ。同一犯だったら、そいつは『一橋さんを復讐相手と考えていた』し、『瞳さんが西山の関係者だと知っていた』ことになる。だったら犯人にとって、標的は一橋さんだけじゃない。瞳さんもまた復讐の対象になるはずだ。夕方の休憩時間に殺さない理由はってていうのか」

「するとことになるね」


ない」

沙月がぽかんと口を開けた。「──ああ、そうか」

「すると」江角が両手で頭を抱えた。「ここにいる六人のうち、二人が仲間殺しだっていうのか」

「そういうことになるね」

あっさりした雨森の回答に、江角がまた頭を抱える。「ビールを飲みたい」

全身の視線が江角に集まった。反応は二種類に分かれている。ひとつは「自分も飲みたい」であり、もうひとつは「こんなときに、何を言っているのか」だ。「自分も飲みたい」派の雨森が掛け時計を眺めた。午後四時五十七分を指している。

「五時前か。江角さんは中道を襲う担当だよね。明日は早起きして車を運転してもらわなきゃいけないから、アルコールを残すわけにはいかない。飲むなら今から飲んで、早めに切り上げるという手もある」

言葉の内容は賛成しているものの、表情と口調は反対していた。雨森はその理由を説明した。

「でも今は、やめておいた方がいいだろうな。酔った勢いで、きちんと検証をしないまま、誰かに疑いが集中する危険がある」

「賛成だね」沙月が長い髪をかき上げた。「飲みたい気持ちはわからないではないけど、危険すぎる」

「ビールくらいで理性を失ったりしないよ」江角は不服そうに言ったけれど、それでもビールを取りに行こうとはしなかった。

代わりに雨森が腰を浮かせた。

「でも、何か飲みたいってのはあるな。各自、勝手に飲み物を確保しよう。面倒くさいから、自販機で何か買ってくる。誰か、一緒に行かない？」

最後の誘いは、単独行動をしないというルールを守るつもりなのだろう。「じゃあ、俺も」と言って、江角も立ち上がる。亜佳音も黙って席を立った。

食堂には、絵麻と沙月、そして千里が残った。

「どうする？」

誰にともなく尋ねる。沙月が笑顔と渋面の中間のような顔をした。

「隣にあるキッチンと、玄関にある自動販売機。どちらに行く方が面倒くさいか、わからないね」

「雨森さんたちは、安全を考えたんでしょ。一橋さんが死んだときにも、缶コーヒーを買ってたし」千里がコメントする。「瞳さんまで殺されたんだ。犯人が皆殺しを狙っている可能性は、ますます高まった。お昼の休憩のときに、コーヒーやティーバッグにも仕掛けをされている危険がある」

「じゃあ、わたしたちも自動販売機に行く？」

「行かない」千里は席を立った。「キッチンにも、安全なものがあるよ」

千里はすたすたとキッチンに向かった。後をついていく。

「これ」

千里はレジ袋からウーロン茶を取り出した。二リットルのペットボトルだ。そうか。これならば細工はしづらい。それでも三人で代わる代わる外見を確認する。細工がされたようには見えなかった。

「開けるよ」

そう宣言して、千里がキャップを回す。キリッと音がして開栓された。外したキャップをテーブルに置く。このウーロン茶は、安全だと考えていいだろう。食器棚から三人分のグラスを取って、一応洗い直してからウーロン茶を注いだ。この場でグラス半分飲む。飲んだ分を注ぎ足して、食堂に戻った。ちょうど、自動販売機組が戻ってきたところだ。

「そうか、その手があったか」

ウーロン茶の入ったグラスを見て、雨森が悔しそうに言った。雨森の手には、五百ミリリットルのペットボトルが握られている。ウーロン茶だ。ムダに百五十円を使ってしまったことを後悔しているようだ。その小市民的な後悔は、雨森の精神状態が安定している証拠に思えた。

あらためて全員が着席する。自分たちが使っているテーブルは、四人掛けのテーブルをつなげて、長くしたものだ。長辺に四人ずつ、短い辺に一人ずつが座れる、十人掛けにしている。十人で潜入したからだ。しかし現在は、長い辺の真ん中辺りと、短い辺の片方が空いている。吉崎、菊野、瞳、一橋が座っていた席だ。その空隙が、自分たちの置かれた立場を雄弁に語っているような気がした。

江角が缶コーヒーをひと口飲んだ。

「どんどん仲間が殺されている」そう切りだした。「特に、瞳さんは警戒していたにもかかわらず、殺されてしまった。この事実は、重いな」

「瞳さんには、後ろ暗いところがあったじゃないの。裏切り者じゃなくても、標的の関係者だった」沙月が返した。「それは、関係ないの?」

「あるかもしれない。瞳さんについて、もう少し考えてみようか」

瞳が殺された。

瞳は西山の関係者——おそらくは妻——だった。

瞳は犯人ではなかった。

瞳は裏切り者ではなかった。

瞳に関する新事実が次々と出てきたために、頭がついていっていなかった。しかしようやく思考能力が戻ったようだ。声に落ち着きが戻っている。

「瞳さんは、吉崎さんや菊野さんと同じ殺され方をしている。でも、違っているところがふたつある。ひとつは、自分の部屋じゃなかったこと。もうひとつは、口に免許証が突っ込まれていたことだ」

「免許証は、沙月さんが言った、後ろ暗い証拠だよね」絵麻が応える。「本名がひと目でわかるものだから」

「そう思う」江角が同意する。「でも、口に突っ込むという行為の意味はわからない」

「少なくとも、わたしたちに見せるためじゃないよね」千里が後を引き取る。「殴られた痕跡を探そうと、たまたま雨森さんが瞳さんの顔を上げさせたから見つかった。あのまま触らなかったら、わたしたちの目に触れることはなかった。むしろ、その可能性の方が高かったわけだし」

「江角さんと雨森さんが犯人で、みんなに見せる目的でわざと顔を上げさせた可能性もあるけどね」

　沙月が意地悪な口調で切り返す。びくりと亜佳音が反応する。

「よしてくれ」江角が傷ついたような顔になった。「顔を上げさせたのは、雨森さんだぞ」

「うん、そのとおりだ」雨森は素直に認めた。「そういえば、免許証のおかげで、痕跡探しどころじゃなくなってしまった。まあ、それはいいや」

雨森の表情や口調からは、動揺はみじんも感じられない。

「僕が犯人でも江角さんが犯人でもいいけど、考えるべきは、犯人の目的だね。犯人は、瞳さんの口に免許証を突っ込んで、何がしたかったんだろう」

「アピールじゃないんですか？」亜佳音が、なぜそんなことを疑問に思うのかといった顔で答える。「瞳さんが裏切り者だということを、みんなに知らせるために」

「だったら、死体の脇に置いておけばいい」

雨森が指摘した。「わざわざ口に突っ込んで、そのうえで顔を上げさせる必然性がない。むしろ、ひと目でわかるようにする方が自然だ」

亜佳音が返答に詰まる。代わって沙月がコメントした。

「確かに、犯人がわたしたちにアピールしたかったってのは、違うかもね。むしろ、瞳さん自身に向けた行為に思える。お前は裏切り者なんだと。ちょっと、マフィアっぽいけど」

腑に落ちやすい意見だと思う。しかし絵麻は完全に納得できなかった。

「でも、実際には瞳さんは裏切り者じゃなかったじゃない」

「事実はどうでもいいでしょ」沙月がばっさり斬るように言った。「犯人がどう思っていたかの問題なんだから」

「そうだな」江角がうんうんとうなずく。「犯人は、前から瞳さんの正体に勘づいていた。本名が西山とわかった時点で裏切り者認定しても不思議はない。本人に直接質せる内容でもないし」

沙月が唇を歪めた。

「そうだと思う。免許証は普通、財布かパスケースに入っているもんだよ。殺した後に気づくってのは、ちょっと考えにくいでしょ。犯人は瞳さんの素性を知っていて、利用したんだと思う」

「利用した」絵麻は繰り返し、すぐに解答に行き当たった。「そっか。犯人は、瞳さんを菊野さんの部屋に呼び出したのか。ドアをノックして『裏切り者』って言ったら、瞳さんは説得しなくちゃいけない。いくら警戒していても、自分から二人きりにならざるを得ない」

「犯人にとっても、瞳さんにとっても、菊野さんの部屋で会うのがいちばんいい選択だ」

江角が後を引き取る。「食堂には、誰かが、まだ残ってる可能性がある。他人目《ひとめ》を考えると、廊下ってわけにもいかない。瞳さんを殺すつもりだったのなら、自分の部屋も使いたくないはずだ。瞳さんも、自分の部屋に入れるよりも他の部屋に移動した方が抵抗感も少ない。他の部屋の中でも、菊野さんの部屋なら、瞳さんも思い入れがある。おびき出しやすいんじゃないかな」

おお、と声が上がる。江角の意見に正しさを認めた声だ。

「うん」黙って江角の解説を聞いていた雨森が、小さくうなずいた。「菊野さんの部屋でなくても瞳さんは行かざるを得なかったとは思うけど、納得できる意見だ。合鍵が管理人室にあることはみんな知っているから、どこの部屋にも出入りすることができる。犯人も瞳さんも他人目を憚《はばか》る話をするわけだから、ドアの開け閉めも廊下を歩くのも静かにやるだろう。僕たちが気づかないのも当然だ。犯人はうまくやった。でも――」

雨森は残ったメンバーを見回した。

「犯人は、これからどうするつもりなんだろうね。まだ殺すつもりだとしても、残る時間は今夜しかない。夜になって、それぞれの部屋に引っ込んだ後だ。でも僕たちは警戒しまくっているわけだから、瞳さんレベルの秘密を嗅ぎつけられていないかぎり、犯人の接近を許さないだろう」

「そんなこと言って」沙月が薄笑いを浮かべた。「絵麻さんが『怖いの』って涙ながらに訴えたら、雨森さんだって、ほいほい中に入れちゃうんじゃないの？」

「ああ、それは入れるかな」あっさりと雨森が答えた。自分が雨森の部屋に入る光景が浮かんで、心臓がどきりと鳴った。しかし雨森はすぐに首を振った。

「でも、それはないだろう。うちの女性陣は、みんな肚《はら》が据わっている。仲間が殺されたくらいで怖がったりしてない。むしろ『犯人がわかった』と言われた方が、部屋に入れやすいと思う」

拍子抜けした。さっきのどきりを返せ。

「そんなに、簡単に信じるの？」

「言い方次第だろうな。絵麻さんが『江角さんと沙月さんと千里さんと亜佳音さんの共犯だ。信じられるのは雨森しかいない』とか言ったら、信じるかもしれない」

そこまで言ってから、雨森は生き残ったメンバーを見回した。

「これで、この手段は通用しなくなったよ」

どうやら、犯人に対して言っているらしい。江角が話をつなぐ。

「時間的な制約もあるな。犯人は昨夜、吉崎さんと菊野さんの二人を殺している。犯人が一人だとすると、今夜中に自分以外の五人を殺さなければならないわけだ。しかも、警戒している五人をだ。犯人はどうやるつもりなんだろう」

「犯人がマシンガンでも持っていたら、簡単なんだろうけどね」

沙月がコメントし、江角が嫌な顔をした。「よしてくれ。そんなもの持ってるんなら、はじめから乱射して終わらせてる」

「そりゃ、そうだ」沙月が舌を出した。「でも、部屋に引っ込んでから動くとは限らないでしょ。それって、他の人にばれないよう、静かに殺すのが目的なんだから」

喋りながら、沙月が不審そうな顔をした。自分の言葉に引っかかったような顔。しかし正体をつかめなかったのか、そのまま続ける。

「それじゃあ、一人ずつしか殺せない。時間がないんだったら、この場で一気に襲いかかって決着をつけようとするかも。もし、それなら――」

沙月が上目遣いになった。「雨森さんと江角さんが怪しいね。なんといっても男の人だから、力が強い。女を押し倒すくらい、簡単でしょ」

「それ、表現が違う」雨森がぱたぱたと手を振った。「男だから力が強いって、そんなことはないよ。僕も江角さんも、みんなと比べてそれほど優位性があるわけじゃない。頑健な吉崎さんや、きついバイトをやってたおかげで腕力がついた菊野さんならともかく」

沙月が笑った。

「まあ、そういうことにしときましょ。実際、今までの殺人だって、特に力が必要なわけじゃなかったしね。一橋さんは眠っている間だったし、吉崎さんと菊野さんは仲間をまったく疑っていない状態だった。瞳さんは警戒していただろうけれど、格闘したわけじゃなさそうだし。懐中電灯で頭を殴ることなんて、誰にでもできる」

なんだ。わかっていて発言したのか。沙月が表情を戻した。

「でも現実的に考えると、一人ずつ殺していく時間的余裕がないんじゃない？」

「犯人の目的が全滅ならね」

雨森が答え、沙月が怪訝な顔をした。雨森は、沙月が怪訝な顔をしたことに対して怪訝な顔をする。

「さっきから、ずっと話していることだよ。犯人の目的は、復讐の妨害に見える。復讐を止めるためには、メンバーを全員殺さなければならない。そのとおりだ。でも、まったく別の動機なら、犯人はもう目的を達しているかもしれないだろう？」

沙月が納得すると同時に、渋い顔になった。「要は、何もわかっていないってことね」

「そうだよ」雨森があっさり答える。「でも復讐の妨害である確率が最も高いと思うから、こうして犯人捜しをしている。中道と西山。この二人のうち一人でも殺し損なったら、僕たちの負けだ」

「犯人が残っている以上、その心配は続くわけね」

千里が天を仰いだ。「江角さんの言うとおりだ。わたしたちは警察を呼べない。

捜査もできない。逃げられない空間で、犯人はやりたい放題できる。狙いがわからない以上、対処しようがない」

どうしよう、と独り言のように続けた。

「犯人が何を狙っているかはわからないけど、現実に復讐の妨害になってるね」

雨森が困った顔になった。そして誰にともなく話しかける。

「犯人くん。君が復讐の継続を希望してるのなら、事態は全然違った方向に進んでるよ。いったい、どうしてくれるんだよ」

雨森らしくない、発展性のない発言だ――そう思ったけれど、そこから連想することがあった。

「そうか。もし犯人が復讐の妨害じゃなくて継続を望んでるんなら、今ここで名乗り出てくれたら、情状酌量の余地があるってことね。昨晩の、一橋さんのときと一緒。一緒に復讐するつもりなら、すぐにどうこうしないって」

雨森が嬉しそうな顔になったから、彼の気持ちを代弁できたのだろう。

しかし誰も返事しなかった。やっぱりダメか、というふうに雨森がため息をつく。

「犯人が嘘をつくかもしれないからな」今度は江角が、犯人の気持ちを代弁した。

「名乗り出て、これ以上誰も殺すつもりはないと言ったとしても、俺たちを油断させるための罠かもしれないってことだ。ここでの自白には意味がない」

　千里が嫌な顔をした。

「誰が何を言っても、信用されないってこと？」

「仕方がないだろう」江角も渋い顔をした。「裏切り者じゃなかったとしても、瞳さんは正体を隠して仲間になった。他にそういう人間がいたとしても、不思議はない」

「なんだ。結局わたしと亜佳音さんが疑われてるんじゃんか」

　千里が唇を尖らせた。「江角さんたち原告は、訴訟のときに本名を明かしてるなんて言ってさ」

　本気で気分を害している顔だ。亜佳音もテーブルに置いた手を強く握っている。

「そういうわけじゃない」

　江角がすぐさま答えた。その真剣な表情に、千里が黙る。江角が話を続けた。

「さっき俺たちは、瞳さんの荷物を荒らした。なぜか。瞳さんが西山から何らかの指示を受けていた証拠を探したかったからじゃないか。仮に千里さんに疑いがかかったとしても、確認すべきは運転免許証じゃない。千里さんが裏切った──中道や西山と通じている証拠だ」

　正論に、千里が口をきゅっと閉じた。二秒ほどそのまま江角の顔を見つめて、ゆっくりと口を開く。

「――本気なの？」

言っている意味がわからない。テーブルを見回す。沙月も、亜佳音もきょとんとしていた。絵麻と同様、わかっていないのだ。雨森は、難しい顔で江角を見ていた。江角は雨森を一瞥した。

「本気だ。本気で提案したい」

そして、今度は全員を等分に見つめた。

「俺は、全員の持ち物検査を提案したい。瞳さんにやったような、徹底的な検査を。もしこの中の誰かが裏切っていたのなら、証拠が見つかる可能性がある」

「……………」

しばらくの間、誰も返事をしなかった。

絵麻も返答に逡巡していた。自分は、誰も殺していない。一橋も、他のメンバーも。もちろん中道や西山と連絡を取ったりもしていないから、持ち物検査をされても、無実が証明されるだけだ。

しかし問題は、そこではないのだ。自分のプライバシーを土足で荒らされる。生理的な嫌悪感が、賛成票を投じられない理由なのだ。

「僕の荷物に関しては、いくら調べられてもかまわない」雨森が最初に答えた。こちらもまた、真剣な表情。「でも、みんなに強制はできない。断った人に疑いがかかることを考えたら、賛成できるかどうかは、微妙なところだ」

「わたしも調べられていいけど」絵麻は、江角の正しさを認めながら、それでも反論する。反論しなければならない。

「雨森さんと同じく、全面的に賛成はできないな。たとえばこの中の誰かが、生理用品とか持ってたら、どうするの。生理用品を見られるのがどれだけ嫌なことか、男の人にはわからないでしょ」

「うん、わからない」雨森は素直に認めた。「あれかな。隠していたエロ本を母親に見つけられた感じかな」

「それは、こっちがわからない。でも、似たようなものかもね」

「恥ずかしいとか嫌だとか言っている場合じゃないだろう」

江角が怒ったように言う。「復讐がかかってるんだ。持ち物検査すべきだ」

「あら」千里が大げさに驚いてみせる。「江角さんは、エッチな本を持ってきてないんだ」

「ないよ」江角がうんざりしたような顔になった。「何しにここに来たと思ってるんだ。エロ本なんて、見てられるか」

それはあまりよくない発言だ。亜佳音を傷つけてしまう。なんといっても笛木《ふえき》を殺害した後、亜佳音はここで吉崎とセックスしたのだから。しかも、相手の吉崎を失っている。身から出た錆といえなくはないけれど、わざわざ傷つけることもない。

しかし当の江角は、自分が何を口にしたか、自覚していないようだ。雨森が、やれやれといった顔で頭を振った。

そっと亜佳音を見る。亜佳音は無表情だった。しかし顔がやや青ざめている。

千里もまた、江角の発言に不穏当さを認めたのだろう。からかうような表情が、非難のそれに変わっている。

沙月は、江角も亜佳音も見ていなかった。江角の発言に不快感を表明するでもなく、亜佳音に同情するでもなく、ただ真剣な顔で考え込んでいた。ただ考えているのではない。尋常でない真剣さだ。いや、深刻というべきか。

沙月の意識が現実に戻ってきた。「そうか」

千里が沙月に顔を向ける。「どうしたの？」

沙月は千里を無視するように雨森を見た。

「ひょっとしたら、持ち物検査は必要ないかもしれない」

雨森が小さく首を傾げる。「っていうと？」

沙月は真剣な顔をしていた。いつもの冷笑を含んだ酷薄さが、影を潜めている。

「わたし、さっき言ったでしょ。部屋に引っ込んでから動くのは、他の人にばれないよう、静かに殺すのが目的だって」

「ああ、言ってたね」

「それはそのとおりだと思う。でも犯人は、そんなに静かに殺せると、本気で思ってたのかな。大立ち回りというほどではなくても、多少のドタバタは覚悟しなければならないでしょう。隣の部屋に聞こえるとは、考えなかったのかな」

「えっ」千里が虚を衝かれたような声を上げた。「それは、どうなんだろう」

「ここの壁はそれほど薄いわけじゃないけど、大きな声なら聞こえる。これはフウジンブレードが福利厚生費をケチって安普請したわけじゃないと思う。ホテルだって、高級ホテルじゃなければ、そんなもんでしょ。実際、江角さんは吉崎さんの部屋から、大きめの声が聞こえたと言ってた」

　亜佳音の身体がびくりと震えたが、沙月は無視した。

　ここでようやく江角が亜佳音に視線を向けた。すぐに逸らす。「あ、ああ。言ったよ」

　沙月の目が光った。

「誰なら殺せたかを考えると、誰にでもできたという結論になってしまう。でも、誰なら殺せると思ったかを考えると、絞れてくる。わたしが言いたいのは、犯人が多少の物音は気にしなくていいと考えてたんじゃないかってこと。犯人は、どこで殺したの？　吉崎さんの部屋と、菊野さんの部屋でしょ。思い出して。階段を上がって右側の列は、手前から吉崎さん、江角さん、菊野さん、一橋さん、空室、笛木。吉崎さんの部屋も、菊野さんの部屋も、江角さんの部屋の隣じゃないの。犯人は、犯行の音が江角さんに聞こえると心配しなかったのかな。逆に言えば、心配しなかったからこそ、犯行に及んだ。心配しなくていいのは、一人しかいない。つまり——」

沙月はそっと言った。「江角さん」

全員の視線が一斉に江角に向けられた。ただの視線ではない。槍のような視線だった。

江角は身体を硬直させた。「な、な……」

言葉が出てこない。予想外の疑いをかけられて対応し切れていないのか、それとも図星を指されたからか。

予想外というのは、絵麻も同様だった。沙月の指摘は、今までまったく考えもしなかった考え方だったからだ。

そして、江角自身と同様、反論できない。大きな声なら隣の部屋に聞こえると言ったのは、江角自身だ。それなのに、江角は隣室から怪しい物音が聞こえなかったと証言している。その理由はふたつ考えられる。ひとつは、犯人が隣の江角に気づかれないよう、静かに殺人を実行したから。もうひとつは、物音を立てたのが江角自身だったから。

反論できないのに、絵麻の理性は賛成できずにいる。仲間うちで、最もフウジンブレードに対して敵対心を露《あら》わにしていたのは、江角だった。打ち合わせの際に、必ず息子の遺影をテーブルに置いたほどに。

それが偽りだったというのか。自分たちと共に復讐計画を詰めておきながら、裏ではフウジンブレードと通じていたというのか。中道か西山の意を酌んで、邪魔になった笛木を切り捨てる一方、残る二人の標的を護るべく、復讐者たちを殺していったというのか。

とても信じられない。けれど、沙月の仮説に説得されたのも、また事実だ。

そっと雨森を見る。雨森は、沙月の仮説をどう受け取ったのか。信じたのか、それとも信じていないのか。

雨森は驚愕の表情を浮かべていた。口が半開きになっている。まさしく、重大な発見をしたときの顔だ。雨森もまた、沙月に賛成したのだろうか。

「そっか」千里が口を開いた。江角から視線を逸らさずに。「瞳さんのときもそう。他の人が犯人だったら、江角さんを気にして、隣の菊野さんの部屋には呼び出さない。犯人が瞳さんを菊野さんの部屋を選んだのは、瞳さんが菊野さんに思い入れがあったからじゃなかった。廊下の右側であれば、自分の部屋以外ならどこでもよかった。自分が部屋を移動するところを見られるリスクを最小限にするために、隣の部屋がよかっただけ。吉崎さんと菊野さんなら、菊野さんを選んだ。ただ、それだけのことなのか」

ガタガタッと音がした。江角が急に立ち上がったため、椅子が立てた音だ。

「ち、違──」

反論は、別の音によってかき消された。うなり声だ。マグマが沸騰するような声。一瞬、誰のものかわからないほど、異様な響き──亜佳音だった。

亜佳音が立ち上がり、江角に向かってダッシュした。亜佳音と江角の間には、吉崎の席がある。そこは今、空席だ。亜佳音は何の障害もなく、江角に向かっていけた。

二人の身体がぶつかった。亜佳音の突進を、動揺していた江角は受け止めきれない。突き飛ばされるように背後に倒れた。ごん、と頭が床にぶつかる音が響く。

「いかんっ！」

雨森も立ち上がった。沙月の背後を回って倒れ込んだ二人のところに向かう。遅かった。

雨森が到着する前に、亜佳音が隠し持っていたナイフが、江角の首を捉えていた。

江角の首から勢いよく血が噴き出し、亜佳音の顔にかかった。

第十章　敵と味方

「よくもっ！」

血まみれの顔で、亜佳音《あかね》が叫んだ。「よくもっ！　吉崎《よしざき》さんをっ！」

再びナイフを振り下ろす。今度は頬を切り裂いた。すでに首から大出血を起こしている江角《えすみ》は、まったく抵抗できない。いや、抵抗どころか、反応すらしていない。

沙月《さつき》が唱えた、江角犯人説。

それは恐ろしいほどの説得力を持っていた。江角は認めていない。しかし、ひどく狼狽《ろうばい》していた。その様子は、真相を言い当てられた犯人の反応として相応《ふさわ》しいものだった。

だから、亜佳音は信じた。江角が犯人であると。つまり江角こそが、吉崎を殺害したのだと。亜佳音は意識を取り戻した後、一人でキッチンに入って紅茶を淹れていた。そのとき、ナイフを取り出して隠し持っていたのだろう。犯人がわかったら、すぐさま攻撃できるように。

　そして亜佳音は攻撃した。「犯人」の江角を。彼女に、吉崎のような殺人経験があるかどうかは知らない。もっとも、経験があったとしても、あまり関係なかったかもしれない。江角に飛びかかった亜佳音は、まるで肉食獣のようだった。経験でなく、本能が彼女に攻撃を命じた。そんな感じだった。

「やめろっ！」

　亜佳音の背後から、雨森《あめもり》が体当たりした。亜佳音の上体が、勢いよく前に倒れる。江角に覆い被さるような体勢で、顔面を床にぶつけた。女子大生に胸を顔に押しつけられても、江角は喜ぶような意識を残していない。

　亜佳音はバネ仕掛けのように起き上がった。振り向いて、突き飛ばした雨森に顔を向ける。それで、絵麻《えま》にも亜佳音の顔が見えた。

　ぞくりとした。

　亜佳音の顔が、血まみれだったからではない。亜佳音の表情は、怒りとか憎しみとか、人間が持ちうる感情を、はるかに飛び越えていた。本能ですらなかった。そこにあるのは、ただ「敵を殺せ」と指令を受けたアンドロイドの顔だった。そして、指令の実行を妨害する者に対する敵意。

アンドロイドは、自分に体当たりしてきた人間を、敵と認識したらしい。ナイフを握りしめたまま、立ち上がって攻撃しようとした。

雨森が身構える。しかし雨森に向かおうとした亜佳音の足が、江角の顎を踏んだ。頸椎を支点として江角の顔が回り、そのため亜佳音の足元も揺らいだ。亜佳音が大きく体勢を崩す。両腕でバランスを取ろうとしたため、ナイフが誰もいない空間を薙《な》いだ。

雨森はその隙を逃さなかった。ナイフの外側から回り込み、亜佳音の顔面を右手でつかんだ。そのまま、まっすぐ押す。かなり強い力が加わっているのは、離れたところから見ていてもわかった。ナイフを持ち、実際に江角を刺した相手なのだ。手加減などしていられない。体重を乗せて、亜佳音を押し倒していく。

江角は、窓を背にしたキッチン側に座っていた。テーブルの端だ。亜佳音はそこまでダッシュして、江角を刺した。つまり亜佳音もまた、テーブルの端にいる。雨森はその位置で亜佳音を後ろに押した。亜佳音の頭部が後方に倒れていく。その先には、テーブルの角があった。

がつん、という音が食堂に響いた。

亜佳音が後頭部をテーブルの角にぶつけた音だ。雨森が手を放す。そのまま亜佳音は倒れ込んだ。先ほどテーブルの角に打ちつけた後頭部を、今度は床にぶつけた。もう一度鈍い音が響く。江角の身体に片脚を乗せる恰好で、仰向けに転がった。

びくん、と亜佳音の身体が震えた。白目を剝いている。身体の震えが次第に大きくなっていった。後頭部を強く打ちつけたから、痙攣を起こしたのだ。かつん、かつんと歯がぶつかる音がする。

「まずいな」

雨森が屈んで、痙攣する亜佳音の身体を横向きにした。額に手を当てて後ろに引き、頭部を胴体と直角にした。気道を確保したのだ。

「これで、舌を嚙んだり、吐いたものを喉に詰めたりしない。放っておけば、収まる」

雨森が立ち上がった。亜佳音の手から離れたナイフを蹴飛ばす。飛んだナイフは、壁に当たって止まった。

亜佳音の身体はまだ痙攣を続けている。しかし雨森がそう言う以上、放っておいて問題ないのだろう。少なくとも、今の亜佳音からは攻撃力が失われている。近づいても危険はない。

女性三人が、ようやく雨森の傍に移動できた。雨森はもう一度しゃがんで、今度は横たわる江角の様子を窺った。すぐに首を振る。「ダメだ」

江角の首は、もう血を噴き出していない。噴き出しきったということなのだろう。江角の身体は静止していた。この保養所に来てから、何度も見てきた、完全なる静止。江角もまた、死者の列に加わったのだ。

雨森は立ち上がると、女性陣に顔を向けた。

「亜佳音さんの様子を見ていてくれないか」

返事を聞かずにキッチンに移動した。カウンター越しに見ると、手を洗っている。血の付いた亜佳音の顔面をつかんで、雨森の手にも血が付いたからだろう。そして今度は廊下に出ていった。そうしているうちに、亜佳音の痙攣が次第に収まっていった。しかし意識は戻らない。深く眠っているように見える。

絵麻は、沙月に視線を向けた。沙月は、死んだ江角をじっと見下ろしていた。

「どう思う?」

沙月が顔を上げる。「どうって?」

「江角さんが、犯人だって話」

「ああ、それね」目の前で仲間が殺されたのを見たためか、あるいは亜佳音の狂気に触れてしまったためか、さすがの沙月も顔が青ざめている。

「話をしているうちに思いついたんだけど、実際に口にしてみると、本当にそうじゃないかと思えてきた」

「確かに、一理あるよね」千里《ちさと》もうなずく。こちらも表情が硬い。「残念なのは、本人が白状する前に、亜佳音さんが殺しちゃったことだね」

「確かに」沙月が唇を嚙んだ。「江角さんは、ずいぶん慌てふためいてたからね。あのままもう一押しすれば、観念してたかも。それなのに、余計なことを」

沙月が爪先で亜佳音の脚を蹴飛ばした。ごく弱い力だ。亜佳音は反応しない。

雨森が戻ってきた。手には、布製のガムテープが握られている。

「紐がよかったんだけど、見当たらなかったから、管理人室からガムテープを持ってきた。これで、用は足りるだろう」

独り言のようにつぶやきながら、亜佳音の足元に屈んだ。パンツの裾を上げる。剝き出しになった足首を、ガムテープでぐるぐるに巻いた。次は手だ。亜佳音は右側を下にした状態で横になっている。雨森は身体の下から右手を背中に移動させた。左手も同じようにして、両手首をやはりガムテープで巻いた。亜佳音は拘束された状態で床に転がされる形になった。

「ついでに襲っちゃえば？　後ろを向いててあげるよ」

沙月が軽口を叩く。この状況で冗談を言えるとは、たいした神経だ。

雨森が沈痛な面持ちで頭を振る。「そのネタは、もう終わった」

「あの」千里が割って入った。「座らない?」

今まで使っていたテーブルは、すぐ傍に江角の死体がある。それ以上に、血溜まりがある。自分の席からは距離があるけれど、あまり座りたくない。千里が窓の近くを指し示した。まだ四人掛けのテーブルは残っている。現在、食堂にいて意識があるのは四人だけだ。テーブルひとつで用が足りる。一橋《いちはし》が死んでいたテーブルからも、江角が死んでいるテーブルからも離れた場所に移動した。

先ほどは、長くしたテーブルの短い辺に雨森が座り、左右に沙月と絵麻が位置していた。千里は奥の端、江角の向かい側だった。新しいテーブルでも、まず雨森が席に着き、沙月と絵麻が先ほどと同じ位置関係に座った。残る千里が、雨森の向かいに腰掛ける。

雨森勇大。

諏訪沙月。

花田千里。

そして自分、高原絵麻。

この保養所に潜入したときには、十人の仲間がいた。それが今や四人だ。なぜこんなことになってしまったのか、理解できているわけではない。しかし現実に、ここには四人しかいない。

いったん座った雨森が、また立ち上がった。何も言わずにキッチンに向かう。どうしたのだろうと思っていたら、缶ビールを四本抱えて戻ってきた。

「飲まないいんじゃなかったの？」千里が目を丸くする。「酔った勢いで、きちんと検証をしないまま、誰かに疑いが集中する危険があるって」

「酔うほど飲まないだろう」

雨森が素っ気なく答えて、缶ビールを配った。確かに、想像を超える展開に、身体が緊張している。喉がからからだ。開栓して、ひと口飲む。冷たい炭酸が喉に染みた。

酔うかどうかは別として、絵麻には気になることがあった。雨森の変化だ。あれだけ単独行動を避けていた雨森が、二度も単独行動した。手を洗ってガムテープを取ってきたときと、缶ビールを取ってきたとき。しかも、事前に自分の行動を宣言していない。

ビールを飲んだこともそうだ。千里が指摘したとおり、ビールを飲むことに反対したのは、雨森自身だ。それなのに自らビールを取ってきた。彼もまた、亜佳音の凶行に神経をやられて、身体がアルコールを欲したのだろうか。それとも、もう警戒する必要がないと判断したのだろうか。なぜ？　江角が死んでしまったから？

雨森もビールを飲んで、缶をテーブルに置いた。

「江角さんまで死んでしまった」

そう切りだした。

「あの調子だと、亜佳音さんも復讐の役には立たないだろう。とすると、残ったこの四人で復讐を成し遂げなければならない」

雨森は、ゆっくりと残った仲間たちを見回した。覚悟はあるのか、と問うている目だ。

沙月が息をついた。

「仕方ないね。これだけしかいないんだから」

「まあ、もっとも」雨森も苦笑に近い表情になる。「中道《なかみち》殺しは、昨日までの計画だと、最低二人は必要だ。中道の車を、二台の車で挟むんだからね。でも西山殺しは、一人でも実行できる。だから最少催行人数は、三人ということになるね。だから犯人が復讐を止めたいなら、あと二人殺せばいい」

沙月に負けず劣らず、悪趣味な科白だ——そう思いかけたけれど、引っかかるものがあった。

「それって」思わず言った。「犯人は、まだ生きてるってこと？」

犯人は江角ではないのか。そういう問いかけだ。

沙月と千里が同時に身体を弾ませた。バネ仕掛けのように雨森に顔を向ける。女性三人の視線を一身に受けた雨森は、一切の迷いなく言った。

「そう考えている。江角さんは、犯人じゃない」

「……どうして？」

沙月が低い声で訊いた。「あれほど、慌てふためいてたのに」

「そりゃあ、沙月さんの説に説得力があったからだよ」

雨森は平然と答えた。沙月が瞬きする。「だったら、なぜ――」

雨森は沙月に顔を向けた。表情を隠しているかのような硬さが感じられた。

「説得力があったからこそ、江角さんは一笑に付すことができなかった。効果的な反論を繰り出すこともできなかった。亜佳音さんのときと同じだよ。亜佳音さんだって、疑われたときに反論できなかった。ただ硬直していただけだった。意外な角度からの攻撃には、人間は反応できない。それをもって、犯人の証拠にはならないと思う」

「でも、説得力はあるんでしょ？」千里が口を挟んだ。「江角さんの狼狽はそれで説明できるかもしれないけど、だからといって犯人じゃないとは言えないんじゃないの？」

「そのとおりだよ」雨森は素直に認めた。「沙月さんの説それ単体は、破綻《はたん》がない。それが真実であってもおかしくない。でも、真実とも断言できない。そんなところだ」

「難しい言い方しないでよ」絵麻がこめかみを揉んだ。「それでも江角さんが犯人じゃないって言うんなら、別の説があるってことなの？」

「ごめんごめん」雨森が表情を崩した。「そういうこと。僕は江角さんの立場に立って、江角さんの行動について考え直した。その結果、犯人じゃないという結論を出したんだ」

「江角さんの、立場」絵麻は繰り返した。「どういうこと？　沙月さんは、江角さんの立場になって考えたからこそ、江角さん犯人説を唱えたんでしょ？」

そうそう、と言いたげに沙月が首肯する。しかし雨森は髪の毛一筋ほどの動揺も見せなかった。

「そのとおりだ。でも沙月さんは、江角さんだけが持つ属性を忘れてる」

沙月が眉をひそめた。属性の意味がわからなかったのだ。もちろん、絵麻にもわからない。雨森はコメントを待たずに先を続けた。

「タバコだよ」

「えっ」

タバコ。その単語を聞いた瞬間、脳の中で何かが反応した気がした。しかし具体的な思考に結びつかない。

「江角さんは、メンバー唯一のスモーカーだ。実際、自分の部屋から出てくるときには、いつもタバコ臭かった。昨晩、吉崎さんと菊野《きくの》さんが殺されたときにタバコを本当に吸っていたのかはわからないけれど、少なくとも瞳《ひとみ》さんが殺される直前は、タバコの臭いをさせていた」

雨森は倒れ伏した江角を一瞥して、続けた。

「実際に犯行現場にタバコの臭いが残っていたかは問題じゃない。江角さんが、タバコ臭い身体で殺しに行こうと思ったのか、という問題だ。証拠を残すかもしれないのに。あの人は、そんなことにも気づかないほど、無能じゃないぞ」

雨森は説明を終えて、口を閉ざした。すぐに反論する者はおらず、食堂が静けさに包まれた。

どうだろう。雨森の意見は正しいだろうか。

「うっかりってことは、あるんじゃない？」絵麻が結論を出す前に、千里が言った。「スモーカーは、自分のタバコの臭いに鈍感だよ。そんなところから足がつくとは、思ってもみなかったかもしれないよ」

「そうかもしれない」雨森は賛成しながら反対していた。「でも、瞳さん殺しのときには、当てはまらない。みんながカップ麺を持って自分の部屋に戻るとき、江角さんは『ついでに、タバコを吸ってくる』と言っていた。そのとき『また吸うの。

今でもタバコ臭い息を吐いているのに。身体に悪いよ』って呆れてたのは、千里さん自身じゃないか。そんなやりとりがあった以上、江角さんは自分のタバコの臭いについていて、無自覚ではいられなかった。それなのに、他の部屋に瞳さんを殺しに行ったっていうのか？」

千里が言葉に詰まった。自分の発言を思い出したようだ。一拍遅れて「そうだね」と答えた。沙月も仕方なくうなずく。雨森は絵麻からも反論が出ないことを確認してから、言葉を続けた。

「沙月さんの説は、江角さんが犯人だった場合の情景を上手に説明できていた。音を気にしなくていいのは、江角さんだけ。確かに、もっともらしい。でも、思い出してくれ。江角さんは、吉崎さんのときも菊野さんのときも、音が聞こえたなんて言わなかった。瞳さんのときもだ。沙月さんの指摘したとおり、江角さんが犯人なら、簡単なんだ。自分で殺しておいて、物音は聞こえなかったと言えばいいんだから。でも、そうじゃなければ？　犯人が別にいて、江角さんが物音は聞こえなかったと証言したら、あの程度の音は出していいと考えるんじゃないか？」

「……そうだね」

「そうだとすると、犯人が瞳さんを菊野さんの部屋に呼び出したのは、まったく別の意味を帯びてくる。瞳さんが思い入れのある菊野さんの部屋だからじゃない。

『大声を出すと、隣の江角さんに聞こえるよ』って言えば、瞳さんは声を潜めざるを得ない。犯人は、むしろ静かに殺すために、江角さんの隣を選んだとも考えられるんだ」

「わかったよ」沙月が長い髪をかき上げた。「それで、実際はどうなの？　雨森さんには、考えてることがあるんじゃないの？」

「あるには、ある」

雨森がまたビールを飲む。そのまま、テーブルに戻したビール缶を見つめていた。考えをまとめているようだったが、すぐに視線を上げた。

「どこから説明しようか。やっぱり、順番どおり一橋さんの事件から話した方がいいかな」

千里の身体が震えた。動揺を隠すように、千里もビールを飲む。

「昨日、唐突に一橋さんが殺された。最初は何のことか、まったくわからなかった。あれだけ調べたんだから、この場所には僕たちしかいないし、外から誰かが出入りしたとも考えられない。僕たち九人の中に犯人がいるのは確実だけれど、誰なのかはわからない。そんな中、吉崎さんが魅力的な仮説を持ち出した」

「犯人にとっては、一橋さんもまた敵だった。つまり、一橋さん殺しは復讐の一環であって、復讐の妨害行動じゃない……」

　絵麻は吉崎の仮説を口にした。思考能力が必要な発言じゃなかったから、頭を使わずに言える。それでも口を動かしたおかげで、少し脳が回り始めた気がした。

「雨森さんは、これ以上の仮説を思いつかなかったって言ったよね」

「そうなんだ」雨森が大きくうなずいた。「昨夜解散してから、僕は食堂に残ってこの仮説について考えた。でも、穴が見つからないんだ。だから、これを正解だとして、考えを進めることにした」

　千里が眉間のしわを大きくした。「一橋さんは、敵だと？」

「犯人がそう考えたということだよ」雨森が棘《とげ》のある言葉を平然と受けた。「今必要なのは、犯人の意識を探ることだ。少なくとも昨日の午後の時点で、一橋さんを殺した犯人は、一橋さんを復讐の対象としていた。そういうことだ。僕たちの認識は問題にしていない」

　雨森の説明に正しさを認めたのか、千里はそれ以上反論しなかった。しかし眉間のしわは消えていない。

　雨森が説明を再開した。

「ただし、ここにいる全員が、フウジンブレードへの復讐のために集まっている。だから犯人像は絞れない。絞る必要もない。それが吉崎さんの結論だった。でも、僕はここに引っかかった。一橋さんの境遇を思い出してくれ。一橋さんはフウジン

ＷＰ１の開発者だ。開発の途中で製品の欠陥を上司に指摘した結果、会社を追われることになった。社内にいながら会社を敵に回して戦った人間を、フウジンブレード側の人間だと思えるかな」

「えっ」予想外の指摘に、千里が戸惑った声を上げる。「どうだろう」

「思ったんじゃないの？」沙月が面倒くさそうに言った。「一橋さんは、現実に殺されてるんだから。吉崎さんの説が正しいのなら、少なくとも誰か一人は、そう考えたってことでしょ」

「少なくとも誰か一人は、そう考えた」雨森が繰り返した。「僕も、そう思う。ここで考えなければならないのは、誰ならそう考えるだろうということだ。本当に、全員が同じように、一橋さんを敵と考えられたんだろうか。会社を追われた一橋さんは、フウジンブレードの敵だ。僕たちは、だからこそ彼を仲間に迎え入れたんだ。それなのに、なぜ犯人は敵と考えたのか。僕たちと合流してからは、一橋さんは大活躍だったのに。彼がいなければ、復讐計画は立てられなかったのに」

雨森は女性三人を見回した。

「一橋さんを敵と考えられるのは、他にない特殊な事情があるんじゃないか。僕はそう考えた」

千里が缶ビールを飲み干した。空き缶をテーブルに置く。かん、という軽い音が食堂に響いた。

「特殊な事情」雨森を上目遣いに見つめる。「なんなの？」

「僕自身の心を探ったら、わかった」

雨森は、そう答えた。

「一橋さんはフウジンブレードの社内にいながら、正義を貫き通したために会社を去った。典型的な正義の味方を敵と思える属性を、僕はひとつだけ思いついた」

雨森がこちらを見た。「わかる？」という視線だ。いきなり振られても困る。こちらは、まだ五里霧中なのだ。

「えっと」考えながら話す。「一橋さんは、フウジンＷＰ１の開発をしていて、途中で低周波音のリスクに気づいたから、上司だった笛木《ふえき》に意見したんだよね」

「そうだね」雨森が相づちを打つ。その顔を見るかぎり、的外れなことを言ったわけではなさそうだ。少し安心して、先を続ける。

「それが原因で開発を外されて、閑職《かんしょく》に回された。その結果、一橋さんは会社を辞めることになった。それだけなら、一橋さんをフウジンブレード側と見なすのは難しいね」

「難しい」雨森が繰り返す。「でも、ここで考えなければならない。いくらフウジンブレードがブラック企業で、下の人間の意見が通りにくかったとしても、意見を言って即左遷となるだろうか。そんなことをしていたら、開発者はあっという間に全員いなくなってしまう。欠陥品とはいえ、まがりなりにもフウジンＷＰ１は完成しているんだ。意見交換なしで完成まで持っていけるものか。一橋さんが開発を外されたのは、彼の意見が会社に大きなダメージを与えるものだったからだ。一橋さんの話を思い出してほしい。一橋さんは具体的に、どんな具申をしたのか」

　雨森は、今度は千里を見た。千里は一度大きく深呼吸してから、答えた。

「発売時期を遅らせてでも、検証を行うべきだ……」

「そう」雨森も悲しそうな顔をした。「僕が注目したのが、ここだ。さっきも言ったように、一橋さんはフウジンＷＰ１の開発を途中で外されて、会社を辞めた。だから僕たちは一橋さんを仲間として迎え入れた。この『途中』という言葉に、僕たちは思考停止になっていた。途中で抜けたから、僕たちに被害を与えたフウジンＷＰ１の完成版と一橋さんは無関係。特に考えず、そう思っていた」

　雨森は長くしたテーブルに視線を向けた。一橋が死んでいた場所だ。

「でも、よく考えたら、違うんじゃないか。『発売時期を遅らせてでも』なんて科白は、発売間際でないと、出てこない。この意見から、一橋さんは、フウジンＷＰ１の発売間際まで開発に従事していたことがわかる。使うと低周波音を出し、周囲の人間に害を与える欠陥品の開発に。だったら、その欠陥品ができあがったのは、誰のせいということになる？」

「一橋さん……」

千里が呻《うめ》くように言った。ぶんぶんと頭を振る。

「そういうことなの？　欠陥を直したくても、その機会を与えられなかったのに」

「開発の初期段階で問題に気づいて、解決しなかったともいえる」

雨森が、あえて冷たい口調で答えた。「犯人はそう考えたんじゃないのかな。もし一橋さんがフウジンＷＰ１を開発したことが原因で殺されたのなら、仲間うちで誰が一橋さんに恨みを持つだろうか。簡単なことだ。会社としてのフウジンブレードじゃなく、製品としてのフウジンＷＰ１の被害に遭った人間だ」

背筋に悪寒が走った。フウジンＷＰ１の被害に遭った人間には、自分も含まれるからだ。横目で沙月を見る。沙月もまた、はっきりとわかるくらい青ざめていた。

雨森は絵麻と沙月を等分に見て、続けた。

「訴訟の原告と言い換えることもできるね。僕。絵麻さん。沙月さん。江角さんの四人だ」

その場の全員がお互いの顔を見た。雨森が容疑者とした四人のうち、三人までがここにいる。

「じゃあ、四人のうちの誰か。僕たち四人ならば、吉崎さんが指摘したように、一橋さんを敵と見なすことができる。なんといっても、彼は直接的な加害者だからね。しかも、フウジンＷＰ１の被害に遭っていない他の仲間が同意すれば、裏切ったことにならない。復讐の妨害ではなく、復讐の一環としての殺害だと、みんなが理解してくれれば。吉崎さんが真っ先に理解を示した。一橋さんをフウジンブレード側と認識して殺したのなら、犯人捜しをする必要はないと、吉崎さんは宣言した」

昨晩のことを思い出す。確かに、吉崎の意見はそのようなものだった。

雨森は千里に顔を向けて続けた。

「これって、犯人にとって、ものすごく魅力的な意見じゃないか？　だって、仲間殺しが不問になるんだよ。そもそも最初から一橋さんを敵と見なしていたから殺したんであって、決して復讐の妨害をするつもりだったわけじゃない。犯人には、裏切ったつもりはないんだろう。だから笛木を殺したし、中道や西山を殺す気も満々だった。吉崎さんは、犯人の意図を正確に理解していた。だったら、吉崎さんの提案に乗っからない手はない。犯人捜しをやめて復讐に専念するという意見に、賛成すればいいだけだ。事実、あのときは賛成が大勢を占めた。でも、その中で反対した人間がいたのを、憶えてる？」

「憶えてるよ」千里が即答した。「雨森さんと、絵麻さん」

　雨森が笑みを作った。

「ありがとう。犯人からすれば、反対することにメリットはない。事実上不問に付すと言ってくれてるのに、自分から、わざわざ蒸し返そうっていうんだから。だから、あのとき反対した僕と絵麻さんは、犯人じゃない」

　ふっと肩から力が抜けた。自分が犯人ではないと言われたからだ。みんな、吉崎の仮説を支持した。沙月も、江角も。彼らは一橋を敵の一味と考えることに賛成したのだ。しかし、自分と雨森だけは、一橋は味方だと言い切った。自分は先ほどまでの仲間を敵と認定することに抵抗があっただけなのだけれど、結果的にそれが自分を護ったことになる。

「残るは沙月さんと江角さんということになる。そこまでは、昨日のうちに思いついていたんだ。でも二人のうち、どちらかがわからなかった。だから一応は警戒した。二人に食事の準備をさせないようにしたとか」

　そうか。絵麻は午前中のことを思い出していた。雨森は沙月が朝食を作って食べたと知って、自らは朝食を摂らず、コーヒーだけで済ませた。吉崎と菊野の死体を発見した後も、コーヒーを淹れる手伝いに、絵麻と千里を指名した。あれは、犯人候補である沙月と江角を、キッチンから排除したかったのだ。

「それで」千里が身を乗り出した。「どっちなの？」

疑われた一人、沙月は表情を消していた。顔が青白いのは、自分の罪を指摘されそうだからか、それとも身に覚えのない罪を着せられそうだからか。

しかし雨森はあっさりと首を振った。「まだ、わからない」

勢い込んだ千里が、勢いそのままにうなだれた。「何、それ」

「今朝の時点までは、二人を一人に絞れなかったということだよ。そこから、状況が変わった」

「吉崎さんたちが、殺されたってことだね」

絵麻が指摘した。「三人も」

雨森がうなずく。

「ここで、一橋さんを殺した犯人の身になって、考えてみよう。動機は、復讐の一環だ。この考えが正しければ、犯人にとってこの場所での作業は終了したことになる。あとは、中道と西山殺しに集中すればいいだけだ。でも、また殺人が起きてしまった。犯人は、どう考えるだろうか」

会話の流れで、雨森は絵麻に対して質問していた。

「復讐の妨害だって考えるんじゃないのかな」絵麻が答える。「自分が殺したわけじゃないし、吉崎さんも菊野さんも復讐の対象じゃないんだから」

　雨森が上目遣いで絵麻を見据えた。「それだけ？」

「えっと」別に責められているわけではないのに、雨森の佇《たたず》まいには迫力があった。雨森の視線から逃げるように宙を睨む。

「えっと、復讐の妨害が目的なら、全員が狙われる危険がある。自分も標的にされるかもしれないから、殺されないよう気をつけなきゃ――そんなふうに考えるかな」

「そう思う」雨森は簡単に同意した。「そこまでは、みんな同じなんだ。犯人でも、犯人じゃなくても」

「やっぱり、わからないじゃんか」

　千里が天を仰いだ。「要は、沙月さんも江角さんも、同じように考えて同じような行動を取ったってことでしょ。実際に、二人の行動に不自然なところはなかったし」

「ところが、そうでもない」

　雨森の言葉に、千里が訝しげな顔をする。雨森は視線を絵麻から千里に移した。

「吉崎さんと菊野さんが殺されたことで、局面は変わった。それは、犯人であってもなくても、同じことだ。でも、変わり方が違う。またまた吉崎さんの説に戻って申し訳ないけど、あの人の説明によって、一橋さん殺しはこれ以上追及しないという暗黙の了解が取れていた。それなのに次の事件が起きたから、方針を転換しなくてはならなくなった。こんな狭い建物の中で、何回も殺人事件が起こるのだから、当然同一人物の犯行だろう。普通はそう思う。犯人にとって、それはまずい展開だ。だって、自分は殺していないんだから」

沙月は反応しない。ずっと能面のような顔を崩していない。もちろん死んでしまった江角は、反応しようがない。

「とすると、犯人は一橋さん殺しを蒸し返されるのを防ごうとするだろう。一方、犯人じゃない方は、大騒ぎすることになる。吉崎さんの仮説を信じて安心していたのに、裏切られた。やっぱり、一橋さん殺しも復讐の妨害じゃないか。そんなふうに」

雨森は沙月を見なかった。千里と絵麻を見て話を続けた。

「違いはここだ。吉崎さんと菊野さんの死体が発見されて、僕が犯人は別々だと言いだすまでの間、犯人は一橋さん殺しに注目されたくなくて、犯人じゃない人間は一橋さん殺しに注目したかった。沙月さんと江角さんの言動や行動に、それらしきものはあっただろうか」

無意識のうちに、絵麻は沙月を見た。沙月は口を閉ざしたまま、動こうとはしていない。一瞬の間を置いて、雨森が続けた。

「沙月さんは、どちらの意見も言わなかった。一橋さんの事件をうやむやにしようともしていなかったし、逆に積極的に追及しようともしていなかった。でも、江角さんは違った。僕は憶えている。江角さんは、確かにこう言ったんだ。『犯人が裏切り者だという前提で、一から考え直す必要がある』と」

雨森が口を閉ざすと、食堂の空気が固まったような気がした。

江角は、一橋殺しについて、もう一度考え直すと宣言した。それはつまり、一橋殺しは自分の仕業ではないという宣言に他ならない。では、江角は犯人ではないというのか。犯人は、沙月か江角のどちらか。そして江角が消えた今、沙月が一橋を殺したことになる。

沙月は無反応だった。同じように表情を消して、虚空を見つめていた。しかしその静止は、面と向かって疑われた亜佳音や江角の反応とは違っているように感じられた。雨森は沙月を責めていない。お前だろうと指弾してもいない。ただ、消去法によって沙月が残っただけ。そんなふうだった。

それでも沙月は反論できない。それはつまり、雨森の結論を認めているのではないか。

雨森は自白を促さなかった。それどころか、沙月の方を見もしなかった。

「一橋さんの方は、これで片付いた。じゃあ、吉崎さん、菊野さん、瞳さんについては、どうだろう」

　拍子抜けするくらい、潔い切り替えだった。

「あの後にも、事件について考えた。ある程度絞られたのを、憶えてる？」

「えっと」いきなり話を振られて、絵麻は慌てて記憶を探った。

「まず、亜佳音さんが犯人じゃないって話だったよね。それから、一橋さん殺しとは別人の仕業だって話もあった」

「そう、それ」雨森が人差し指を立てた。「もちろん、殺された吉崎さん、菊野さん、瞳さんの三人も犯人ではない。ということは、僕、絵麻さん、沙月さん、千里さん、江角さんの五人が犯人候補ってことになる。この中で、まず江角さんが犯人じゃないってのは、さっき説明したよね」

　異論は出なかった。雨森が続ける。

「残るは四人。次に沙月さんと絵麻さんは犯人じゃない」

「えーっ？」千里が不満そうな声を出した。「どうして？」

「一緒に酒を飲んだからだよ」

　雨森は絵麻と沙月を順番に見た。「僕は憶えてる。沙月さんがワインのボトルを持って、絵麻さんを誘ったのを。考えてほしい。仮に沙月さんが犯人だとして、今から殺人を犯そうっていうのに、他人を誘って飲もうとするかな。しかも、二人は沙月さんの部屋で飲んだんだろう？　絵麻さんがずっと居座るかもしれない。そのまま絵麻さんが眠ってしまったら、目も当てられない。どうして自分の行動を制限するような真似をするんだ？　一橋さん殺しが沙月さんの仕業で、吉崎さん以降の犯人が別人という以前に、沙月さんを吉崎さん以降の犯人とするには、無理がある」

ぐう、と千里が喉の奥で唸った。

「絵麻さんも同様だ。のんびりワインを飲んでいる間に標的が寝てしまったら、殺しに行けない。絵麻さんが犯人だったら、沙月さんの誘いに乗るわけがない」

しかし今度は千里も反論を思いついたようだ。

「誘いを断ったら、怪しまれると思ったんじゃないの？」

「仲間が死んでるんだよ」雨森は即答した。「しかも絵麻さんは、吉崎さんの仮説を聞いた後も、一橋さんのことを仲間だと言い切った。ショックを受けてるから一人になりたいとか言えば、全員が納得する」

再反論できず、千里がまた唸った。

「これで、もう二人消えた」雨森が説明を再開した。

「残るは僕と千里さんの二人だ。ムシがいいようで申し訳ないけれど、僕も外させてもらいたい」

「ええーっ？」また千里が声を上げた。「本当にムシがいいね」

「申し訳ない。でも、一応の理由はあるんだ」

「何よ」

「瞳さんの正体だよ」

雨森が答えた。千里が眉間にしわを寄せる。「意味がわからない」

「犯人の立場になって考えよう。犯人は、瞳さんを裏切り者に仕立て上げたかったのかどうか」

「え、えっと」問われて、千里が戸惑った顔になる。「それは、仕立て上げたかったんじゃないの？　口に免許証をくわえさせたくらいだし」

「そうだね」雨森は意識的に笑顔を作った。「あのときは、そんなことをした理由がわからなかった。沙月さんは瞳さんへの制裁じゃないかと言ってたけど、まさしくそんな感じだった。そこで、僕だ」

雨森が千里の顔をまっすぐに見た。千里が気圧《けお》されたように頭の位置を後ろに下げる。

「僕は、瞳さんの荷物荒らしを提案した。スマートフォンのロックを外して、瞳さんの交信記録を確認した。そして、瞳さんが裏切り者じゃないと証明してしまった。これって、犯人の動きとは真逆じゃないか？」

「そう思わせるのが狙いだったんじゃないの？」

千里はまだ反論を試みた。しかし雨森は予想していたのか、すぐに答えた。

「犯人は、瞳さんが裏切り者じゃないと知っていたんだろうか。知っていたのなら、自分の仕掛けを台無しにすることはやらない。裏切り者だと思っていたら、どうか。そうでない可能性がある以上、やっぱり仕掛けが無駄になってしまう。白黒つけるわけにはいかない。どちらに転んでも、犯人は僕のような行動を取るわけがないんだよ」

残った二人の容疑者のうち、一人が消えた。一橋のときと同じだ。雨森は誰か特定の人間を疑うのではなく、消去法によって犯人を見つけだしてしまった。

普通の事件なら、こんなやり方は通用しない。ごく限られた人数が、ひとつの空間に押し込まれた中で起きた事件だからこそ、消去法で犯人を絞り込むことができたのだ。

では、千里はどうか。自分の罪を認めるのか。

千里は、ただ正面にいる雨森の顔を見つめている。雨森は、その視線を受けた。

たっぷり十秒間は見つめ合った後、千里が口を開いた。

「沙月さんは、一橋さんを復讐の対象として殺した」

落ち着いた声だった。

「吉崎さんたちを殺したのは、わたしなのかもしれない。じゃあ、どうしてわたしは三人を殺したのかな」

ものすごい質問だった。自分が犯人でないと主張せずに、動機を問う。千里がなぜそんな質問をするのか、絵麻にはまったく理解できなかった。

雨森は千里の視線を正面から受けていた。しばらく黙った後、ゆっくりと口を開いた。

「僕は事件を考えるうえで、犯人はどうして夕方のうちに誰も殺さなかったんだろうという問題を提起した」

確かにそのとおりだ。納得しかけたけれど、雨森が絵麻に顔を向けてきた。

「あのとき、絵麻さんが興味深い仮説を提案してくれた。それが出発点になった」

「えっ？」変な声が出てしまった。自分は、何を言ったんだっけ。

「絵麻さんは、三つの可能性を挙げた。ひとつは、夕方の休憩時間にことを起こすことを思いつかなかった可能性。でも、これがおかしいというところから議論は始まっている。だから却下。そこに異存はない」

「そうだね」ようやく記憶が甦ってきた。

「ふたつ目は、犯人は夕方には誰も殺すつもりがなくて、夜になってから殺意が突如として湧いた可能性。けど江角さんが一蹴した。そのおかげで、三つ目に真実味が生まれてしまった。犯人の方に、休憩時間に殺したくても殺せない事情があったという可能性。そのおかげで、亜佳音さんにあらぬ疑いがかかってしまった」

叱られているようで気落ちしそうになるけれど、雨森の真意はそこにはなさそうだ。その証拠に、すぐに言葉をつないだ。

「だから僕は、ふたつ目の可能性に注目した。犯人は夕方には誰も殺すつもりがなくて、夜になってから殺意が突如として湧いた可能性。ここにこそ真実があるのではないか。この可能性が意味するものは何か。一橋さん殺しがなければ、吉崎さんたちは殺されなかった。そんなふうには考えられないか」

そこまで言って、雨森は一度下を向いた。考えをまとめるような、覚悟するための時間が必要なような、そんな間を取った。しかしすぐに顔を上げた。

「僕たちは復讐者だ」

そんなことを言った。

「僕たちは、フウジンブレードを憎んだ。フウジンＷＰ１の裁判はうまく進まない。司法が当てにならないなら、自分で解決してやる。そう思い詰めるほどに。吉崎さんと亜佳音さんが現れて、それは現実味を帯びた」

テーブルの缶ビールを取って、残りを飲み干した。そっと、テーブルに戻す。

「吉崎さんが一橋さんを連れてきて、復讐は僕たちの手の届くところに下りてきた。そして僕たちは計画を練り、実行に移した」

雨森は顔を上げた。三人の女性を等分に見る。

「復讐計画を練っているときにずっと僕たちの頭を支配していたのは、フウジンブレードへの憎しみだ。標的にした三人を敵と呼んで、殺意をみなぎらせた。そう、奴らは敵なんだ」

雨森はいったん言葉を切り、少し困った顔になった。

「これは、復讐者の特徴なのかもしれない。復讐の対象を敵と捉え、一緒に復讐するメンバーを味方と認識する。敵と味方の構図をはっきりさせる心理的傾向が生まれた。実際、奴らに復讐すると決めてから、僕たちは敵とか味方とか、何回口にしただろう。そして、敵と味方が存在するから、裏切り者という概念が成立する。そう。僕たちはすべてを敵と味方に色分けしてしまう。ここで一橋さんに戻ろう」

雨森が千里一人に視線を固定する。

「吉崎さんは、犯人が一橋さんを敵と捉えたことを容認した。容認したうえで、復讐の障害にならないのなら放っておこうとした。つまり吉崎さんは、復讐のために一橋さんを敵と見なし、犯人を味方とする決断をした。それに反対したのが、千里さんだ」

反射的に千里を見る。千里は穏やかな表情を崩していない。ただ、雨森を見つめている。

「千里さんは、一橋さんに思い入れがあった。同じフウジンブレードに勤務してい て、過労死した弟さんを重ね合わせたのか。あるいは恋愛関係にあったのか――千里さん」

千里は返事をする代わりに、瞬きをした。

「千里さんの質問から少し外れるけど、僕は千里さんと一橋さんは恋愛関係にあったと思ってるんだ。実際のところは、どうなの？」

そっと千里を見る。彼女は、いったいどんな反応を示すだろうか。

千里は、怒りの表情を浮かべていた。ぶしつけな質問をした雨森に対してではない。一橋が死んだことそのものに対する怒りのように見えた。

「どうして、そう思うの？」

「一橋さんのことを、名前で呼んだから」

雨森が短く答えた。「一橋さんの遺体を見つけたとき、駆け寄った千里さんが言ったんだ。『創太』と。普段、僕たちの前では名字で呼んでいたのに、あのときだけは名前で呼んだ。二人きりのときは、名前を呼び捨てにしてたんじゃないか。そう思った。名前を呼び捨てにするのは、恋人に対してだ。弟のように思っていたのなら、名字のままか、『創太くん』とくん付けにするだろう」

一橋の死体を発見したときのことを思い出す。千里は一橋の元に駆け寄って、それからどうしたのか。そうだ。彼女は確かに「創太……」とつぶやいていた。

千里が怒りの表情を消した。

「よく見てるね。そのとおりだよ。一橋さんとつき合ってたよ」

「どうして黙ってたの？」

「当たり前じゃない」わかってるんでしょ、と言いたげな千里の口調だった。「わたしたちは復讐のために集まってたんだよ。それをきっかけにつき合ったなんてことになったら、みんなに何を言われるか、わからないでしょ。だから、復讐が済むまでは黙っていようって話してたんだ」

「まあ、江角さんあたりが文句をつけそうだな」

雨森は苦笑に近い表情を作った。

「わかった。一橋さんとつき合っていた千里さんが、一橋さんを敵と考えないのは当然のことだ。元々千里さん自身はフウジンＷＰ１とは何の関係もないから、一橋さんを恨みようがないし。自分は一橋さんの味方なのに、みんなが一橋さんを敵にしてしまった。だったら、みんなは自分の敵だ。復讐者である千里さんは、そう考えた。ずっと復讐の対象を敵と考えていたんだ。ここにきて自分の敵に回った人間は、一橋さんの復讐の対象でしかない。殺さない理由はない。一橋さんを味方と明言した、僕と絵麻さんを除いて。それが、君の動機だ」

ふうっと雨森が息をついた。視線を千里から外す。

「さっき説明しなかったことを補足しておく。前にも話の出た、共犯説だ。犯人は一人なのか。それとも誰かとチームを組んでいたのか。千里さんの味方は僕と絵麻さん。僕たち二人なら手伝える。でも、くどいようだけど、僕は犯人じゃない。絵麻さんは、吉崎さんと菊野さんが殺された夜は、沙月さんと一緒にいた。だから絵麻さんも手伝えない。千里さんの単独犯ということになる」

雨森が説明を終えると、沈黙が落ちた。誰もが身動きひとつせずに黙り込んでいる。

千里の動機は、驚くべきものではない。沙月の動機についてもだ。他にもある。亜佳音は吉崎を殺した犯人に対して、復讐をしたかった。その結果、犯人と思い込んだ江角を殺害した。瞳もだ。菊野が殺されてからの瞳の攻撃的な態度は、菊野を殺した犯人に対して復讐を志していることを想起させた。自分たちは復讐者だ。だから復讐の対象が生まれると、反応してしまう。しかも、すでに笛木を殺している。他の復讐について行動を起こすことに、何の抵抗も感じないだろう。

それでも、二人が手にかけたのが仲間だという事実は、やはり重かった。彼女らにとっては、殺害対象は味方じゃなく、敵だ。でも、自分にとっては、どちらも味方なのだ。

復讐者は、何でも敵と味方に分けたがる。雨森の言ったとおりだ。自分にも、その傾向は間違いなくある。だからこそ、困っている。一橋を殺害した沙月。吉崎、菊野、そして瞳を殺害した千里。二人が敵なのか味方なのか、判断できない。そう、今の自分を支配しているのは、困惑だ。怒りでも恐怖でも動揺でもなく、困惑。困っているからこそ、次の行動に出られない。

ふうっと沙月が息をついた。「千里さん、だったの」

千里も表情を動かした。わずかに笑ったのだ。「沙月さん、だったの」

「まあね」沙月も笑った。「フウジンＷＰ１。わたしはあれに人生をめちゃくちゃにされたんだよ。あんなのを作っておいて、よく味方でございますって、わたしたちの前に出られたもんだよ」

「まあ、そうだよね」千里がうなずく。「沙月さんたちの立場からすれば、そうか。それは仕方ない。でも、わたしにはわたしの立場があるから」

千里はパーカーのポケットに手を入れた。抜き出した千里の右手が、大きく振られた。右手は右隣の沙月の首筋をかすめて止まった。その手には、ペティナイフが握られていた。

次の瞬間、沙月の首から棒のような血が噴き出した。千里がわずかに首を傾けると、血は空いたスペースを飛び、床を汚した。千里は、返り血を浴びるような、みっともない真似はしなかった。

沙月が目を見開いた。自分に何が起こったのか、理解できていない顔。血を噴き出した反動で、右側に倒れていく。頭部をかばう仕草すら見せなかった。鈍い音がして、側頭部を床に打ちつける。沙月は二、三度痙攣して、動かなくなった。

「沙月さん、バカだね」千里は沙月を見下ろし、冷たく吐き捨てた。「雨森さんが言ったじゃない。復讐の最少催行人数は三人だって。ここにいるのは四人。つまり、あと一人は殺しても復讐はできるって、気づかなかったの？」

顔を上げる。雨森と絵麻を見た。

「終わったよ――いや、まだか」

きびすを返して亜佳音の方に向かう。亜佳音はまだ意識を回復していない。千里はしゃがみ込むと、亜佳音の身体をうつぶせにした。またがる。沙月の血の付いたペティナイフを、亜佳音の後頭部に当てた。体重をかけて押し込む。

びくり、と亜佳音の身体が跳ねた。動きはそれだけだった。亜佳音もまた、死んだのだ。

千里は立ち上がった。ナイフは亜佳音の後頭部に残したままだ。手ぶらで戻ってくる。

「今度こそ、終わった」

「そうか」

まるで何事もなかったかのように、雨森が答えた。千里は薄く笑った。

「邪魔、しなかったんだね」

「そうだな」雨森が腕組みした。「復讐の最少催行人数は三人。沙月さんと千里さんのどっちが死んでも、復讐はできる。だから、放っておくことにしたんだ。武器を隠し持っているのは千里さんの方だから、生き残るのは千里さんだと思ってたけど、やっぱりそうなったか」

「今までどおり宙ぶらりんのままにして、四人で復讐するって選択肢はなかったの？」

「なかった」雨森は即答した。「千里さんが指摘したんじゃないか。犯人を残しておくと、最後の最後に復讐の妨害をするかもしれないって。そんな疑心暗鬼の状態で復讐が成功するとは思えなかった。だったら真相を明らかにして、決着をつけてもらった方がいい」

「結局、雨森さんの狙いどおりだったってことだね」

「うん。僕からも質問させてもらっていい？」

「何?」

「殺す順番の話。吉崎さんと菊野さんから殺したのは、やっぱり腕力があるから?」

「そう」千里は右肘を折り曲げて、力こぶを作るポーズをとった。「沙月さんは押し倒すなんて下品なことを言ってたけど、やっぱり男の人の腕力は怖いからね。吉崎さんも菊野さんも、力が強そうだったし。警戒されたら殺せなくなると思った。だから、無警戒のうちに殺したんだ。すぐに寝られてたらどうしようかと思ってたけど、二人ともちゃんとノックに応えてくれてよかったよ」

「あんまり言いたくないけど、色仕掛け?」

「当然」千里が屈託なく笑った。「ノックして『怖いの』って言ったら、あっさり入れてくれたよ。ベッドに寝転んだら覆い被さってきたから、首に両手を回すふりして刺すのは、簡単だったよ。吉崎さんも菊野さんも、まったく同じ行動を取るんだから、おかしくって」

千里は、自分の犯罪について楽しそうに喋っている。雨森が指摘したように、雨森と絵麻は味方だから、気を許しているのだろうか。

雨森が苦笑した。「僕も同じ状況に置かれたら、同じ行動を取ったかもしれないな。そうか。部屋に髪の毛が落ちてないか気にしてたのは、逆に髪の毛を残さなかった自信があったからか」

千里は目を細めた。

「ベッドに寝転んじゃったからね。その程度は気にするよ」

「音は気にしなかったの？　沙月さんは音を理由に江角さん犯人説を唱えてたけど」

「実は、まったく気にしなかった」千里はおどけて言った。「だって、江角さんがあのときの声が聞こえたなんて言い出したのは、わたしが二人を殺した後だよ。先に言えって感じ。でも江角さんは、両隣から怪しい声も物音も聞こえなかったって言ったから、安心したんだけど」

「その江角さんは、どうするつもりだったの？　江角さんも標的だったと思ったけど」

「それが困っちゃってさ」

実際に千里が困った顔をする。とても殺人の話をしているとは思えない口調。千里も千里なら、雨森も雨森だ。

「歳はくってても、やっぱり男の人だし。吉崎さんと菊野さんを殺した後、江角さんの部屋もノックしたんだけど、寝ちゃったみたいで返事がなかったんだ。だから、昨夜のうちには殺せなかった。今日しかなかったんだけど、あの人の部屋ってば、タバコ臭いでしょ。中に入ってタバコの臭いが移るのがいやだった。シャワーを浴びて着替えても、服を替えたことで怪しまれる危険がある。どうしようかと思ってたら、亜佳音さんが江角さんを殺しちゃったんだ」

ということは、江角のタバコは自身の疑いを晴らすと同時に、身を護る防護壁の役割も果たしていたのか。亜佳音の短絡的な行動がなければ、彼は今も生きてこの場にいられたのかもしれない。

「まあ、結果オーライってことで。それから、瞳さんはみんなが話してたとおり」

「それなんだけど」雨森が千里の顔を覗き込んだ。「千里さんは、瞳さんの正体には前から気づいてたみたいだけど」

「うん」

「いつから？」

「最初から」

「えっ？」思わず問い返した。「最初からって、吉崎さんが千里さんと瞳さんを引き合わせたときから？」

吉崎は、フウジンＷＰ１被害者の会に、千里や瞳、それから菊野を連れてきた。その際には自分もいたけれど、おかしな素振りはまったくしていなかったと思う。絵麻がそう指摘すると、千里はにやりと笑った。

「だって、旦那が失業したにしては、ブランドもののハンドバッグを持っていたからね。しかも、まだ新しい。おかしいって思っても、不思議はないでしょ」

「そうなんだ」雨森も口を開けた。「全然、気づかなかった」

「男の人は、そんなもんでしょ。ブランドものなんて、興味ないよね。亜佳音さんはまだ大学生だから、大人向けのブランドなんて知らないし。絵麻さんも沙月さんも、あの頃はずっと偏頭痛に悩まされてたからね。注意力がなかった。というわけで、気づけたのは、わたしだけだったってわけ。だからいつだったかの飲み会で、瞳さんがトイレに立ったときに、こっそりハンドバッグを漁ったんだ。そしたら西山瞳っていう運転免許証が出てきたから、さすがにびっくりしたよ」

「すごいな」雨森は本気で感心したようだった。「やっぱり西山のスパイだと思ってた？」

「五分五分ってところかな。スパイの可能性が高いと思ったけど、西山に対する憎み方が真に迫ってたから、本気で旦那を殺そうとしてる可能性もあると思ってた」

「ああ。それで、あんなことを言ったのか」雨森が何かを思い出したような顔をした。千里が首を傾げる。

「ほら、中道と西山の、どちらを殺しに行くかの班分けをしてたとき。千里さんは、瞳さんが中道班に入るよう進言しただろう？　菊野さんがいるからって」

「あ、わかった?」千里が返す。理解者が現れて嬉しい、という顔。「だって、瞳さんが西山班に入ったら、土壇場で邪魔するかもしれないでしょ。でも、本人が不服そうじゃなかったから、裏切り者じゃない可能性が高まったと思ったけどね」

「それで、菊野さんの部屋で確認したんだ」

「うん。そしたら瞳さんは、自分が西山の配偶者だと認めたうえで、一所懸命説明してくれたよ。さっき雨森さんが、瞳さんのスマートフォンを調べてたでしょ。あれと同じことを瞳さん自身がやってくれた。わたしが『わかった、信じる』って言ったら、瞳さんは心底安心したみたい。隙だらけだったから、抵抗されることなく懐中電灯で殴ることができたんだよ」

「免許証をくわえさせたのは、やっぱり煙幕? 自分の動機を悟られないようにしたの?」

「そんなところ」千里は薄く笑った。「瞳さんの正体を隠して、犯人の狙いはあくまで復讐の妨害ってことにしておくのか。それとも裏切り者である瞳さんに制裁を加えることで、事件をさらに混乱させるのか。どちらにしようかと思ったんだけど、復讐の妨害説一辺倒だと、より警戒心が強くなる。瞳さんに裏切り者になってもらったら、吉崎さんの説をもう一度持ち出せるかもしれないと思ったんだ。犯人が復讐を進めたいのなら、犯人捜しはやめようってね。まさか、雨森さんがあんなに簡単に瞳さんの無実を証明しちゃうとは、思わなかったよ」

責めるような口調。しかし表情は明るかった。雨森が苦笑する。

「でも、うつぶせの死体の口にくわえさせてたよね。あのときも、見つからない可能性の方が高いって話をしてた。見つからなかったら、どうするつもりだったの？」

「それは簡単」千里が人差し指を立てた。「瞳さんの死体をこのままにしておくの？　せめて安置しようよって言えば、自然な形で顔が上を向くでしょ」

「なるほど。そこまでは考えなかった」

本気で言っているのかわからない、雨森の反応だった。どうにでもなるから、そこは重要ではない。そんなふうに考えていたのかもしれない。

「最後の質問。千里さんは犯人捜しに積極的だったよね。さっきもちょっと言ったけど、僕たちが二手に分かれた後で、犯人が他のメンバーを殺して復讐の妨害をするんじゃないかって。あれは、僕が全員が部屋にこもることを提案したから？」

「そう」千里は目を細めた。「なんだかんだいって、みんな雨森さんの意見には従うからね。吉崎さんだって、その吉崎さんを盲信していた亜佳音さんだって、雨森さんの意見を却下することはなかった。だから今回も、みんなが雨森さんの提案どおりに部屋にこもってしまう危険があった。そうしたら、他の連中を殺せなくなるでしょ。リスクはあったけど、議論を続けさせる必要があると思ったんだ。まともな捜査方法があったら、とてもできない提案だったけどね。こんな場所での事件だからこそ、リスクを取ることができた」

「よかった」雨森がそんなことを言った。意味がわからなかったらしく、千里が不思議そうな顔をする。雨森が顔の前に手刀を立てた。

「この点だけが気になってたんだ。千里さんが犯人なら、どうして自分から犯人捜しを主張するのか。僕の提案を受けてのことだと思ってはいたけど、万全の自信は欠いていた。当たっていてよかった」

「——あっ」千里が口を開けた。「一橋さんについては、事件の洗い直しを主張したから江角さんが犯人じゃないって言ったよね。それだったら、わたしも犯人じゃないって理屈になるんじゃない」

「そうなんだ」雨森はあっさり認めた。「この穴に誰かが突っ込んでくるかとヒヤヒヤしてたんだけど、誰も気づかないまま千里さんが自白してくれたから、助かった」

「ひどい人」千里が頰を膨らませた。「でも、まあいいか。雨森さんはわたしの敵じゃないし」

千里が真剣な表情になった。「わたしからも訊かせてほしいな」

「何？」

「雨森さんは、一橋さんを恨まなかったの？　雨森さんの健康を奪い、彼女の命を奪ったのは、一橋さんが作った機械だよ」

「うーん」雨森は腕組みしたまま唸った。「あまり考えなかったな。どちらかといえば、発売を止めようとしてくれた印象しかなかった。実は、一橋さんがほぼ完成までこぎつけたことに思い至ったのは、昨夜のことでね。間抜けな話だ。僕ももう少し頭が回ったら、沙月さんより先に手を出してたかもしれない」

本気か冗談かわからない口調だった。千里もコメントに困ったような顔になる。その複雑な表情を、今度はこちらに向けてきた。「絵麻さんは？」

「わたしも、恨みはしなかった」本音で答えた。「一橋さんも被害者だと思ってたから」

「そう」

千里が安堵の息をついた。一橋の復讐は終わったんだと実感したように。あらためて椅子に座る。

雨森がキッチンに歩いていった。戻ってきたときには、缶ビールを三本手にしていた。「ほら」

一本ずつ渡してくれる。千里が真っ先に開栓して、喉に流し込む。

「ふうっ」

サラリーマンの仕事帰りの一杯のような反応だ。事実、彼女にとっては仕事を終えたのだ。一橋の復讐という仕事を。

「復讐か」千里がぽつりと言った。「復讐って、本当に危ういよね。自分では肚《はら》が据わっているつもりでも、傍から見たら、めちゃくちゃ危なっかしいんだろうね。だって、ほんの少しでも自分と違う考え方をしたら、たちまち敵認定して殺しちゃうんだから」

小さく笑う。顔を上げた。

「でも、わたしは復讐をやめないよ。明日の朝、中道と西山を殺すまでは、絶対に。雨森さんと絵麻さんは、どうする?」

「やめないよ」雨森はきっぱりと言った。「あの二人は、地獄に送る」

「わたしも」絵麻は下腹に力を込めた。「その意味では、わたしたちは間違いなく味方だね」

「違いない」雨森が缶ビールのプルタブを開けた。絵麻も、もらったビールを開栓する。

「じゃあ、明日の成功を祈って」

三人で缶ビールを触れ合わせた。

千里は残っていたビールを飲み干した。空き缶をテーブルに置いて、壁の掛け時計を見る。つられて見ると、午後六時を過ぎていた。

千里が絵麻たちに視線を戻した。「明日は早いから、もうごはんにしちゃおうか」

そして立ち上がる。

「手を、洗ってくるね」

終章　復讐者

午前五時。

夜が明けたばかりで、周囲に人気はない。それでも敷地の外に気をつけながら、車に灯油を積み込んだ。今から、フウジンブレード本社に行くのだ。

雨森《あめもり》は千里《ちさと》を見た。「本当に、いいの?」

「いいよ」寒いのか、千里は両手をこすり合わせながら答える。「西山殺しは、一人でやんなきゃいけない。二人とも、まだ誰も殺してないでしょ。ここは、ベテランのお姉さんに任せなさい」

昨晩の打ち合わせで、中道《なかみち》班は雨森と絵麻《えま》、西山班は千里と決まった。中道は、乗ってきた車を左右から営業車で挟んで出られなくして、流し込んだ灯油で焼き殺す作戦だ。一方、西山は、死体を見せて呆然としているところを襲うという算段。

失敗のリスクは、西山の方が高い。

「食堂におびき寄せれば、これだけ人が死んでるんだから、パニックに陥るでしょ。殺すのは問題なくできると思うんだけど……」

「だけど？」

「やっぱり、瞳《ひとみ》さんの死体を見せた方がいいのかな。その方がインパクトがあるでしょ」

瞳は西山の妻だ。妻の死体は確かにインパクトが大きいだろう。しかも、まさかこの場にいるとは思っていないわけだし。雨森もうなずいた。

「じゃあ、瞳さんを一階に下ろそうか。玄関から入ってすぐなら、手間もかからない」

とはいえ、瞳を一階に下ろすのは大変だった。男手が一人だけになっている。絵麻と千里が二人がかりで瞳を雨森の背中に乗せて、雨森がおぶって玄関まで下ろした。玄関ドアにはカーテンが掛かっているから、外の道から玄関の中は見えない。西山が玄関から中に入ってはじめて気づく場所に、瞳を横たえた。玄関脇には、観葉植物の大きな植木鉢がある。その陰に隠れて襲いかかれば、低リスクで殺害することができる。

「じゃあ、こいつは預かるね」

千里が笛木《ふえき》のスマートフォンを手に取った。「もうしばらくしたら、笛木を騙《かた》って西山を呼び出すから」

雨森も笛木のＩＤカードを目の高さにかざす。

「僕たちはこれでフウジンブレード本社に侵入して、営業車の鍵を失敬する」

雨森と二人で車に乗り込む。運転するのは雨森だ。

「じゃあ、ちょっと行ってくるよ。終わったら戻ってくる。そうしたら、一緒にこの後始末をしよう」

「うん。待ってる」

雨森が車をそろりと発進させた。千里が手を振って見送ってくれた。

「まあ、千里さんなら任せて大丈夫だろう」

車を運転しながら、雨森が言った。こと殺人に関しては、千里を信頼しているようだ。

「それって、千里さんが味方だから？」

「うん」前方に視線を固定して、雨森が答える。「少なくとも中道と西山を殺すまでは、味方だ。それは間違いない」

奇妙な条件付きの信頼だ。絵麻がその点を質すと、雨森は唇を歪めた。

「警察は無能じゃない。風神館に火を放ったとしても、死体は全員殺された後に焼かれたことを見抜くだろう。じゃあ犯人は誰だという話になる」

ぞくりとした。雨森の口調は淡々としていたけれど、不吉な響きを伴っていたからだ。

「犯人が必要だってことだね」絵麻も正面を見ながら言った。「わたししか、雨森さんんか、千里さん」

「そう」雨森は機械のように答えた。「できれば、誰かが他の全員を殺した挙げ句、建物に火を放って自殺したという構図がありがたい。もちろん、僕はその役を担うつもりはない。絵麻さんにも、やらせる気はないよ」

「……千里さんに、責任を取ってもらうの？」

「責任かどうかは、わからない」赤信号で停車して、雨森は絵麻を見た。

「千里さんは味方だ。一橋《いちはし》さんに関する立ち位置ではね。だからこうして共同作業をしている。でも僕にとっては、あの人が殺した面々も味方だ。その意味では、千里さんは敵とも解釈できる」

「雨森さんにしては、ずいぶんと曖昧だね」

絵麻はコメントした。「結局、どっちなの？　千里さんは雨森さんにとって敵なの？　味方なの？」

「まだ決めかねている」雨森はそう答えた。「中道を殺して、戻ってから決める。

今はまだ、そのことは考えないようにしよう。考えはじめると、きりがなくなる。千里さんにとって僕たちは敵になりようがないけど、僕たちはあの人を敵認定できる。だから簡単に殺せるんじゃないかとか。そんなのは後でいい。中道を殺すことに集中しないと」

「そうだね」絵麻もうなずく。

正直なところ、これだけの事件を起こしておいて、警察に逮捕されない自信は、まったくない。元々復讐とは、逮捕のリスクと背中合わせなのだ。というか、逮捕されてもいいくらいの覚悟がないと、復讐など達成できない。そう思っていた。おそらくは雨森も、同じ覚悟を持っているだろう。

それでも、千里にすべてをなすりつけて自分が逃げられるのなら、そうしたい。焼け焦げた死体の死亡推定時刻が、どの程度正確にわかるのか、絵麻は知らない。でも、たとえば江角《えすみ》と沙月《さつき》が二人で中道を殺して風神館に戻ったら、千里に始末された。そんなストーリーが描けないものか。

雨森も、そのようにも考えているはずだ。復讐達成を目の前にして、覚悟が微妙に揺らいでいる。雨森だけではない。絵麻もだ。

いけない。復讐者は復讐に徹しなければならない。

絵麻は、シフトノブを握る雨森の手に、自分の手を添えた。

信号が青になった。雨森が車をそっと発進させる。

「大丈夫。成功するよ」

絵麻は手を添えたまま言った。

たった一人残った、絶対的な味方に向かって。

本書は、二〇一八年十一月にＰＨＰ研究所から刊行された
『崖の上で踊る』に加筆・修正を行ない改題したものです。

著者紹介
石持浅海（いしもち　あさみ）
1966年生まれ。日本の小説家、推理作家。2003年、『月の扉』が『このミステリーがすごい！』2004年版で第８位、『本格ミステリ・ベスト10』2004年版で第３位に選ばれ注目される。2006年に文庫化されると半年で10万部を突破した。2005年、『扉は閉ざされたまま』が『このミステリーがすごい！』2006年版、『本格ミステリ・ベスト10』2006年版の両方で第２位に選ばれる。
著書に『Ｒのつく月には気をつけよう　賢者のグラス』『殺し屋、続けてます。』『君が護りたい人は』『新しい世界で』などがある。

ＰＨＰ文芸文庫　風神館の殺人

2022年５月23日　第１版第１刷

著　者　石持浅海
発行者　永田貴之
発行所　株式会社ＰＨＰ研究所
東京本部　〒135-8137 江東区豊洲5-6-52
第三制作部　☎03-3520-9620（編集）
普及部　☎03-3520-9630（販売）
京都本部　〒601-8411 京都市南区西九条北ノ内町11
PHP INTERFACE　https://www.php.co.jp/
組　版　朝日メディアインターナショナル株式会社
印刷所　大日本印刷株式会社
製本所　株式会社大進堂

ISBN978-4-569-90212-8